爱上陕西北路

AISHANG SHAANXI BEILU

惜珍 著

上海大学出版社

图书在版编目(CIP)数据

爱上陕西北路/惜珍著.—上海:上海大学出版社,2023.8
(最上海书系)
ISBN 978-7-5671-4767-6

Ⅰ.①爱… Ⅱ.①惜… Ⅲ.①随笔-作品集-中国-当代 Ⅳ.①I267.1

中国国家版本馆 CIP 数据核字(2023)第 121627 号

责任编辑 颜颖颖
封面设计 缪炎栩

爱上陕西北路

惜 珍 著

上海大学出版社出版发行
(上海市上大路99号 邮政编码200444)
(http://www.shupress.cn 发行热线021-66135112)
出版人:戴骏豪

*

江苏句容排印厂印刷 各地新华书店经销
开本 890×1240 1/32 印张 9.25 字数 224000
2023年8月第1版 2023年8月第1次印刷
ISBN 978-7-5671-4767-6/I·689 定价:49.00元

版权所有 侵权必究
如发现本书有印装质量问题请与印刷厂质量科联系
联系电话:0511-87871135

深沉地阅读上海

从身藏于江河湖海深处的偏远小城，一跃而成为闻名于世的繁华都市，上海似乎一直是人们津津乐道的一个关于发展的神话。它在百余年间积聚起来的精华，以各种带着不同的时代印迹的街区、马路、巷弄、庭院、楼堂等形态，散布于城市的各个板块，历经岁月的磨洗，仍时时焕发出让人惊艳的色彩。

这些年来，上海似乎越来越怀旧，关注、品味城市的老街区、老建筑和过往风云甚至市井生活的空气渐浓，几条沉淀着历史、集聚着宝藏的老街小路，纷纷成了网红打卡的胜地、观光游览的热门。我想，这样的怀旧，绝非简单的留恋过去、重塑乡愁，绝非是对城市高歌猛进的一种逆反，实际上是上海人对自身寄托身心的这座城市的发展历程和文化积淀的由衷叹服，对它未来真正成长为现代化国际大都市的深沉自信。而那些已被更迭或者多少还留存在血脉中的烟火气，也将成为人们继续期盼和追求美好生活的底气。正因如此，那句充满诗意的话语——"建筑是可阅读的，街区是适合漫步的……城市始终是有温度的"会出现在官方的正式文件中，表达着千百万人的共同心声。

其实，已有些先知先觉的人，早早开始了研究、发掘、记录和描述这座城市珍贵过往的历程。他们以细致的行走、深入的发掘和敏锐的感悟,亲抚陈年的遗迹,触摸历史的余温,揭示往昔的荣光。一本本厚重的著作相继问世,成为人们解读上海的指引,唤醒了多少沉淀的记忆,激发起绵绵相延的爱恋。在这些著述的写作者中,惜珍是富有个性和特色的一员。她人如其名,在最近的一二十年里,把目光持续聚焦于那些富含城市文化密码和生活气息的永不拓宽的马路,那些依然健在或者不幸湮灭的华屋深弄,那些风烛残年却情韵犹存的楼台庭园,写出了一部部关于上海的传奇。

惜珍是伴着黄浦江的涛声,在上海老街区特有的气息熏陶下长大的。学中文出身、迷恋文字的她,本来从事传统的小说等创作,因缘际会,转入了对于城市文化的纪实叙写,从而实现了自己在文学创作上的华丽转身,也为上海文学拓展了一片新的天地。

从三卷本的《永不拓宽的上海马路》,到这部以一片旧貌宛在的老街区、一条风格独具的小马路为焦点的《爱上陕西北路》,惜珍对于上海历史和人文的发掘、讲述,开始进入一个新的境界。她已经不满足于对一街一弄、一楼一屋作概略的总体叙述和散点解读,而是更加深入细密地触及腠理,将片断的记录连缀成完整的叙事,用现时的影像与历史的烟云相映照,进而揭示深厚的文化底蕴,重现消失的生活场景。因此,她构筑起来的文字,就不是单薄的平面导览,而是厚实的立体故事,让人们能够深沉地阅读和感知上海。

惜珍对于陕西北路的书写,丰富着她在之前的叙事中已显露的诸多特点。首先是善用各种素材,包括个人曾经的记忆和现实的踏访,牵系起笔下那些街弄楼宅的前世与今生,构筑成一条完全的脉络和流变,顺着这样的线索,已经浓缩起来的记忆将舒展、鲜活地渐次再现。其次是将楼宅街巷的小历史和城市的大风云绾结起来,由点及面,使人们有可能通过"一条西摩路",来阅读上海的"半部近代史",并且重新认识在这座流动的舞台上曾经走过场的各种人物。此外,惜珍还以上海女性作家特有的细腻和精到,在深入探及老街区所蕴含的文化底蕴的同时,细致地描述往昔生活的烟火气——关于这一点,惜珍似乎在提醒人们,许多难以物化的生活样式和生动场景,同样值得呵护、值得留存,否则,那些被视如至宝的建筑、街区等,即便得以更新保护,也会因为离散了弥漫的氛围和浸润的气息,而变成失去活的灵魂的文物陈列。因此,我们可以说,惜珍关于上海城市文化的书写,正在走上新的台阶。

最近十年里,我先后工作的两家单位,都坐落在距离陕西北路南端只一箭之遥的地方。我也时常漫步于惜珍笔下娓娓道来的那些路段、里巷、庭园,比如慈惠里、煦园、华业公寓等。我的肤浅印象,在有了惜珍的这部新著之后,一定会被深度地刷新和重构。我将以《爱上陕西北路》为导引,再度走进曾经踏访的地方,静心、细致地浏览,做一番深沉的阅读和思索。

王 伟
上海市作家协会党组书记、副主席

这是一条神奇的马路(代前言)

陕西北路有南京西路后街之称,这条路像是南京西路这株根深叶茂的大树上伸出的一根挂满了珠宝的枝桠,它以一种低调的贵族气息默默烘托着旁边繁华热闹的南京西路。徜徉其间,只觉历史的花瓣飘散一路,处处暗香浮动。这里不仅有历史积淀,还有上海人百年精致生活的缩影。在中国,可能无法找到第二条街道,汇聚了如此众多的中国近代风云人物,也找不到另一条街道,能将曾经同样身处苦难中的中华民族和犹太民族连接到一起。

2013年,适逢上海开埠170周年,承载着上海百年发展记忆的陕西北路(新闸路——巨鹿路段)从全国65条特色街中脱颖而出,获得了"中国历史文化名街"的殊荣。

作为国家历史文化名城,上海有着自己的独特气质和魅力,素有"魔都"之称。自开埠以来,上海吸引了众多风云人物汇聚于此,他们与上海的城市文化相融合,和上海的原住民一起在上海发展之路上留下了各自的文化印记,聚合出包罗万象、精致典雅的海派文化,凝结成"海纳百川,追求卓越、开明睿智、大气谦和"的城市精神。历史文化街区是历史文化名城的有机组成部分,是特殊类型的文化遗产,又是广大民众日常生活的场所。上海的历史文化街区是上海城市文脉的发源地和承载区,它记录着城市的历史演进轨迹,反映出社会生活和文化构成的多元性,是城市文化共时融合和历史传承最直观、最典型的场景写照,也是城市文脉最形象、最生动的外在呈现,就像是城市灵魂的载体,与城市文脉的生成、传承、创新息息相通,休戚与共。陕西北路身处上海中心城区,却有着大隐隐于市的风范,它没有武康大楼那样犹如一艘巨轮般张扬地屹立在武康路、兴国路、淮海路、天平路、余庆路等五条马路交汇路口的标志性建筑,即便是名气很响的荣宅、宋家花园等也都静悄悄地藏身于马路边梧桐掩映的围墙里,路过的人只能看见墙外露出的冰山一角。这种"烟笼寒水月笼纱""犹抱琵琶半遮面"的美感让这条聚集了众多名人故居和历史保护建筑的路显得神秘莫测。而这恰恰无形中形成了陕西北路内敛含蓄的基调。它似乎很安于自己作为名声显赫的南京西路后街的身份,并乐于接受庇佑于南京西路的羽翼之下,这种宠辱不惊的气质令我迷恋。

这条神奇的马路辟于1905年,以英国东亚舰队总司令西摩之名命名为西摩路,1946年改名为陕西北路。陕西北路历史文化名街位于这条路的新闸路至巨鹿路段,这个街区地处近代上海公共租界区域,长约1000米,南北走向,宽9.2米,与繁华热闹的南京西路十字相交,是一条拥有百年历史,保存完整的上海老马路。作为近代上海中西交融的高档住宅区,这个街区无论是建筑、环境还是人文均体现出海派文化的典型特征,拥有优良的城市空间品质。街区两侧植有梧桐树,春夏之际,繁茂的梧桐枝叶在街道上空相互携手,宛若绿色穹顶,叶丛间洒下斑驳的阳光,质朴中藏着华美。马路两边气质十足的小店夹杂在古旧和新颖融合得毫无边界的建筑间,使这条带有浓郁过往气息的街区显得格外宁静安详却又不失时尚美感。

这个优雅的街区自筑成以来就是华洋混居的高档居民区,海派文化的重要聚集地。20世纪10年代,这里已经是一片繁华。

最早在这条路上留下足迹的是英国汇丰银行的大班,之后,善于经营的犹太人、西方商业巨头开始云集于此。第一次世界大战后,西摩路成了政界名流、洋商富贾汇集的高档居民区,宋氏家族、荣宗敬家族相继搬来,这里也是红色学府上海大学的旧址、五卅运动的策源地之一,诸多重大历史事件都能在这里找到注脚。外国侨民给这里带来了丰富的异域风情和多国文化,普通百姓精致生活的烟火气在街区内蔓延,中西文化在这里和谐共处,风云人物在这里指点江山。这是一条深刻影响中国近现代历史的马路,也是一条海纳百川、融贯中西的梦想之路。历史与现代的融合,让人在这条路上既能看到百年前的上海,又能体味当下的时代变迁。

根据中国文物学会历史名街专业委员会2016年年会发布的"历史文化名街保护发展评价体系研究之———大数据支持下的活力指标",陕西北路在全国50条历史文化名街中美誉度排名前五。

"新闸路至巨鹿路段"是陕西北路的精华路段,这是一个富有人情味、不断新生的街区。窄窄的马路两旁云集着名人旧居、典型风格建筑、革命遗迹等21处历史文化景观。这些建筑是一个时代的综合文化记忆,是上海城市文化记忆的构成要素。当年,出入于这些老房子的不少人曾在中国历史上声名显赫;这里也曾是旧上海外国人聚居区,留下了丰富的异域文化印记。所幸,这些老建筑如今还基本保持着原本的模样,展现了老上海公共租界拓界期间社区生活的居住、消费及休闲、娱乐、社交等文化形态。街区紧邻南京西路,在中西文化交融大背景下孕育了近代化都市市民生活方式,有着繁荣和乐的街区生活特色。这条路上不但留存着荣耀上海的老字号,更有改革开放后拔地而起的城市 CBD。沿路的酒吧、咖啡馆是陕西北路海派文化气息浓郁的另一个特征,这些酒吧和咖啡馆多开在老洋房里,在舒缓的音乐中,坐在里边,品尝的是上海这座城市的文化陈酿。不同风貌的老建筑掩映在郁郁葱葱的梧桐浓荫间。漫步其间,你可以领略独特的文化体验,寻找海派文化记忆。

写书的过程让我再度走进这条神奇的马路,如同与心仪的朋友重逢,耳鬓厮磨间对她的风景和内在气质越发迷恋。与我之前写上海的每一本书一样,我首先是自己被深深感动了。当你拿起这本书,便跟随我走进这个历史文化街区,领略一路上的旖旎风情,并轻轻推开掩映在梧桐树后的一扇扇厚重的大门,窥见里面的姹紫嫣红。也许,每一眼,都会是惊鸿一瞥。

由于我探寻陕西北路的时间跨度较大,文中部分建筑入驻单位、商家等相关信息和写作对象的现状可能有所变动,在此一并说明。

目　录

◆ 名宅

宛若童话仙境的马勒别墅 …………………………………… 3
有故事的红楼和灰楼 ………………………………………… 16
卓尔不群的华业公寓 ………………………………………… 21
美轮美奂的荣家老公馆 ……………………………………… 31
开设过电影院的平安大楼 …………………………………… 45
卖西式菜的西摩路菜场 ……………………………………… 53
五卅运动策源地：西摩路上海大学 ………………………… 58
西摩别墅和朱丽叶阳台 ……………………………………… 72
藏着半个世纪传奇的宋家花园 ……………………………… 78
钟楼高耸的怀恩堂 …………………………………………… 88
粤军总司令下野后的寓所 …………………………………… 91
世界船王的花园住宅 ………………………………………… 95
犹太富商在上海的家 ………………………………………… 100
邬达克设计的何东公馆 ……………………………………… 105
阮玲玉就读过的崇德女中 …………………………………… 113
有诺亚方舟之称的太平花园 ………………………………… 121

自在里和大同里……126
上海犹太人的精神家园西摩会堂……135
串起烟草往事的南阳公寓……142
融入潮流文化的晋公馆……148

◆ 弄堂

哈同投资的石库门里弄……157
慈惠南里走出杂技艺术家……163
藏有江南园林的煦园……167
开在慈惠北里的古玩店……172

◆ 老字号

陌上花开缓缓归……181
申城首家堂饮咖啡的粮油店……184
六神丸之父"雷允上"……187
电影《色,戒》里的皮货店……190
女服之王名满上海滩……194
老克勒钟爱的名牌衬衫……200
奉帮裁缝创建"少壮派"西服……203
惊艳了时光的海派旗袍……206
穿在脚上的艺术佳品……209
女性贴身的时尚伴侣……212
盛放了半个世纪的"白玉兰"……215
把瓷国文化瑰宝带回家……218
重拾老上海舌尖上的记忆……221
　　一只汤团风靡了近百年……221
　　鲜肉月饼的传奇故事……223

眼花缭乱的西式茶点……………………………… 226
　　名满天下的登山蛋糕诞生于此…………………… 228
　　肴肉、煨面、小笼赞得来………………………… 230

◆ 时尚

咖啡文化在这里延伸……………………………… 235
"制造时尚"的源创创意园………………………… 239
去公共文化客厅喝咖啡…………………………… 243
"编织皇后"的海派绒线时装……………………… 247
盛开在街边的创意之花…………………………… 252

◆ 高地

汇聚奢侈品大牌的恒隆广场……………………… 259
融文化于时尚的中信泰富广场…………………… 264
寻求"全生活"的金鹰广场………………………… 272
庄重典雅的民主党派大厦………………………… 276

缘分（代后记）…………………………………… 280

名宅

宛若童话仙境的马勒别墅

站在延安中路与陕西南路路口的人行天桥上眺望,高楼与绿荫中陡见数个尖尖的楼顶神秘地高耸着,北欧斯堪的纳维亚造型招摇着浓厚的异国风情,色彩斑斓的墙面精致华丽,在阳光下充满梦幻之感。这就是位于陕西南路30号的马勒别墅,它被誉为上海近代建筑奇迹之一,2006年被列入国务院第六批全国重点文物保护单位。

我最迷恋的还是傍晚时分的马勒别墅,这时,这座城堡建筑沐浴在夕阳下,建筑轮廓晕现着淡淡的金黄色,房子仿佛印在云端,犹如童话仙境。

寒夜壁炉前的承诺

马勒别墅的梦幻色彩源于它的故事,那是和这座建筑同样美丽的传说。因为它象征着爱,一个父亲对女儿的爱。

马勒别墅的命名是因为这幢别墅的主人是一位名叫埃里克·马勒(Eric Moller)的英籍犹太人。这幢别墅是马勒专门为他的宝贝女儿戴安娜建造的,这个温情脉脉的传说让这幢独特的建筑染上了一层粉红色的基调。

那天午后,在上海的一个寓所里,马勒美丽却又多病的女儿戴安娜·马勒渐渐进入了梦乡,她做了一个绮丽的梦。梦中,小女孩走进了她在安徒生童话故事中读到的坐落在云端的有着许多彩色尖顶的华丽城堡,她走进去,看到一间间可爱的小房子,她在一个个房间里流连忘返。突然,城堡像船一样移动起来,在一望无垠的海洋中驶向父亲常常提到的故乡——英格兰,又好像带着她来到在童话故事中读到过的北欧山地。小女孩醒来后,梦中的美丽城堡一直在眼前晃动,她就把梦中的城堡画在一张纸上。冬夜,外面北风呼啸,在客厅里火光熊熊的壁炉前,小女孩坐在爸爸身边,边在小手中拿着自己的画给爸爸看,边向爸爸描述画中的童话城堡。在冒险生涯中很少动情的马勒顿时被爱女的叙述感动了,他抱起女儿,对她说:"宝贝,你画得太美了!爸爸为你建造一个这样的城堡好吗?""太好了!"女孩高兴地拍着小手跳了起来。这位父亲没有食言,他决心要圆女儿的城堡梦。

1927年,马勒果然投入巨资,买进了陕西南路的这处地产。马勒喜爱并精通建筑,他请来了华盖建筑事务所的设计师,和设计师一起,按照自己女儿描述的梦境精心设计了这座具有童话色彩的超凡脱俗的梦幻城堡,无论是设计还是建造都有超高难度,历时近10年,直到1936年才得以竣工。建成后的马勒别墅里共有大小不一的房间106间,而且每一间房间的款式都不一样。经过了漫长的将近10年时间,那个做梦的小女孩应当是长成美丽的少女了吧。当一家人第一次走进别墅,戴安娜如沉入梦境,她喃喃道:"Fairyland(仙境)!"如今,我们依然能看到别墅阳光房上方的墙上刻着"Fairyland"字样,在阳光下熠熠生辉。

我喜欢这个故事,因为它是爱的象征。

一个英国家族的"东方冒险故事"

马勒家族原先是挪威海边以捕鱼修船为生的犹太家族,由于海盗血洗渔村,马勒的先人逃到瑞典当了水手。从那时起马勒家族就梦想能有自己的航运事业。移居英国后,赛赐·马勒成为了一名船长,主要往返于中英两国。1859年,作为马勒家族的"东方开拓者"赛赐·马勒从大不列颠坐船前往中国,1862年到达上海,并创办了赛赐洋行,从事海上运输,从此这个家族便与上海有了千丝万缕的关系。据《字林西报行名录》中记载,马勒家族在上海经营的核心业务是航运、造船。其实,该家族生意涉猎甚广,如万国商团、跑马总会、远洋航运、造船、保险、房地产等,还在香港、伦敦等地设有公司。在赛赐·马勒的儿子老埃里克·马勒管理下,家族企业蓬勃发展。1895年,老埃里克·马勒的儿子,行过成人礼的小埃里克·马勒也来到上海,帮助父亲打理事务。1913年,小埃里克·马勒子承父业,到1920年已拥有了海运船只17艘,并在上海创办了马勒机器造船有限公司,成为上海滩首屈一指的,与哈同、沙逊齐名的富商。

马勒家族的航运事业并非一帆风顺。在濒临破产之际,却得缘于一匹神奇赛马的相助。当时,上海跑马场大班霍克委托马勒父子从英国运输一批马来上海,由于遇到暴风雨,只有一匹名叫波洛尼克的赛马活了下来。埃里克·马勒一路上对它精心照料,并与之产生了深厚的感情。到上海后,在跑马场上的波洛尼克精神萎靡不振,屡战屡败,令霍克非常生气。他把埃里克叫到跑马场,神奇的事情发生了。原本无精打采的波洛尼克一见到埃里克居然立刻扬起马蹄,高声嘶鸣,显得异常兴奋。霍克见状突发奇想,当即提出要和埃里克打赌,若波洛尼克比赛输了,埃里克只需支付

100元,反之,埃里克可获得100万元。波洛尼克还真是争气,比赛开始,它如箭一般射出,一马当先,稳稳夺得冠军,为它的朋友埃里克赢得了100万元的巨额财富。同时,赛马感恩的故事也像神话一样在上海滩流传开了。名噪一时的埃里克·马勒受任跑马场大班,就此跻身社会名流之列。不久,他结识了当时上海最大的航运老板英商勃来顿的女儿琳达。琳达是勃来顿60岁时才有的独生女儿,自然被视为掌上明珠。埃里克娶了琳达后,岳父自然倾力相助。从此,马勒家族的航运事业如鱼得水,日趋壮大。后来,埃里克接管了赛赐洋行,出任了第一经纪人并把原先的业务扩展到了海上保险和船舶代理。其中船舶代理业务是他攫取巨额利润的主要来源。20世纪初期,航运业正处于兴奋期,他于1928年在复兴岛建立了英商机械造船厂,自营船舶修理业务。不久,又在浦东开办了马勒机器有限公司(沪东造船厂前身),职工多达2000人。接着,又买了一艘客轮做起了航运生意,往返于上海、镇江等地。据估算,20世纪20年代,埃里克·马勒拥有大小海船17艘,总吨位约5.3万吨,成为上海引人注目的私营航运企业家。他还从事报关、进口业务代理,同时兼营房地产,成了上海滩上有名的大富翁。

埃里克与琳达婚后育有两男一女,在三个孩子中,他最疼爱女儿戴安娜,因为戴安娜从小体弱多病,还有轻微的忧郁症。如前所述,马勒别墅就是为了圆女儿戴安娜的城堡梦而建造的,建造别墅时的埃里克·马勒正春风得意,拥有财富和盛名。

三个立面演绎不同的童话故事

马勒别墅四周围着用泰山面砖砌贴的高高的围墙,深褐浅褐色的砖面纵横拼贴,墙顶覆盖着黄、绿色的中国琉璃瓦,显得格外

典型斯堪的纳维亚风格的南立面

富丽堂皇。走进马勒别墅,仔细观察,你会发现它的三个立面竟然演绎着不同的童话故事。

　　从位于陕西南路 30 号的大门进入,迎面看到的是马勒别墅东立面,酷似一座迷你的欧洲古堡,三层纵横拼贴墙砖镶嵌着彩色琉璃砖。这小小的正门似乎延续着欧洲古堡为了抵御入侵只得放弃堂皇气派而采取低调隐秘的形式,而小小的门窗也符合小女孩梦境中童话仙境房子的式样。在主楼的大门两端,就像中国传统的豪门大宅一样,放置了一对石狮子,虽然石狮子口中没有石珠,造型像是一对西洋狮子狗,但这样的摆设却是地道的中国传统风格,这似乎暗示着马勒对东方元素的喜爱。

　　从花园进入,在碧绿的草坪上仰望别墅的南立面——三个立面中最华美的一面。呈现在眼前的是典型的斯堪的纳维亚风格,这源自马勒家族的故土——北欧。小姑娘的梦中城堡源自北欧山地,我去过北欧,在那里我明显地感觉到挪威王国有着和丹麦一样的童话情结,人性对自然的依恋在挪威建筑里毫无保留地流露着,这也非常吻合女孩的梦境。鉴于此,设计师把别墅建成了北欧挪威建筑风格。主楼为3层,房顶上矗立着高低不一的两个四坡尖塔形屋顶。屋顶的东塔顶高近20米,西塔顶比东侧高,约25米,东西塔顶的四个坡面上都筑有拱形凸窗,尖顶和凸窗上部都饰有浮雕,既增加塔顶内的采光面,也增添建筑的美感。屋顶高尖陡直,具有典型的挪威建筑特征,因北欧冬天多雪,为了防止屋顶被雪压塌,所以屋顶多做得很陡,使雪无法积厚,陡直的屋顶有利于抵御北欧寒风侵袭和减少屋面积雪。罕见的是塔顶的表面是由特制的金属青铝瓦呈鳞状覆盖而成,在阳光下熠熠闪光。

在主楼南立面上有3个垂直于主屋脊的造型优美装饰精细的双坡屋顶和4个老虎窗,连同东西及北面3个四坡尖塔屋顶交织在一起,使整幢建筑看上去宛如一座华丽的小宫殿。中间双坡屋顶的装饰木构件清晰外露,木构件之间抹着白灰缝条,显示出典型的斯堪的纳维亚情调的乡村建筑风格。主楼的外墙面用泰山砖镶嵌,每一接层间用两条双凸形线脚装饰。由一二楼外凸而形成三楼露台,在栏杆上设置绿色琉璃曲体圆柱和球体,使建筑立面稳重而精致。

别墅主楼连接副楼,高高低低,屋顶陡峭,外形凹凸变化奇致。门窗顶部为拱形,框架突出墙面。楼面陡峭,两座主塔高大、挺拔,像剑鞘一般,上开多层小窗。建筑物边梢楼角,都建有小的尖塔,以求与主塔呼应,造型绮丽。高低不一的陡峭塔尖构成建筑神秘奇妙的轮廓,让人仿佛来到北欧的神秘乡村。整座楼面呈现赭红色,一律由耐火砖建造,中嵌彩色瓷砖,看上去就像一座童话中的宫殿,十分奇幻。三层外伸阳台能充分接纳阳光,两侧的尖塔和彩色玻璃拱形铁窗以及窗台下的白色刻字"Fairyland",使整座建筑看上去仿佛是北欧作家安徒生童话里的房子。马勒在圆女儿梦的同时，也借此寄托着自己的乡愁。

别墅的北面，哥特式建筑风格一览无余。马勒别墅的6座尖顶陡直棱翘，有的以金属青铝瓦呈鳞状覆盖，有的以彩色玻璃铺顶，扑面而来的是浓浓的童话色彩，令人遐想住在这座城堡里的美丽公主会轻轻推开窗子，朝着你巧笑倩兮。这幢建筑特有的魅力将我们带进安徒生的童话王国，令所有人着迷。

室内设计诉说着主人的不凡人生

马勒虽是英籍犹太人，但他发迹却在中国，所以楼房的外形虽是北欧挪威式，但花园和楼内装修的许多细部却融入了中国元素。在马勒的潜意识里，这幢住宅，不仅是爱女的梦，也要纪念自己早年的冒险生活。由于马勒当年致富主要还是靠航运，所以他把这座外表像城堡的别墅的内部架构设计成酷似一艘豪华的邮轮。

别墅内部采用典型的英式柚木护墙板做装饰，主楼的建筑各层分隔较为复杂，东西两侧蜿蜒曲折的楼梯探向两翼，一翼通向船的"前舱"，另一翼通向"后舱"，而通道上的圆窗看起来则像是船上的舷窗。从主楼正门进去，里面是一个宽敞明亮的大客厅，所有的木制构件上都雕刻着花纹，木吊顶上有彩绘的罗盘和驾驶舵，就像船头一样。宽敞明亮的大客厅豪华气派，迎面两根大理石圆柱高达3米，旁边还有多处半圆立柱嵌入墙面。木制圆拱主门套和半圆形的窗户、拼花柚木地板，处处显示主人一掷千金的豪奢。主楼梯呈十字形，连接各楼层平台。走到一层半时，东西两侧楼梯分别探向两翼，一边通往船的"前舱"，一边通向"后舱"。二楼的两个大房间都设有犹如驾驶室的半圆形窗台，似乎一抬头就能望见浩瀚的大海。整幢建筑内的楼梯特别多，且都仿制邮轮楼梯，回旋曲折的扶梯一个接一个,时而向上,时而向下,四通八达,即使是同一楼面的房间有的也必须通过楼梯才能贯通,越往上,楼梯越窄,这就使空间产生一种扑朔迷离之感,使人仿佛置身于童话中的迷宫。每层楼梯口均设有非功能性的圆形窗,酷似海船的密封窗。置身其间,宛若生活在海上。在那些栏杆和柱头雕刻的细部,也多是与船舶相关的图案,如航行图、方向图、船舵、船锚、沙船队、海浪、海上日出、海上作业等,连地板也拼出了海草、海带的纹路。每间房间风格迥异,一幅幅木雕画面全是船队的海上生活。细长木条拼接的地板在每个房间呈现不同的图案,充满不羁的童趣,精美得犹如一块块编织的工艺地毯。过道、走廊等处都装有护墙板,并以彩色木板镶拼成犹如船用构件且精致万分的方棱形图案。楼梯的栏杆上刻有爱心图案,柚木板上随处可见用金粉着色的花饰,还有向日葵、万年青、白玉兰、莲花宝座、金元宝、铜钱等马勒喜爱的东方元素图案,至今依旧鲜艳,美丽精致的花纹共有 400 多种,仿船舱过道的木制平顶更是精雕细刻。在"侧窗"墙壁中还镶嵌着一块汉白玉"孔雀登枝"图案。室内气窗、窗套、门套以及平顶墙角等均是圆拱形,每层楼梯口均设有采光天窗。我注意到在二楼入墙书架的门楣上,左边刻着 Eric,右边刻着 Lindsay,这是马勒两个儿子的名字,不知是不是借此划出了他们各自的"领地"?三楼门厅上端,设计了一圈椭圆形的围栏,围栏上空是装有彩色玻璃的透明顶,每逢丽日,阳光透过彩窗,肆意地挥洒进来,呈现出斑斓柔和的迷人色彩,很有些爱丽丝幻境中的味道,充满童话中的空灵意趣。到了夜晚,四合的夜色犹如海水,月光照进半透明的窗,使人恍若置身于大海上悠悠行驶的豪华邮轮之中。洋楼的尾部,有一舵状之物,象征正在劈风斩浪的船舵。在楼梯的转角处放置着一个个佛龛,就像渔民在船上供养的菩萨,默默保佑着主人一帆风顺。

每层楼梯口非功能性的圆窗酷似海船的密封窗

马勒别墅的主人把自己一生的经历以及心灵深处的挚爱悄无声息地融入这处精心打造的生活空间中,那是一种深情的寄托,也是马勒别墅的魅力所在。

花园里的印痕暗藏主人柔情

马勒别墅的花园占地2000多平方米,除了具有中国古典园林的韵味外,同样融入了主人的生活记忆。花园位于主楼南侧,周围有灌木环绕,中间是一片草坪,同样以泰山砖铺成的步行小径,曲径通幽地围绕着草坪。从大门进入,左边是花园入口处,一眼便见到屹立着的一座与真马同样大小的青铜马雕塑,它的外形粗壮敦实,雄健有力,但不耀武扬威,只是默默伫立,静静注视着马勒别墅的兴衰荣辱。青铜马的原型就是那匹功勋卓著的赛马波洛尼克,埃里克·马勒最初闯荡上海滩的历史,就是由这匹马用它的四蹄书写的。它曾给马勒带来了财富,被称为功勋马。马勒对这匹功勋马有着教徒式的感恩,在建造别墅时,特地为它建造了这座雕塑安放在花园里,以表示自己对使他发迹的这匹纯种阿拉伯赛马的纪念。据说,铜像基座下面就埋葬着那匹赛马的遗骸,似乎延续着

花园入口矗立着的青铜马,原型是功勋卓著的赛马波洛尼克

与主人的半世交情。马勒的女儿很喜欢这匹雕塑马,常常轻轻地抚摸着它,和它说说话。遗憾的是这匹铜马的马鞍,已经在"文革"时期流失,至今下落不明。

进入花园,一条木栈道连接着高低起伏的"待月桥"蜿蜒至花园深处。一路走去,会看到散布在路径树荫里的石犬、石狮和石鼓,石犬雕像的造型十分可爱,这是马勒为了纪念自己的爱犬而设。花园中有一间造型别致的阳光画坊,那是马勒为自己体弱多病的女儿戴安娜专设的小屋,让她作为游园时的休憩之所,她可以坐在里边画画、喝咖啡。小屋内装有暖气,地上铺着瓷砖,粉金色的彩色玻璃穹顶充满女性的柔媚和浪漫之感,穹顶下部有艳丽的葡萄藤蔓和花草彩绘雕饰。马勒爱女之心从每一处细节里散发出来。在画坊前有一个白色的秋千架,虽是后人设置,但形象地诠释了马勒对女儿的爱,我们可以想象当年戴安娜坐在秋千架上晒太阳、看书的场景。马勒别墅里有一间采光最好的房间,那就是位于二楼的戴安娜的起居室,这间屋子正对着马勒卧室的阳台,马勒可以随时看到起居室里的女儿,随时满足她的需求。因为戴安娜喜欢猫,她那个房间的门下面,还特意留了个猫洞,便于猫咪的出入。可见马勒的细心和他对女儿的无限爱意。

园中遍植各式树木,如寓意大吉大利的橘子树、寓意早生贵子的枣子树、寓意多子多福的石榴树等,其中的丝绵木、黄杨树、罗汉松等至今已有80多年历史。花园深处还有池塘,映出树木的倒影,颇具诗意。池塘边一座镂空石雕灯塔,古意盎然,令人想起大海中的航标灯塔。花园里还错落有致地摆放着各式大型观赏石。这些石头色彩丰富,有瀑布、水波纹、山脉、山峰等纹理,值得细细玩赏。不过,这些观赏石并非中式园林中常见的太湖石和灵璧石,而是木化石和海卵石。当年,马勒利用家族航运的便利,将印尼的木化石和地中海的海卵石运至上海,按一定的风水方位摆放在花园里,也算是中西合璧了。花园内最高的观赏石是位于花园东南角的"紫气东来"石,这枚地中海海卵石红中带绿,红中带紫,对位花园西北角,暗合风水财位线,寓意枝繁叶茂,紫气东来。而散落于小溪边的形态各异的地中海海卵石也各自传达着东方的空灵意境。如置于小溪边的"听琴",有着天然瀑布的纹饰,仿佛在聆听溪水弹奏一曲《高山流水》;溪边的"观玉",因年代久远,石体内的结晶溢出,晶莹剔透,如碧玉依溪而置,与溪水动静呼应,似成"溪水绿玉"的景色;静置于"待月桥"畔的"枕流",纹理光洁,通体碧绿,寓意与世无争和曲径通幽;溪边的一块鸡血石,表面平整,可卧可躺,颇多雅趣,故得名"卧云"。花园里还散落着许多木化石,每一块造型都不一样,各有自己的特色。最为珍贵的当数溪畔的一尊名为"廉"的杏树木化石,此石为鸿蒙之遗,有着上亿年的历史。

名宅 | 13

有上亿年历史的杏树木化石,形似官帽,取名为"廉"

因其形似明朝官帽,取名为"廉",寓意为官清廉。

马勒别墅的新生

马勒别墅可以说是建筑中的另类,无法解释的建筑构造为它渲染了一种神秘色彩。别墅的建成不但圆了马勒宝贝女儿的梦,全家人还在里边过着舒适安逸的奢华生活,据说家里最多时用了35个仆人。可惜好景不长,1941年太平洋战争爆发后,日本军队占据租界,马勒因是犹太人,全家被赶往集中营,这里沦为侵华日军的一个俱乐部。1945年抗战胜利后,这里又变成国民党特务机关的驻地,常人无法涉足其间,因此它一直蒙着一层神秘的面纱。马勒一家从集中营出来后,身心遭受了巨大创伤,便离开了上海,从此再也没有回来过。

这幢寄托着主人一生挚爱的城堡建筑造了近10年,主人一家在里面却只住了不到6年,所有的浮华到头来都成了一场梦。

新中国成立后,马勒别墅成为共青团上海市委所在地。作为机关办公地,马勒别墅幸运地没有被过度使用,原有基本风貌得以保留。2001年1月,共青团上海市委搬出后,有关方面分别于2001年和2007年对别墅进行了"修旧如故"的两次修缮,在保留原有风格的同时,恢复了往昔的历史风貌,让古堡重现了昔日辉煌。如今在别墅里还能发现很多过去的痕迹,如餐厅内木墙裙里藏有马勒当年设计的隐秘保险箱,二楼一间房门的下方还保留了当时供马勒家族的爱猫通过的猫洞等。别墅内还收藏展示了很多老照片和老物件,这些宝贝被精心设置在相应位置,犹如一个小型博物馆,生动地还原了马勒别墅的历史。

如今的马勒别墅已是衡山马勒别墅饭店,在别墅一楼有个翡艾俪蓝(FairyLand)下午茶,推开落地玻璃门进入,精致木质吊顶下华丽灯饰闪耀着璀璨的光,木质地板拼贴出几何形花纹。室内用一大两小三个圆拱划分出不同区域,宽大的拱形窗户面朝花园,满目葱茏的绿色。这个下午茶秉承正统英式下午茶的做法,以斯里兰卡最负盛名的迪尔玛锡兰红茶佐以三层茶点。下午茶的餐具也十分考究,墨绿的底色典雅尊贵又清新神秘,据说灵感来自俄罗斯冬宫里沙皇的咖啡杯,金色的船舵和绳索纹饰似乎在纪念马勒家族的历史。泡茶的银壶、茶漏、银架等也融合了历史和文化,造型特别,触感细腻,而这些都是马勒别墅定制的专属标志,独一无二。室内环境安静雅致,但我还是更喜欢露天的座位,尤其是绿色宝瓶围栏里的,一张圆桌,面对面两个宽大的座椅,既私密又通透,花园美景一览无余。不过坐在花园的平台上也不错,尤其是初春时节,在温柔的阳光下品味英式下午茶,看着眼前绿油油的草坪和草坪两边的流水垒石,有身处梦幻仙境之感。

有故事的红楼和灰楼

托益住宅位于陕西北路和威海路相交的转角处,门牌号是陕西北路80号。在临近街角处有扇大门,两边围着高墙,这里现为上海第二工业大学。大门里原有两幢相互偎依而又各自独立的花园洋房,一幢是红楼,一幢是灰楼,两幢楼之间有一座天桥相连。不过,现在两幢洋楼,仅余一幢灰楼,早在1994年红楼已被拆除。

红楼虽已远去,但它和灰楼的故事却留存了下来。

托益建造的英国城堡式红楼

比起我们现在看到的这幢灰楼,随风而逝的红楼要气派得多。那是一幢上海罕见的英国城堡式独立花园洋房,原名河庐。建筑高两层,红砖清水墙面,外廊有8跨连续拱券和壁柱装饰,底层壁柱为方形柱,二层为圆形柱。顶层开有圆圈窗,上为券心石。二层上有橼形装饰,建筑两端设计了中世纪城堡式双塔,塔楼高三层,顶部覆盖有铁皮屋面,建筑女儿墙采用城堡式的雉堞形式,整个建筑十分豪华气派,细部装饰细腻。当年灰楼就在这幢城堡式建筑的后面。

红楼最早的主人是英国商人托益(R. E. Toeg)。托益有着显赫的家世，他1856年出生于著名的巴格达塞法迪犹太人海亦姆家族，其家族曾和沙逊家族联姻。18岁的托益于1874年来沪进入老沙逊洋行，任驻芝罘及宁波代理。1880年托益辞去该职，第二年自为交易所经纪人，1888年前往香港，与人合伙开设交易所。三年后托益再回到上海与人合伙担任交易所经纪人，成为上海众业公所及上海经纪人公会会员。就在这一年托益在今陕西北路80号兴建了自己的这幢大面积、大尺度，从内到外讲究豪华气派的城堡式花园住宅。

  1918年托益开始独立自主经营，干了4年后于1922年退休，过上了富足悠闲的生活。早在1882年，托益就已是上海跑马总会最活跃的会员之一，赋闲后更是热衷于跑马。我看到过一张托益在陕西北路80号花园里的照片，照片上的托益春风满面地站在自己的城堡式建筑前，旁边是他跑马赢来的各种大小奖杯，可见他是多么喜爱跑马，想来也一定赢得了丰厚的奖金。托益夫人活跃在犹太人社群，她担任犹太民族基金会中国委员会会董，办公地点就在离家不远处陕西北路470弄内的太平花园6号。

陈炳谦发迹后买下红楼

  这座城堡式建筑后来转让给祥茂洋行买办、旅沪广东富商陈炳谦。陈炳谦祖籍广东，他自己出生于澳门镜湖，少年时来沪谋生，勤奋和天分帮他打开了财富之门。在20世纪20年代中期，他曾担任祥茂洋行的华籍高级买办。当时上海滩有五大洋行，分别是沙逊洋行、旗昌洋行、怡和洋行、太古洋行和祥茂洋行，这五家洋行均在华经营综合性贸易。祥茂洋行的经营范围从进出口到保险、地产，无所不包。当时上海滩名气很响的祥茂肥皂，也是陈炳谦所在洋行经营的业务之一。

如今很普通的肥皂曾经是上海滩的奢侈品。1854年，英商率先将肥皂传入上海市场。当时数量极少，主要供外侨使用，俗称"洋夷皂"。那个年代，对于上海本地居民而言，使用肥皂尚属一种高档消费，除洋人外，只有少数富有的士商会购买肥皂。1888年，英商美查兄弟率先于上海投资生产肥皂，美查兄弟回国后，该厂在沪的业务转交祥茂洋行经管。此后直至20世纪20年代，英国祥茂肥皂有限公司出产的祥茂牌洗衣皂一直占有上海乃至国内较大的市场份额。陈炳谦在推销祥茂的英国肥皂时，注意广告宣传，注重品牌经营，显示了出众的才华。我看到过当年祥茂肥皂的广告，画面上是几位中国丽人在用祥茂肥皂洗衣服，广告中间用大字体印着"祥茂戏法肥皂"。上面还印有两段文字，一段曰"戏法人人会变，各有巧妙不同"。另一段是"戏法变得好，人人欢喜瞧。戏法肥皂，名实相符，亿万人士乐于购用，请购戏法肥皂，因其一丝一毫皆有洗涤价值，迥非其他贱价肥皂既能腐蚀衣料，复使发黄者所可比拟也"。用戏法比喻肥皂，可谓奇思妙想，确实有很大的诱惑力。陈炳谦看准了上海人喜欢新奇的心理，在负责推销肥皂期间，他让人把印有精美图案的祥茂肥皂广告纸贴遍上海大街小巷，使之成为人人想要的最畅销的肥皂，他自然也因此获得了极大的利润。陈炳谦致富后，与其兄长涉足地产投资，成为上海英国地产商业广告公司的董事。陕西北路80号的城堡式建筑就是陈炳谦在发迹后从托益手里买下的。陈炳谦买下托益的城堡式建筑后，又于1930年在住宅旁建造了一幢具有中西合璧风格的三层小楼。

中西合璧的灰楼喜获新生

陈炳谦投资建造的这幢由青砖砌筑的建筑墙体呈青灰色，整体是中国传统住宅风格，局部却带有不少精巧的欧式装饰。入口

中西合璧的灰楼侧面

室内装修具有装饰艺术派风格

处有 6 级台阶，两边是弧形双抱式水泥围栏，门厅两侧有圆形壁柱，显得十分气派。建筑主立面设置贯通三楼的围廊，围廊由罗马柱支撑，一楼为圆形柱，二楼为方形柱。内阳台前有数根罗马柱相隔，前置宝瓶式石栏杆，宽大的三面通透的内阳台直接通往室内。三楼为方形壁柱，三楼中间内阳台围廊栏杆是连续圆圈，左右两侧及转角处各有一个带铸铁栏杆的外阳台，通往中间拱形落地窗，显得跌宕多姿。室内有很多房间，房间里设置壁炉，阳台上铺设着马赛克地坪。建成后，陈炳谦和家人就住在陕西北路 80 号内的这两幢住宅里。

陈炳谦虽为富商，但他重义轻财，热衷于参与社会活动和慈善事业。1938 年 8 月 7 日，77 岁的陈炳谦在澳门镜湖逝世。

1994 年，城堡式的红楼建筑因土地批租被拆除，留下了无法弥补的遗憾。灰楼幸运地保存下来，但失去了相伴多年的红楼，仿佛一下子落寞了许多，孤零零地站在偌大的院子里，相看两不厌的唯有门前花坛里的花花草草。灰楼现在是上海第二工业大学教研楼，看着门前来来往往的学子和进进出出的学者教授，灰楼多少会感到欣慰吧，毕竟，他们为之带来了勃勃生机。

卓尔不群的华业公寓

西班牙城堡式的建筑外形

这幢漂亮的西班牙城堡式公寓静静地隐藏在南京西路恒隆广场对面的南京西路1213弄的一条普通弄堂内,南京西路一带的贵族气仿佛和它没有任何关系,建筑的另一个出口位于陕西北路

173号,这就是华业公寓。不过,它也并非一味地低调,开车经过延安西路高架桥时可以清晰地看见它的巍峨身影,和旁边的俄罗斯宫殿式建筑上海展览中心一样抢眼,这就显得有点高调了。不管是低调还是高调,都改变不了它与生俱来的不凡。

屋檐下有连续拱券饰带

2009年，在上海生活的瑞典电影人彼得·艾尔登等拍摄了一部名为《上海173号楼》的记录上海老房子的纪录片，影片中的"Building 173"，就是位于陕西北路173号的华业公寓。导演以冷峻的旁观者角度呈现了这座华业公寓自1934年建成至今所经历的历史变革，时间跨度长达70年。这部纪录片电影在英国、波兰、法国等国的电影节上展出，获得高度评价。

至今已走过了80余年岁月的华业公寓默默地矗立在上海喧闹繁华的南京西路路口的深弄之中，它的历史变革其实反映了上海这座城市的变化，而吸引异国他乡电影人目光的也许正是它那卓尔不群的形象。

营造商谭干臣和建筑师李锦沛

在老上海众多的高层公寓里，华业公寓可谓独树一帜，因为其余的高层公寓均出自外国设计师之手，而华业公寓却是中国建筑师李锦沛的手笔，这是旧上海为数不多的、由华人建筑师自行设计的公寓。华业公寓是老上海著名的营造巨商、谭同兴营造厂厂主谭干臣投资建造的。1928年，他以巨资在今陕西北路、南京西路口购得大块基地，建造华业公寓及东向的陕西北路175弄新式里弄住宅数十幢。这些住宅始建于1928年，1934年建成。公寓以华业信托公司名义建造，故而得名华业公寓。

谭干臣祖上是清朝广东十三行之一，京中第一代买办，做的是洋务生意。父亲早年来上海，在汉口路街心花园附近开设谭同兴营造厂，经数十年苦心经营，成为上海滩富翁，谭干臣排行第三，人称谭老三。谭干臣曾留学英国，与民国时期外交家王宠惠是同学。谭干臣于20世纪初通过承包外滩一带外商银行、洋行的大楼和仓库建筑工程发家，后投身于地产业，开始投资购地营建房屋，成为上海房地产的大业主。当时上海高层公寓大楼的设计者几乎都是外国人,而华业公寓却出自中国建筑师李锦沛之手。那么,为什么有建筑营造经验的谭老板会选中了他呢?

我们不妨先来看看这位李锦沛是怎样一位设计师。

说起来,这位李锦沛也是建筑科班出身,他祖籍广东台山,1900年生于美国纽约的华人家庭,1920年毕业于普赖特学院建筑科。1921—1922年,于麻省理工学院和哥伦比亚大学进修建筑,1923年获纽约州立大学建筑师文凭。在美期间,曾在芝加哥和纽约的建筑事务所任职,设计新泽西城基督教青年会、纽约时报馆等大楼。他的建筑作品融合近代建筑与中国传统建筑风格,宝塔一般层叠出挑的屋顶、朱红的柱子成为鲜明的建筑符号,使得"中国风格"第一次进入美国人视线,是第一位将"中国元素"播种到美国土壤的华人建筑师。1923年李锦沛和家人搬到中国上海居住,在上海他与一位茶商的女儿结婚,育有三个女儿。当时基督教青年会在中国发展迅速,李锦沛受聘为基督教青年会的建筑师。在青年会任职期间,他设计了长沙、保定、宁波、济南、厦门、南昌、武昌等地的青年会会堂。1927年中国建筑师协会在上海成立,他也在上海拿下执业执照,独立开设了自己的建筑师事务所。独立开业后,他在上海设计了一批中国风浓厚的作品,把传统中国建筑中的大屋顶、凿井、云纹、斗拱等元素与现代建筑的结构融为一体,人民广场附近的八仙桥青年会大楼(现名锦江青年会酒店)就是他与范文照、赵深等中国建筑师一起设计的。他还为全国青年协会、广肇公学、旅沪广东浸信会、清心女子中学、盲童学校、岭南中学、昆山基督教青年会、(宁波路)广东银行、新都大戏院、南京聚兴诚银行和杭州建业银行等设计了中西合璧的建筑。在20世纪二三十年代,他的中西结合的建筑设计风格也开始显现,他的设计作品不仅多产,而且多样化。他承包设计的建筑范围广泛,从豪华的西班牙复兴风格的公寓大楼,到摩登电影院、新哥特式教堂和装饰艺术风格的私人住宅,这些设计风格反映了那个时代的特征。1929年,被称作中国"近现代建筑奠基人"的吕彦直建筑师病逝后,李锦沛受孙中山葬事筹备委员会之聘,负责南京中山陵、广州中山纪念堂等工程的设计工作。

看来,这位谭老板也真有眼光,李锦沛设计的华业公寓建筑风格果然十分独特,1934年8月16日,当华业公寓竣工时,《中国新闻报》将这座当年上海最新式的住宅楼形象地描述为"一个高大的巨人,张开双臂,形成两个四层楼的翅膀"。当时世界城市正流行建造高层公寓,采用西班牙城堡式建筑风格的华业公寓也可以说是折中主义向现代建筑过渡时期的一个代表作品,它不但引领了当时的世界建筑潮流,即便在今天,这座高层公寓依旧引人瞩目。

住在华业公寓的谭家公子谭敬

华业公寓建成后,谭干臣一家住进主楼8楼。谭干臣去世后,家产由夫人唐佩书掌管。唐佩书的兄长唐季珊是有名的大茶商,包销祁门红茶,后来成了电影明星阮玲玉的丈夫。当年轮船招商局和开滦煤矿的创办人唐廷枢,亦是唐佩书的娘家人。谭干臣有4个儿子,3个儿子都不幸夭折,只剩下谭敬一人。谭敬生于1911年,1936年从上海复旦大学商科毕业。父亲去世以后,家中的房地产生意由母亲唐佩书掌管。谭敬本人虽有华业地产公司和华业信托公司经理的名头,但是他的主要精力,还是放在自己的业余爱好上。

这位谭公子爱好文物书画和古代瓷器,20世纪三四十年代在上海与张大千、郑振铎等是好朋友,近朱者赤,他因此精于文物鉴定,亦收藏颇丰,是上海滩有名的收藏家。他购入的柳公权《神策军碑》、赵孟頫《双松平远图》等,曾请人仿制后卖给洋人。新中国成立前,他把真品、精品卖了,余下部分藏在母亲唐佩书那里,后经郑振铎、徐森玉策划,徐伯郊奔走,陆续购回。他家存世最好的蟋蟀缸,都有明代的名家字款,甚至有宣德年间的,堪称一奇。1951年,谭敬将珍藏的战国时期的齐国量器"陈纯釜"和"子禾子釜"等文物捐献给上海市文管会,将北宋司马光的《资治通鉴》稿卷孤本捐献给了故宫博物院。谭敬的女儿谭端言后来嫁给了杜月笙的儿子杜维善,两人也爱好收藏,曾经把收藏的古钱币捐献给上海博物馆。

这位谭公子还喜欢足球、网球。创建于1931年的东华足球会是中国历史最悠久的足球队之一,东华队员最初由上海各大学的精锐所组成,嗣后又发展成由技术人员、医师、金融、工商界职员以及为数众多的大学生、爱国知识青年组成,为纯业余体育团体。其活动经费由上海工商界人士中热心者成立的董事会提供,除比赛时的各项开支外,队员不取任何报酬。东华队自成立起就代表着上海足球的最高水平,多次荣登各类比赛的冠军宝座,曾创下了一年48场不败的纪录,成为近代上海影响最大、实力最强的球队。东华足球队的第一任老板是盛宣怀的第七个儿子盛昇颐,热爱足球的他热心操办了球队的成立,又当了东华足球会的会长,主持了初创时期的一切事务,包括筹集经费,组织球赛,联系训练场地,还把他家老公馆中的一栋房子腾出来,供球队作队部。后来东华足球会扩大,队部搬到复兴中路现上海交响乐团所在地。抗战中盛老七去了重庆,出任华福烟草公司董事长,抗战胜利后他回到上海,东华足球队已由盛家的老朋友谭敬掌管。

谭敬在1943年成为东华足球会的主要董事,他还担任了甲队的领队。在谭敬主政东华足球队时期,"东华"打得最漂亮的几场球中,有几场是与洋人组成的西联队和意大利海军组成的侨联队对阵。对方一向以实力雄厚、球风剽悍著称,但与东华足球队的七次交锋,竟然全都败北,爆了个大冷门。抗战胜利之后,足委会接管了足联会。从1946年至1949年,上海共举办了四届足球联赛和足球杯赛,"东华"参与了前三届,最终形成了"东华"和"青白"两队称雄争标的局面,这就是上海老人们所说的"三年东青大战"的故事。1952年各队员回归各自工作系统的球队活动,于是民间体育组织的足球会暂告停顿。在以往21年的历史中,东华足球队屡挫强队,战绩不凡,名扬海内外,当时与香港的南华足球队齐名,被誉为我国东南足球双雄。

华业公寓里住过的文化名人

华业公寓位于陕西北路西侧与南京西路交会处,看上去卓尔不群。公寓为混合型结构,占地2183平方米,建筑面积超过1万平方米,高40余米。公寓呈三合院形式,由一幢10层高的主楼和两幢4层高的配楼组成,主楼居中,正面向东,立面线条古朴,平面为H型,四角有方形角楼,呈现西班牙城堡式建筑遗风。依次形成4层、8层、9层,直至中央主楼10层的跌落状的阶梯式。顶部为多面锥形,有点像中国亭子的攒尖顶,屋顶采用西班牙红筒瓦压顶,檐下设置一排西班牙连续拱券饰带,入口处设置挑出大雨棚,并曾有华丽的门头装饰,现已不存。入口楼梯前有绞形罗马柱撑起的拱廊连接。公寓共有220余间房,主楼底层为公共服务层,铺设地砖,设有门厅、访客厅、儿童游戏室、图书馆等。门厅后部设置3部电梯、13部楼梯,楼梯表面为水磨石。2层至8层为居住层,室内配柳桉木地板和钢窗,由起居室、卧室、餐厅、厨房、卫生间、佣人房等组成,四室除了16平方米的餐室外,还有备餐室。9层和

红砖顶簇拥的楼顶平台

10层为电梯机房与蓄水箱房。楼后设置汽车库、配电间、锅炉房和水泵房。主楼南北各有一幢配楼，高4层。配楼与主楼以车库、拱廊相通，外墙与天棚均镶嵌玻璃砖，利用天然采光，属于折中主义向现代建筑过渡时期的作品。当年建成后的华业公寓周围设置2500平方米的草坪绿地，中间有儿童游乐园，周围绿树环绕，花木繁茂。

华业公寓的主楼和配楼的每户都有大阳台，配设柳桉木地板的室内阳光充足，顶层设有很大的平台，站在平台上，看得见南京西路的街景。当年华业公寓建成时，西邻哈同夫妇的爱俪园（今上海展览中心原址），北邻沧州饭店，大上海的繁华盛景尽收眼底。华业公寓设施齐全，品质不俗，租金自然不菲。建成后，里面住的大都是达官贵人、富商或是富裕阶层的侨民。这里还住过几位文艺界名人，他们是作家、戏剧家李健吾和电影、话剧表演艺家金山、张瑞芳夫妇。

　　李健吾是山西运城人,从小喜欢戏剧和文学,在北师大附中求学时就开始写作,常在《晨报副刊》《语丝》发表作品,1925年他考入清华大学,先在中文系求学后转入西洋文学系,同年加入文学研究会。1931年他到法国巴黎现代语言专修学校研究福楼拜。1933年回国,在中华文化教育基金董事会编辑委员会工作。1935年任上海暨南大学文学院教授、上海孔德研究所研究员。抗战时期,李健吾是上海"孤岛"话剧界的成员。抗战胜利后,与郑振铎合编《文艺复兴》杂志,与黄佐临等创办了上海实验戏剧学校,新中国成立后继任该校(改名为上海戏剧专科学校)戏剧文学系主任。李健吾从内地归来后,一度找不到住所,便花了很大一笔费用,租下华业公寓的一套房间。

　　1947年,著名表演艺术家金山和张瑞芳从长春来到上海,暂时寄居在李健吾家,李健吾感到租金昂贵,打算迁居,金山便转租了下来。20世纪三四十年代中国电影界涌现出一批著名演员。当年,金山是与金焰、赵丹、蓝马、陶金、袁牧之等齐名的著名演员。1935年,金山与赵丹等创建了上海业余剧人协会,同年,主演个人首部电影《昏狂》,1936年,金山与王莹成立四十年代剧社,同年,金山与王人美共同主演由史东山执导的爱情电影《长恨歌》,此外,还主演了根据果戈理作品《钦差大臣》改编的电影《狂欢之夜》。1937年,金山在电影《夜半歌声》里扮演旧民主革命时期的革命者宋丹萍,《夜半歌声》被称作"中国的恐怖巨片",当年可谓家喻户晓,凭借出色的演技演活了宋丹萍的金山因此成为上海滩家喻户晓的影星,《夜半歌声》也成了他的代表作。张瑞芳是我国著名的话剧和电影演员,抗战时期,张瑞芳与白杨、舒绣文、秦怡并称话剧舞台上的四大名旦。新中国成立后,张瑞芳因塑造了性格泼辣的李双双而家喻户晓。1942年,金山在重庆排演话剧《屈原》

时结识了张瑞芳,两人在剧中分别扮演屈原和婵娟。于是,两人相恋并于 1944 年结为夫妻。

金山和张瑞芳在华业公寓住了一段时间后,也从那里搬出迁居别处。可见,当时的华业公寓绝非一般人可以"涉足"的。在此居住生活过的文艺界知名人士还有电影演员王丹凤、昆剧大师俞振飞等。报业巨子史量才的如夫人沈秋水也曾在华业公寓住过一段时间,1934 年 11 月 13 日下午史量才在沪杭公路上惨遭暗杀,11 月 16 日,在铜仁路史公馆举行大殓,合棺前沈秋水形容憔悴、步履蹒跚地来到史量才遗体前,用古琴弹奏了一曲《广陵散》以作永诀。沈秋水办完丧事后,离开铜仁路史公馆,独自一人住进了华业公寓的一个单间,终日垂下窗帘,焚香念经。她在华业公寓一住就是 20 多年,直至 1956 年逝世。

新中国成立后,华业公寓的主楼和副楼都住进了普通的上海人家,底楼成了社区活动中心,大花园缩小了,空地盖起新公房。其中不少房间或租或卖给了在上海商城上班的老外。公寓顶楼一度还被用作单身男宿舍,住在里边的当事人曾如此回忆:"麻将、火锅、单身汉的不羁和华业的秀丽风格形成鲜明对比……"这恐怕是建造者始料未及的吧。然而,岁月的洗礼带不走华业公寓的光芒,人们依旧能在转角处看到历史的积淀。

美轮美奂的荣家老公馆

在陕西北路186号门前有一排长长的厚实坚固的石砌矮墙，雕花的线条简约柔软，显示着一种低调与显赫，围墙尽头有两扇镂花大铁门。墙头伸出婆娑的樟树枝叶，围墙里绿荫掩映下有一幢建于1918年的具有法国古典主义建筑特征的城堡式三层洋楼，它堪称陕西北路上最美的大花园洋房。建筑非常大气，转角处呈六角形突出，上覆浅红色圆形穹顶，就像钟塔。站在陕西北路远远望去，钟塔般的楼角似乎站在绿树丛中，让人联想起佛罗伦萨的圣母百花大教堂。

这幢洋楼是当年上海滩为数不多的顶级豪宅之一，也是如今上海保存最完好最为高雅的花园洋房之一。它是旧上海棉纱、面粉大王荣宗敬的故居，人称荣氏老宅，又称荣家老公馆。荣氏家族，是以荣毅仁为代表的中国民族资本家族。他们靠实业兴国、护国、荣国，在中国乃至世界写下了一段辉煌的历史。荣宗敬先生和他的弟弟荣德生是民国时期的"棉纱大王"和"面粉大王"，先后共创办了几家企业，被誉为中国最大的资本家。20世纪初期这幢豪宅里政商名流出入频繁，歌舞宴会不断，当年，荣宗敬在里面呼风唤雨，屡创民族资本神话。他最终被迫出走也始于此。

建筑是凝固的历史，陕西北路上这幢大花园洋房记录了一个家族在群雄逐鹿的上海滩铸就的一段永远值得铭记的传奇,一个成功家族的奋斗故事,它所包含的人文价值决定了这幢豪宅独一无二的历史地位,这也是这幢老房子的魅力所在。

从投资钱庄业到创办面粉厂

都说建筑是人的精神塑像,当我们走进这栋建筑的时候,从它的外观和内部细节,可以解读出主人的性格。那么,我们先来看看荣宗敬是一个怎样的人。

用现在的话来说,荣宗敬是新上海人。他出生于江苏无锡,100多年前,14岁的荣宗敬一肩行李来到上海,他最初只是南市一家铁锚厂的打工仔,后来又进了上海永街豫源钱庄当学徒,三年学艺满师,跳槽到南京市森泰荣钱庄当钱庄的业务员,深得客户信任。1895年,受中日甲午战争影响,森泰荣钱庄倒闭,22岁的荣宗敬只能回到老家无锡。比他小两岁的弟弟荣德生在14岁时到上海通顺钱庄当学徒,三年学徒生涯练就了一把铁算盘,一手好书法,满师后跟随父亲到广东三河县河口厘金局任账房。三年后任期届满,因未得连任通知,父子俩只得回到无锡。

父子三人赋闲在家,兄弟俩商量后,决心再次闯荡大上海,从熟悉的本行做起,开一家钱庄。于是荣家父子出资1500两,招股1500两,于1896年在上海鸿生码头开办广生钱庄。荣宗敬任经理,荣德生任副经理兼账房,主管业务。主要经营无锡、江阴、宜兴等地的汇兑业务,一年后,业务扩展到了常州、常熟、溧阳一带。1897年合伙的股东觉其收益不高,宣告退股。于是,荣氏兄弟开始独资经营,但业绩平平。19世纪末,华北地区掀起了义和团运动,不久,八国联军入侵津京,战争开始后,有关当局在上海与各国驻沪领事订立《东南互保条约》,客观上使上海免受战火破坏。上海成了全国富豪的避风港,大官僚、大商人连人带财富挤进上海租界,成千上万的银两汇入上海,汇兑业务繁忙,贴利倍增,致使上海的钱庄业很快跨入黄金时期。荣家的广生钱庄就赚了7000余两银子,乱世的机遇给荣宗敬兄弟带来了资本积累的第一桶金。

荣宗敬与荣德生兄弟从各方面调查后确信,面粉工业是潜在发展的新兴事业。于是,4年后,荣家第一个企业——保兴面粉厂诞生了,当时虽然只有4台法国石磨,每天日夜班生产面粉也只有300包,却标志着荣家事业的起步。

第一次世界大战带来的机遇

保兴面粉厂生产的面粉一时难以打开市场,荣氏兄弟就在经销上动脑筋,在面馆、饭店"先试用,后结账",首袋面粉回扣佣金5分,经群众食用,证明面粉无毒,打消了人们对洋面粉的怀疑。1903年,保兴面粉厂改名为茂新面粉厂,聘请有经验的销售经理开辟天津等地的北方市场。1904年东北发生日俄争夺势力范围的战争,俄国人在东北开设的面粉厂大多数停工减产,战争双方都需要军粮,东北、华北的面粉价格节节上升,茂新面粉在东北畅销,供不应求。荣宗敬抓住商机,扩大茂新规模,投入最新机器,扩建厂房,每天日夜班生产面粉800包,当年获利6.6万两白银,偿清债务后,还赚出了两个茂新厂。1909年荣宗敬向美国恒丰洋行协商以分期付款的方法购进美国最新式面粉机18台,并扩建厂房,每天日夜班可产3000包至3800包。商标改用"兵船",表示可以与舶来品媲美,终于创出了中国面粉名牌产品——兵船牌面粉。至1912年,盈利已有12.8万两白银。1913年,荣氏又在上海新建福新面粉厂。

1914年第一次世界大战爆发,这是一场主要发生在欧洲但波及世界各地的世界大战,当时世界上大多数国家都卷入了这场从1914年7月延续到1918年11月的战争。在1914年至1922年期间,即第一次世界大战及其稍后一段时期,中国民族工业迅速发展。因为第一次世界大战期间,英法德俄等国忙于战争,生产受到破坏,致使外国来华商品和资本输入的总额显著减少,而出口总额大量增加,从而有力地刺激了中国民族工业的发展。轻工业和日用品制造业发展最快,其中又以纺织业和面粉业最为突出。从1912年到1921年间,荣家建有4个茂新厂、8个福新厂,共计12个面粉厂,占全国民族资本面粉厂生产能力的31.4%,荣宗敬被誉为"面粉大王"。从1915年自上海建立棉纺申新一厂到1931年的申新九厂,荣氏共拥有9家棉纺织厂,申新系统各厂的棉纱、棉布生产能力,占全国同业的28.6%,荣宗敬又戴上了"棉纱大王"的桂冠。

荣氏兄弟从开钱庄到成为商业巨子的商业秘诀在于他们的一生总是比同时代的人站得高并富有远见卓识。荣宗敬兄弟俩在兴办实业之初,就有一个设想:将来投资衣食工业。他们的计算是:面粉为食之所需,纱、布为衣之所需。并且面粉生产需要大量布袋,纺织生产需要大量浆纱面粉,"粉纱互济"可以降低两者的成本。除了抓住机遇、富有远见之外,荣宗敬还颇有开拓冒险精神,他当时采用了比较冒险的抵押贷款方式,开办新厂后抵押掉再办新厂,这种冒险的方式在那个特殊年代也是荣氏商业帝国急速扩张的一大法宝。到20世纪30年代初,荣家已拥有了茂新、福新、申新三大系统21家工厂,所生产的"兵船"牌面粉和"双马"牌棉纱行销海内外,成了名扬中外的华人著名企业——"三新财团"。毛泽东曾说:荣家是中国民族资本家的首户。中国在世界上真正称得上是"财团"的,就只有他们一家。

这幢大花园洋房就是荣家在事业发展势头最强的1918年置

办的。它曾经是一个德国人的住宅,荣宗敬买下时仅有南侧的主楼以及西北角的一处厨房副楼。荣宗敬邀请设计师陈椿江按照他的意愿进行了改建。在住宅的主入口处增建了八角小楼等建筑,经过三次增建后,建筑面积达到2182平方米,花园面积为2475平方米。荣宅内一个个美轮美奂的房间代表了跨越国度的对话,其中凝聚了家族的信任、中国建筑师与艺术家的心血。

低调外表下藏着令人惊叹之美

从陕西北路上长长的矮墙尽头两扇镂花大铁门进入,眼前是一条甬道,甬道右侧有太湖石、灌木丛、小亭子,甬道尽头是一个小门厅,门前有石头台阶,两侧有漂亮的巨柱,门厅上部是罗马柱支起的半圆形阳台,这个门厅是荣宅日常进出之处,门厅前一株历经沧桑的老樟树见证了曾经的一切。整个外立面以白色为主色调,显得简洁明快。主楼南立面有贯通两层的高大立柱敞廊,立柱底层为陶立克柱式,二层为爱奥尼柱式,在空间效果和装饰上有强烈的巴洛克风格。这个敞廊面向一片碧绿的大草坪和郁郁葱葱的树木环绕的大花园,门前有石阶连通。宽敞的门廊里有四扇玻璃大铁门通往室内。大楼的各个侧面由圆柱、圆弧形和凹凹凸凸带槽的块面构成,带有浮雕和纹饰的窗棂镶嵌其间,窗户的造型各具特色。走进荣宅,你会感觉到它低调内敛的外表下隐藏着令人惊叹的美。与住宅外部明亮的白色不同,这幢豪宅内部以暗色调木材辅以雕花,显得古朴典雅。门楣和窗沿上刻着精美的木制雕花,窗户镶嵌着彩色的拼花玻璃,在灯光下折射出奇异的光彩,为老宅注入了新鲜的活力。

从小门厅进入,左边护墙板上有一排挂衣钩,挂衣钩正中镶嵌着一面镜子。荣宅的这个小门厅是迎宾客厅,这里的地面布满6

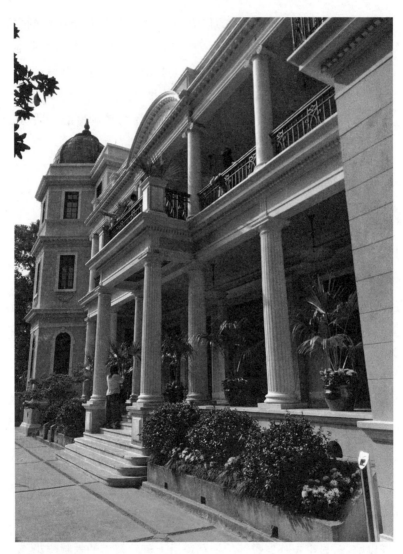

主楼南立面侧影

种颜色瓷砖拼出的六角星图案,这是古以色列国王的大卫王之星,是犹太文化的象征。浅青色墙面下方镶嵌的珐琅砖墙裙,呈现出犹太教圣物七枝烛台的变形图案。由于当时陕西北路一带居住着

甬道尽头的小门厅是当年荣家日常进出之处

不少犹太人,因此这些犹太元素也被建筑师融入荣宅的装饰风格中。楼内几道楼梯勾连着参差起落的层面,甬道尽头通向宽敞豪华的大厅,楼下其余部分是花厅、餐厅和阔大的描金绘彩的客厅。遥想当年,荣宗敬在客厅里运筹帷幄、制定大计、决胜千里,显示出非凡的魄力。

沿着布满精致花纹的柚木雕花楼梯拾级而上,便来到了荣宅的二楼。楼梯的一侧是夫人的卧室与盥洗室,装饰风格冷静庄重,卧室天花板上格子状的装饰条板顶上装有光线柔和的云石吊灯,四面墙壁均装有柚木雕刻的矮护墙板,营造出历史感。在护墙板中央,缠绕的枝藤和树叶取自阿拉伯花卉图案,该图案来源于伊斯兰世界并逐渐扩展至欧洲装饰艺术中。垂坠的花环和齿状的扁豆

二楼卧室外的大阳台正对楼下大花园

图案则起源于古希腊和古罗马。地板由浅色橡木板和深色柚木板交错相间，以对角线相接构成锯齿状图案，这种装饰艺术派风格的齿状图案在20世纪30年代的上海十分流行。另一侧依次为带有弦月窗的鹅黄色日光室，带有壁炉的深绿色饭厅以及装饰有深色木质雕花护墙板的浅朱红色会议室，每个房间的主色调都不相同，丰富的颜色变化增加了空间上的穿越感。会议室的木质壁炉带有新古典主义元素又兼具中国风细节，如出现在瓷砖炉台四周的人像和动物形象等，是当时西方对中国文化装饰的解读。壁炉四周刻有雕花，壁炉突起的面饰不仅作装饰之用，还能防止烟尘飘散到房间里。通过与会议室相接的连廊可以前往位于西面的宴会大厅。

主楼三层为主人以及长子的卧室。荣宗敬的卧室采用橄榄绿色墙壁搭配精雕细刻的米白色壁炉，十分清新雅致，屋顶吊灯由薄雕半透明雪花石制成的灯罩让光线优雅地洒满房间。这间卧室连着外面的大阳台,阳台正对着楼下的花园,这个花园曾搭台唱戏,梅兰芳也在这个花园里演出过。荣先生卧室旁的连廊通向附楼的北会客厅,连廊上共计 15 平方米的天窗采用了古老的蒂芙尼彩绘玻璃,透过窗格进入房间的光线投射在铮亮的大理石地板上。天窗上的玻璃设计结合了多种几何形状以及传统植物装饰图案。中间是呈鹅蛋形的图案,一圈玫瑰花烘托着中间的花朵,色彩绚烂,周围四边饰有柔美卷曲的葡萄藤纹饰。天窗背景则为方格状的彩色毛玻璃,带出一种方正的规矩感,与荣宅内随处可见的棋盘格瓷砖呼应。北会客厅的镶嵌装饰板由较薄的木质镶板嵌入木质框架中创造出精致的花卉和抽象图案,这个会客厅还配有吸烟室和台球室,吸烟室内饰有花篮和农具的雕刻图案让人联想起 18 世纪初欧洲室内装潢中流行的田园风光题材,而东亚灵感的凤凰图案则象征着美德与高贵。男士们可以在这个私密的吸烟室里点上雪茄,顺便喝点红酒,自得其乐。台球室的天花板檐口覆盖着金箔,

台球室的天花板檐口覆盖着金箔,护墙板间的织物采用了源自古希腊和古罗马神庙的植物图案

极尽雍容华贵,护墙板间的织物采用了源自古希腊和古罗马神庙的几种植物图案,异常精致。

荣宗敬长子的卧室位于荣宅西侧,是一间日光明亮的房间,有带玻璃门的嵌入式壁橱,房间南面独特的壁龛和位于房间上方的圆柱形塔楼遥相呼应。

女眷居住的莲花卧室,周围镶嵌着一圈景泰蓝瓷砖,雅致中潜藏着华贵的细节。

发生过许多故事的宴会厅

在荣宅上下徜徉,可谓步步惊艳。许多房间甚至楼梯的顶棚都由彩色拼花玻璃镶拼而成,天光透过色彩浓厚的玻璃顶棚照射进来,氛围灿烂神秘。最令人惊叹的当属宴会大厅。这个宴会大厅四壁呈暗色调,拥有华丽的壁炉以及具有历史感的装饰,4根高大的大理石立柱托起的天花板由69块色彩不一的玻璃拼接而成,足足有45平方米,中心是盛放的花朵,水晶状的射线向四周发散,构成旭日纹图案。外面是一圈圆形绶带花纹图案,最外面一圈是方形花纹边框,4个角上各有1个穗形小花环。整块玻璃就像剪辑在一起的彩色片段,在阳光下呈现出特殊的立体感,美不胜收,被称为"镇楼之宝"。这个有着彩色玻璃天顶的宴会厅是荣宅最大最靓丽的房间,这是荣宗敬宴请贵宾的地方,也是举办舞会时客人们彻夜派对的场所。这个奢华的宴会厅里发生过许多故事,主客在觥筹交错、推杯换盏间达成了一件件交易,促成了一个个决策。据说,荣氏集团的期货贸易最初就是在这个宴会厅谋划的。

荣氏兄弟一直视日商为劲敌,对于日本攫夺中国市场的行为深恶痛绝。1919年五四运动后,为了联合欧美抵制日本,荣宗敬曾在这个宴会厅设宴招待欧美商人。在宴席上一位大班提议说,日商在上海的期货交易所控制了面粉、麦麸的期货交易，就是控制原料与成品价格，荣氏集团不妨以期货贸易抵制日商。这个建议令荣宗敬醍醐灌顶。他当即在1920年3月1日成立了"中国机制面粉上海交易所"，并于8月14日正式对外营业。这是中国人在上海建立的首家期货交易所，主要经营面粉、麸皮的期货交易。1921年，荣宗敬创办的"上海华商纱布交易所"在上海正式挂牌，经营棉纱期货交易。通过这两大创举，荣宗敬掌握了上海的面粉和纱布期货价格的话语权。1925年，为了让"兵船牌"面粉赴费城万国博览会参展，荣宗敬在这个宴会厅设宴宴请了五省联军总司令孙传芳，他当时负责管辖上海市面。弟弟荣德生对此略有微词，但荣宗敬宴请孙传芳实在是不得已而为之。那天晚上，荣公馆门外岗哨林立，戒备森严。1926年，美国费城博览会给茂福申新总公司颁发"优良面粉"奖状，荣宗敬和弟弟荣德生成为中外闻名的"面粉大王"。

宴会厅适合为宾客举行正式晚宴，荣宗敬和家人则偏好在邻近的四壁以深绿为主色调并拥有华丽壁炉的餐厅用餐，那里是温馨的家人聚集场所。木质古典浮雕与室内的镶金工艺结合的护墙板，带流苏的窗帷装饰等带有明显的意大利文艺复兴时期特征。护墙板上的花饰多姿多彩，中西融合，有源自古希腊古罗马的垂坠花环和齿状扁豆，有源于伊斯兰文化的缠绕枝藤、枝叶花卉以及中国传统的祥瑞图案等，氛围祥和安逸。日光室是主人休息、小憩、侍弄花草、修养身心之处，设有多面窗户吸收阳光。彩绘玻璃窗上的复古和抽象的几何图案在荣宅中随处可见，但带有具象场景的面板却只此一处，这些图案的内容与其生活息息相关，既包括私人生活，也包括事业。一块面板上的图案为两艘小舟驰过一座高塔，可能暗指某个具有特殊意义的真实地点。1930年，荣宗敬在故乡无锡的太湖梅园修建了一座塔，用以纪念他的母亲。另一块面板上，岸边的西式城堡和大风车象征着权力和工业,河流可能代表从无锡流向上海的苏州河。20世纪早期,荣宗敬在苏州河两岸兴建了多家面粉厂和棉纺厂,因此,这个画面是他从商起家的最佳写照。

在接受关于陕西北路的电视纪录片采访时,编导金嘉楠小姐问我从这幢建筑是否能解读出主人的性格,看出荣宗敬是一个怎样的人。写了那么多老建筑的故事,类似的问题还从没有人问过我,但我觉得她提得很好,因为建筑里边其实藏着主人内心不为人言的秘密。当我在华美的荣宅四处端详时,深切感觉到这里的主人是一个事业心强,追求完美,内心又十分温柔的成功男人,他的审美能力非常好,内心又十分浪漫,这从他对色彩的偏好以及对光的偏爱中可见一斑,而他对母亲的感情也从玻璃彩绘的图案中表现出来。这幢花园住宅厚重得像一座城堡,很符合喜欢宏大浑厚的荣宗敬的心意,他称心如意地率领全家住在里面,运筹帷幄。荣宗敬把自己的家营造得如此美轮美奂,温馨宜人,是想有一个港湾。商场如战场,但他在这个自己精心营造的美丽港湾里可以获得片刻安宁。

安乐窝难敌风刀霜剑

荣家花园的后墙挨着南京西路上的花园公寓。荣宗敬在这里生活了十几年。那时候,荣家宅院幽静如画,大厅典雅古朴,室内陈设着红木家具和昂贵的瓷器、古玩、盆景,厅堂正中高悬着李可染的《江南渔村图》。

然而,现实却是严酷的,他依然没有躲过风刀霜剑。

1937年7月7日,日军挑起卢沟桥事变,由此发动了全面侵华战争。8月13日,日军侵犯上海,荣氏集团企业在战争中损失巨大,荣宗敬兄弟悲愤至极。荣德生被迫离开无锡,到汉口支撑着内地工厂。荣宗敬继续留在上海,利用"孤岛"有利环境,坚持生产。这时,日本侵略者在占领区成立伪政权,派汉奸胁迫荣宗敬出任伪职,他觉察到自己处境险恶,为了摆脱日伪纠缠,荣宗敬做出了一生中最艰难的决定:离开自己奋斗了大半辈子的上海,避居香港。1938年1月4日深夜,没有月光,寒风刺骨,荣宗敬为了不听命于日本人,从陕西北路寓所后门出走,乘上他的朋友、英商通和洋行经理薛克的轿车直驶黄浦江码头,然后通过加拿大的轮船远赴香港,离开了陕西北路上的这幢大花园洋房。当荣宗敬在月黑风高之夜离开这里远赴他乡时,内心一定是万般不舍的。他也断然没有想到这一去就是永别。到香港后他痛感国土沦亡,事业颓败,家人离散,内心悲愤抑郁,加上水土不服,不久,便因心力交瘁,突患肺炎,于当年2月9日在香港养和医院去世,走完了他艰难创业的65年人生之路。弥留之际,荣宗敬郑重地叮嘱儿子鸿元、鸿三:"看来我大限将至,要死在这里了,不管怎样,要把我送回去……还有,荣家的厂要力求保全,我死后,由德叔主持荣家产业,你们都要听他的,记住了吗? 还有,东洋鬼子是我们不共戴天的仇人……"两个儿子连连点头。

荣德生得到噩耗,在长江边呆坐了三四个小时。

一个月后的3月8日,荣宗敬的灵柩被抬上加拿大皇后号轮,船到上海港码头,荣宗敬的灵柩被移往陕西北路186号,荣宗敬算是又回到了西摩路(今陕西北路)上的家。5年后的1943年9月1日,荣家后人在荣氏老宅举行了家祭,第二天扶柩回乡。魂归故里的荣宗敬被安葬在无锡面朝太湖的一个山坡上。

国民党政权倒台前夕推行的币值改革和限价政策,不久就导致了严重的通货膨胀,引起抢购狂潮,上海经济渐趋瘫痪。上海产业界人士纷纷迁资海外,寻求新的出路。在这场金融风暴里,荣家未能幸免。1948年11月,荣宗敬的长子荣鸿元因套购外汇被国民党政府判处缓刑,后交了100万美元才算了结,心灰意冷的荣鸿元,不久就将鸿丰二厂纱机及设备售与大安纱厂,他则去香港另设大元纱厂,最后远走巴西,1990年客死他乡。他的弟弟荣鸿三、荣鸿庆和荣德生之子荣尔仁、荣研仁等也先后离开上海。2003年11月26日,是荣宗敬先生诞辰130周年纪念日,这一天,在陕西北路186号举行了"荣宗敬故居"揭牌仪式,银底红字的牌子十分庄严,荣宗敬的三儿子荣鸿庆等祖孙四代亲临现场揭牌。

新中国成立后,荣宅北面底层的餐厅曾是由民盟创办的《展望》杂志办公地。《展望》是1947年10月在南京创刊的,1949年3月被查封,该年6月1日在上海陕西北路186号的荣宅复刊,成为上海解放后最早出版的一本杂志,至1956年才离开荣宅。后来很长一段时期,荣宅一直都是民主党派办公地。2002年,意欲大力开拓中国市场的世界传媒大亨鲁伯特·默多克看中这栋房子,想买下来却没成功,最后签下10年租期,这里成了星空传媒的办公基地。星空传媒只是在这里做了简单的装修,墙壁斑驳依旧,楼梯踩上去依旧咯吱咯吱会响。幸好他们没有对房子"大动干戈",但从屋顶上竖立着的硕大公司标志可以看出他们是懂得这幢房子的价值的,并以能入驻其间为荣。这里戒备依旧森严,俨然昔日豪宅风范,普通人休想入内,进出的都是传媒界的俊男靓女、摩登人士,也难怪,那时正是传媒业的黄金时期。令人费解的是除了门口的铁面保安外,洋楼门厅两边居然各站立着一个兵马俑,实在是和建筑本身不搭调。10年后,租约到期,星空传媒从这里搬出。院门紧闭,一关就是6年。6年时间,世界知名奢侈品品牌Prada集团邀请了顶级修复团队驻扎其中,进行了整体修复,基本恢复了建筑的历史原貌。修缮后的荣宅由Prada租赁管理,作为Prada办公和产品展销的场所,在2017年底向市民开放参观,普通百姓由此能进入这幢豪宅一窥其艳丽的面目。

开设过电影院的平安大楼

陕西北路南京西路交叉口的西南角上坐落着平安大楼,门牌号是陕西北路 203 号。这幢深褐色的建筑楼层虽不算高,但其半圆状呈凸字形的身影却极具特色,它张扬地傲立在路口,显得很是伟岸。中间 7 层,朝陕西北路与南京西路对称延展的两侧为 3 层,看上去就像张开的两个翅膀,仿佛随时要飞走。

底楼原是安凯第商场

平安大楼建于 1925 年,为沿街周边型美式公寓,共 7 层,钢筋混凝土结构。建筑体量雄伟却不失简洁、秀丽。所谓美式公寓,即带有多元建筑风格,且以砖砌墙立面为其主要特色。底层为明亮醒目的米黄色石材,与上面的深褐色墙面形成对比,显得端庄稳重。这幢公寓是当时为数不多的多层带电梯公寓,配有简朴的水泥楼梯。标准层每层一梯四户,分别由两套一室半户和两套三室户组成,每个卧室里都带有一个卫生间,这在当时是很超前的。平安大楼建成后,底层中央部位及左右两间门面均为"安凯第商场",20 世纪 30 年代西班牙驻沪领事馆也驻扎在底层。

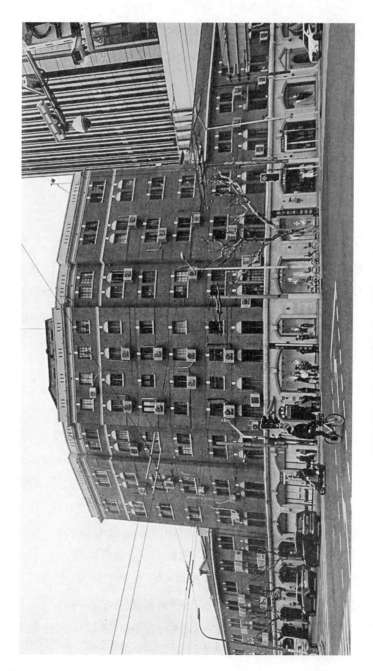

张扬地傲立在路口的平安大楼,两翼如张开的翅膀

路灯下的铭牌

对于老上海人而言,大概没有人不知道这里曾经有过一家电影院,名字就叫平安大戏院,出入口设在庞大的转角型呈半圆状的平安大楼底层的正中心。平安大戏院虽然只占这幢建筑底层的一小部分,但名气却比庞大的平安大楼响得多。上海的电影院不少,但在一幢公寓大楼底楼开设的电影院却不多见,而且它还高调地矗立在繁华热闹的十字路口,来往车辆和四面八方经过的行人很容易就能看到,它一度成为上海别具风格的地标建筑。

张爱玲最爱的平安大戏院

开设在平安大楼底层的平安影剧院的历史可以追溯到 20 世纪 30 年代末,那时它的名字叫平安大戏院。当时,南京西路原先有一些电影院,如大光明电影院、新华电影院等,因为地段好,交通便捷,当时又没有电视,所以每一家生意都不错,买电影票还要排长队。1939 年,美商雷电华影片公司葛安农、勃力登两人投资,将平安大楼底层的"安凯第商场"改建为别具风格的"平安大戏院",大戏院改建设计时,因场地有限,座位最多只能设504座。当时电影院有首轮影院和二轮影院之分,行业规定影院座位数达到1000座以上,并且有冷气设备和软沙发座位才能评为首轮影院,座位有限的平安大戏院只能屈居二轮影院。但它所处的位置及玲珑精致的体量却受到沪上时尚人士的青睐,观众称之为迷你型戏院。

平安大戏院开业后放映的大都是外国影片,首场放映的是外国电影《玉楼金阙》,四面八方观众闻讯络绎不绝赶来,从早场到夜场,几乎场场满座。平安大戏院门口贴满了外国电影的海报,南京西路和陕西北路交界处的宽大场地前常常挤满了影迷,《乱世佳人》影片中的费雯·丽和克拉克·盖博微笑中带点傲慢地俯视着来往行人,形成一道特殊的风景。在平安大戏院看电影的观众中有不少是教会学堂的女学生,穿着讲究,一些男观众也穿戴得宛若绅士,风度翩翩。当时,住在南京西路附近爱丁堡公寓(今常德公寓)的张爱玲也是平安大戏院的忠实观众。她在自己的小说《色,戒》中温馨地描述了平安大戏院及周边的景致:"她一扭身伏在车窗上往外看,免得又开过了。车到下一个十字路口方才大转弯折回。又一个U型大转弯,从义利饼干行过街到平安大戏院,全市唯一的一个清洁的二轮电影院,灰红暗黄二色砖砌的门面,有一种针织粗呢的温暖感,整个建筑圆圆的朝里凹,成为一钩新月切过路角,门前十分宽敞。对面就是刚才那家凯司令咖啡馆,然后西比利亚皮货店,绿屋夫人时装店,并排两家四个大橱窗,华贵的木制模特儿在霓虹灯后摆出各种姿态。隔壁一家小店一比更不起眼,橱窗里空无一物,招牌上虽有英文'珠宝商'字样,也看不出是珠宝店。"可见当年平安大楼所处的环境其实是融合了商业、时尚和风情等多种元素。所以,也就不奇怪平安大戏院会是这位倨傲的女作家最爱去的一家电影院,她在那里看完《乱世佳人》可以在附近逛街、买衣服,到凯司令喝咖啡吃蛋糕,慢慢回忆电影中郝思嘉和白瑞德见面的浪漫场景,然后慢悠悠地踱回自己南京西路常德路口的公寓去。后来她还把小说《色,戒》的高潮情节——刺杀也安排在了平安大戏院的门口。

平安大戏院旁原先还有一家名气很响的飞达咖啡馆。门就开在平安大戏院里面,窗子朝向南京西路,敞亮高大的玻璃窗上挂着雪白的镂空窗纱,坐在咖啡馆火车座里喝咖啡,里面的人看得见马路上的行人,马路上的行人隐隐约约看得见里面的人,感觉更为神秘。坐在最里边,隔了大玻璃,可以望见平安大戏院穿堂的电影观众。这家咖啡馆沿袭了欧洲贵族隐蔽、矜持、不张扬的风格,里面还有一个演奏爵士乐的外国小乐队。据说飞达是老上海最高级的咖啡馆之一,顾客多为熟客,每个客人都有各自的座位,侍者和顾客的关系相当友好,往往不用顾客开口,侍者就能报出顾客喜欢的咖啡和点心。张爱玲住在爱丁堡公寓时,常到那里喝咖啡,吃栗子蛋糕,飞达该是有她固定的座位的。后来,写尽上海金粉幽怨的张爱玲喜欢的咖啡馆消失了,幽秘的小舞厅也早已不见了。咖啡馆成了一家专售工艺品的商店,成排的穹形的门廊,墙上的西洋雕塑美丽依旧。平安大戏院旁边,原来还有一家建于1950年的维多利亚酒家,1959年改为珠江酒家,那里的广东菜做得很地道,算是上海有名的粤菜餐厅。不过那时张爱玲已经离开上海了。

据说,当年在平安大戏院的门厅右面还藏着一扇大门,通向隔壁的一家名为喜临门的高档舞厅。这是一家没有舞女的舞厅,门口左右各立一位穿清廷朝服的门卫,里面光线昏暗,音乐幽雅。整个舞厅只有一名琴师,前后两只风琴。该店的最低消费为一般舞厅的10倍,虽价格昂贵,这个不大的舞厅却是某些阶层人士的向往之处。

余生也晚,没有见到过这个舞厅,但对于平安影剧院的记忆却是温暖的。

藏在深巷里的平安影剧院

平安大戏院改为平安影剧院是在1964年,平安影剧院的牌子醒目地矗立在平安大楼底层中间,看上去又旧又小,宛如上海街头的一条弄堂。要进入平安影剧院内看电影,一定要走过一条长长的走廊才能到达检票口,真有点藏在深巷中的味道。走廊暗暗的,开着有点昏黄的灯,两边张贴着花花绿绿的电影海报,一路走去有种探险的感觉,还夹带着几分兴奋和满足。记忆中有这样长长走廊的电影院,当年整个上海只有两家,除了平安电影院,还有一家是位于西藏中路437号靠近南京东路的红旗新闻科教影剧院,放的大多是新闻纪录、科普性的电影,而平安影剧院却是可以放映故事片的。

1989年3月,平安影剧院改为平安艺术电影院,放映一些比较小众的文艺电影。我在那里看过由沈从文的小说《边城》改编的同名电影。那是一个夜场,我通过长长的走廊走进影院,电影拍得很唯美,如同一首散文诗,节奏舒缓,银幕上湘西的风景有一种超然世外的纯净,故事有点伤感,电影中少女翠翠的笑靥连同平安电影院一起锁进了我记忆的匣子,私密而温馨。电影散场后,我走在繁华的南京西路上,路上闪烁的霓虹灯折射出都市之夜的妖媚,我的心却很静,因为沈从文,也因为他笔下的翠翠。

平安电影院似乎是不太安分的,艺术电影院只不过存活了两年,1991年又改为平安迷你电影院,另设有艺术沙龙、咖啡厅等设施,并被市电影局定为"三星级"电影院。1996年又花费巨资引进休斯顿公司全套电影系统设备,并邀请好莱坞著名的布景设计师科克·艾斯提负责室内设计。电影院内所有设备,包括放映、音响、动感座椅、电脑控制系统、灯光效果、室内装潢等,全部从好莱坞直接进口,以打造成中国首家动感电影院。放映的影片经过好莱坞特技专家以70毫米胶片精心拍摄,每秒可传达60个画面,再以最先进的高解像度HD放映系统投射出来,视觉效果异常逼真。影院的招牌也设计得如迪士尼乐园般色彩鲜艳。喜欢尝鲜的我在那里看过一场动感电影,看的是什么电影已经不记得了。只记得坐上据说价值五万美金的动感座椅,随着故事情节及绚丽变幻的画面,通过座位上下、左右、前后摇动与颠簸振荡,体验电影中风驰电掣、穿云过涧、风雨交加、搏击星云、探索地心的感受,座椅下部还能模拟老鼠、蛇、昆虫等动物钻到腿下的感觉,说实话,这种高新技术带来的刺激和惊险,对于我这个本来就喜静不喜动的人而言,无疑是俏媚眼做给瞎子看,因为我在观赏过程中只觉得神经紧张,甚至有点害怕,只希望电影快点结束。

　　投资昂贵的"动感电影院"并没有带来预期的回报,平安电影院的经营日渐惨淡,也许是为了资金流通,院方将底层部分区域分割出租给了个体商铺。在平安电影院进门处原本华丽的走廊里布满了卖廉价服饰和卖绸布的摊位,那时,门厅上面是半圆形的闪烁着"平安动感电影院"的霓虹招牌,下面是像标语一样的红底白字的"久虹呢绒真丝"牌子,看上去有点滑稽。南京西路本来就是热闹地带,人们逛街时路过,顺便进来看看也是有的。进入门厅,只见俗艳的服装挂在走廊里招徕顾客,嘈杂的人声,熙来攘往挤挤挨挨的人流,买好商品的顾客拎在手里的低劣塑料包装袋,看上去就像乡间的集市,实在和平安大楼的气质太不般配。一般来说,喜欢买廉价服装的人是不大会去看票价不低的动感电影的,而想看动感电影的人发现进电影院前要走过如此拥挤的走廊摊位也许会停住前行的脚步。

2005年平安电影院终于淡出上海,彻底与胶片作别。突然想起张爱玲小说《色,戒》中的一段文字:"王佳芝在平安电影院前上了三轮车,就此一去不复返了……"同时想起的还有苏东坡的诗句"莫听穿林打叶声""归去,也无风雨也无晴"。

平安电影院已经随风而逝,但平安大楼却依旧屹立在南京西路的闹市口,平安大楼的历史仍在继续。

2006年,原先的平安电影院和旁边的珠江酒家都被改造成了深受全球时尚青年喜爱的西班牙服装品牌ZARA在中国的首家专卖店,原来平安电影院和珠江酒家的门也都变成了ZARA的橱窗,连绵的橱窗用一个个拱形墙面分隔,规模不小,橱窗里的模特颇具国际范儿,倒是和平安大楼本身的气质契合。平安大楼陕西北路一翼的底楼则成了龙凤旗袍、亨生西服和白玉兰真丝三家老字号的专卖店。

卖西式菜的西摩路菜场

　　了解一个城市的最快速最直接的方式是去看它的菜市场。菜场是最原生态的城市面貌，市井味、烟火气，人生百态的象征，城市再偏僻，菜场却一样活色生香。生活中的百般滋味、人情、色彩都集中在这里。古龙说，一个人如果走投无路，心一窄想寻短见，就放他去菜市场。那意思是，再心如死灰的人，一进菜场定会重新萌发对生活的热爱。我的一位作家朋友，凡是到外地开笔会，他每天一大早都要到当地的菜场逛一圈，说是去感受一下那个城市的市井味道。

　　上海的菜场从诞生开始就有着上海这个城市最浓厚的人情味。

　　上海最早是没有菜场概念的，在19世纪中叶，上海居民日常所需的蔬菜和鱼肉类还主要由近郊农民或摊贩每日清晨在集市上设摊出售，或走街串巷叫卖，或者购自开设在街面的肉店、鸡鸭鱼行、蛋铺等，豆制品则购自一些前店后工场的作坊。1890年，在今塘沽路、汉阳路、峨眉路三条路相交处形成的一块三角形土地上建成一个规模不小的木结构室内菜场，这就是有名的"三角地菜场"，这个菜场建成后很受当地居民欢迎。在使用了26年后，在1916年这个室内菜场被重建为三层钢筋混凝土结构的菜场，底层为蔬菜市场,二层为鱼肉副产品市场及罐头包装食品柜台,三层为各种小吃点心店。上海人喜欢称菜场为小菜场,这个三角地菜场可以说是上海最早的现代化小菜场。当年就有文人在《沪江商业市景词》里描述三角地小菜场:"造成西式大楼房,聚作洋场作卖场。蔬果荤腥分位置,双梯上下万人忙。"

20世纪二三十年代,上海经济发展迅速,西摩路(今陕西北路)地处公共租界,是华洋杂居的高档居民区,附近商业网点日渐增多,生活物资丰富。1928年于今陕西北路286号建室内菜场,菜场由路得名,名为西摩路菜场,于1929年开业。这是老上海开设时间较早且规模较大、品种较完善、品牌较知名的一家室内菜场,仅次于虹口三角地菜场。以干净整洁的环境闻名的西摩路小菜场为三层流线型的现代风格建筑,简洁大气,通透明亮,暗藏贵气。底层为菜市场,宽敞的楼梯通往二楼综合性商场,第三层为办公用房,大部分由饮食店租用。比起以往的马路边设摊的露天菜场,室内菜场不怕刮风下雨,菜场内嘈杂的声音也被纳入室内,周围的居民感觉安静多了。

西摩路菜场由工部局经营管理,当时曾出租铺面,由经营副食品的个体商贩、郊区菜农设摊,以供应西式菜闻名。主要经营牛肉、培根、西式火腿及各种时令蔬菜,蔬菜的品种繁多,做西餐必备的土豆、圆白菜、洋葱、红菜头、豌豆、胡萝卜、芹菜等应有尽有。奶油、黄油、起司等也能在这里买到。每天拂晓时分,菜场里灯火通明,新鲜的肉类、水产、蔬菜已源源不断地运入,时令蔬菜、生鲜鱼肉被分门别类地摆放着,就连进口罐头也有专设柜台。沿西摩路菜场两侧底层都开着牛羊肉庄,冷冻柜内摆满了镀银盘子,里面装着标有不同规格的牛羊肉。当时的泰康食品公司也为西摩路菜场提供奶酪、咖啡、白脱、洋酒、洋烟等,菜场还兼营水果、鲜花等。当年,来西摩路菜场买菜的顾客除了住在附近的太平花园、平安大楼和华业公寓里的洋人与有钱的华人,就连住在哈同花园和马勒别墅的洋人也会开车来西摩路菜场进货。一些追求西方生活方式的上海人家也都会慕名来西摩路菜场买菜,外国侨民与中国居民和谐相处,各取所需。有洋人来买菜时,一些营业员会操着简单的带有洋泾浜口音的英语,和顾客交流。讲得最多的是"Do you want beef(你要牛肉吗)?""Do you want mutton(你要羊肉吗)?"

西摩路菜场诞生后,周围陆续开出了一家家店铺,如大饼店、水果店、刀具店、洗染店、烫衣店、裁缝店、地毯店、理发店、鲜花绿植店乃至卖丝线缝衣针的杂货店等,一应俱全,以满足居住在周围的中外富裕人家的需求,逛西摩路菜场一度成为当时的一种风尚。因环境整洁,重视食品卫生,西摩路菜场还在1937年被上海市卫生局指定为模范菜场。

1946年,菜场随路名变动改称陕北菜场,并逐步发展为综合性的副食品市场,货源丰富性与销售量均在全市同行业名列前茅。至20世纪80年代,陕北菜场已发展成为综合性、多功能、全日制的大型副食品商场,营业面积2000余平方米,与三角地菜场、八仙桥菜场、福州路菜场齐名,被称为上海小菜场的四大金刚。如果要买烘山芋,买粢饭,买大饼、油条、豆浆,南京西路上是没有的,只有陕北小菜场附近有。由于小菜场里生意好,因此各种和老百姓家庭生活有关的摊位如皮鞋摊、裁缝铺、修阳伞铺、酱园、生煎馒头店等也纷纷在小菜场内占有了一席之地,它们倚菜场而生,生意兴隆。这一段路曾是陕西北路上最世俗、最市井的一段,也是普通百姓最怀念的一段。

陕北菜场在经营上善于创新,陕西北路上以前多侨民,陕北菜场为照顾他们的饮食习惯,在二楼设立侨民专摊。从20世纪70年代末开始,陕北菜场又首先发明了盆菜供应。那时候特别流行的"盆菜",就是按照节气,把时令菜品合理配伍,搭配成盆菜,经

曾经的西摩路小菜场

过择洗、切配以后,摆放在一个个瓷盆里,品种数量都以炒熟了刚好是一碗的量,满足一家用餐的需求为准,这样买回去就可以直接烧了吃,省了择、洗、切菜的麻烦,很受市民欢迎。菜场进货的所有蔬菜,总有多余,比如番茄、土豆、绿叶菜等。而把鸡蛋和番茄、土豆和牛肉一搭配,原来滞销的番茄、土豆也"借船出海"一起卖掉了。如茭白炒肉丝、咸菜百叶丝、萝卜鲫鱼等家常盆菜也都是这个理念。菜场少亏,市民实惠。盆菜的花样有很多,主要还是为了方便顾客。因为是统配、统切,价格要比自己选配还经济实惠。

20世纪80年代初,陕北菜场又新增了预定套菜的服务,套菜是在盆菜的基础上发展而来的:即每月付好定金,客户自己确定每日套菜菜单,早上9点前取,标准是荤素搭配,两菜一汤。其中蔬菜择干净,荤菜清洗过,这大大方便了顾客。由于西摩路小菜场的服务一直以顾客的需求为上,所以品牌创新和生意经营也一直在全市处于领先地位,收获了良好的口碑。1986年底,菜场二楼改建成全市第一家优质食品商场,经营品种由原来的副食品扩展为南北杂货、土特产、烟、酒、糖、糕点、罐头食品等,并附设音乐茶座。

为配合市政建设,经历了半个多世纪沧桑岁月的西摩路菜场于1993年8月18日进行定向爆破,隆隆声中这个曾以供应西式菜闻名老上海的菜场轰然倒下。后在原址建造起了现代时尚的金鹰国际购物广场,犹如凤凰涅槃。

五卅运动策源地：西摩路上海大学

在恒隆广场商务楼外的陕西北路南阳路口的草地上，一块上海大学遗址纪念铭牌静静地躺在草丛中，默默看着眼前的繁华热闹。从这幢高档写字楼里走进走出的白领一族是否知道这里曾经

恒隆广场草坪上静静地躺着上海大学遗址铭牌

坐落着一座叱咤风云的红色学府——上海大学,中外驰名的五卅运动就策源于此。中国著名教育学家、原上海大学负责人陈望道在1961年7月22日《关于上海大学》中说:"西摩路是五卅运动的策源地——五月三十日这天,队伍就是从这里集中而后出发到南京路去演讲,而被打死了人的。"

现在我们看到的铭牌所在的草坪上曾坐落着一座三层楼红瓦洋房,位置是西摩路(今陕西北路)132号,1924年2月19日至1925年5月,上海大学就是在这幢三层小楼里办学的,而恒隆广场高耸的楼宇矗立之处在100多年前曾是陕西北路299弄的石库门弄堂时应里,弄内4至12号则是上海大学的分部和师生宿舍。

当我凝视这块草坪中不大的纪念铭牌时,记忆飘得很远,我实实在在地感觉到这块小小铭牌的厚重力量,那是历史铸就的。

上海大学创办于1922年10月23日,是在当时国民党和中国共产党酝酿合作的大革命的背景下,由国民党人和共产党人合作创办的一所大学。这是一所红色学府,曾是传播马克思主义、传播先进文化知识的阵地。当时国共两党的先驱于右任、邵力子、瞿秋白、邓中夏、陈望道、蔡和森、恽代英等曾先后在上海大学任职任教,为中国革命和建设培养了大批英才。20世纪20年代上海大学是与黄埔军校齐名的叱咤风云的一所大学,当时社会上流传着"文有上大,武有黄埔"之说。

改革学潮催生上海大学

上海大学的前身是私立高等专科师范学校,校址在青岛路(今青云路)298弄青云里。校舍是一座两层楼老式石库门房子,共十间房。这个学校是有改革创新基因的。当年由于学校设备简陋,师资匮乏,教学内容陈腐,教学秩序混乱,引起学生极大不满,

1922年10月18日学校发生学潮,其起因缘于15日午饭夹生,有少数学生主张罢饭,他们激昂地掷筷翻台,这实质上是针对校长王理群带着学生缴的学膳费去日本东京留学的抗议。其中有位名叫朱间白的学生,因饥饿难耐,只管低头吃饭,一碗未吃完,就被部分同学群起而攻之,讥讽道:"有人再吃生饭的,是非人类的畜生。"朱吃过午饭,写了一张纸条贴在饭堂内,条子中说:"我同诸位是同学,假如诸位说吃生饭的是猪,诸位同学当然也是猪了。"此条子引起一些同学反对,以为朱间白侮慢同学,周学文等邀集同学以自治会名义请求学校当局开除朱间白,否则便全体罢课,但此请求未被允准,学校仅宣布将朱间白记大过两次,周等坚决不答应。校内学生赵吟秋、汤镜明等也在自治会中反对开除朱某,两方在辩论中发生冲突,汤镜明被殴受伤,警察署闻讯派来五名武装警察,当场弹压。师生奋起抗争,撇开朱间白一事,积极进行改造学校的正事。学生们于10月19日开始罢课,并成立改组会,至10月22日,商议决定变更学制,学生代表于当日至黄河路于右任寓所,情辞恳挚地请求于先生担任新校校长。于右任是领导西北靖国军失败后来沪的,在"双十节"时,曾发表过救国必须先从教育着手的言论,所以大家对他十分仰慕。于先生开始不肯答应,20名学生代表一再诚恳邀请,于先生不忍心坚拒,便表示竭力支持,但对是否出任校长还得考虑。同学们要求于校长先到校训话一次,以定人心。10月23日上午,于右任在邵力子和学生代表陪同下乘坐临时雇用的汽车到北火车站,同学们手持欢迎旗子,列队守候,见车一到,乐队立即奏乐,并高呼欢迎口号。由乐队开道,中间是学生,汽车在后,向学校前进。这时天上下着密集的毛毛雨,车站距离学校有几里地,但学生们秩序井然,精神振奋地在雨中鱼贯而行,令于右任先生十分感动。到了学校,尽管同学们衣履尽湿,但并未休息,全体开会欢迎于校长。会上,于右任致辞表示:"予实不敢担任校长,但诸君如此诚意,念西哲言互助之义,自动植物以致野蛮人类皆能互助,何况吾辈为有文化之人,自当尽力之所能,辅助诸君,力谋学校发展,改日再当提出意见,与诸君商榷。谨以诚意感谢诸君。"

10月23日,学校贴出启事公告。公告全文为:"本校原名东南高等师范学校,因东南二字与国立东南大学相同,兹从改组会之议决,变更学制,定名上海大学,公举于右任为本大学校长。此布。"

上海大学就此诞生了。

上海大学刚创办时,正值国共两党酝酿合作之际,于右任校长就如何办好上海大学征求李大钊的意见,中国共产党出于在上海开办一所培养革命干部的学校,为领导今后革命运动做准备的考虑,立即同意合作办校,并推荐瞿秋白出任上海大学学务长兼社会学系主任。参与学校行政和任教工作的还有校务长(当时称总务长)邓中夏以及邵力子、施存统、恽代英、李汉俊、杨贤江、侯绍裘、沈雁冰(茅盾)、陈望道、任弼时、蔡和森、张太雷、萧楚女、蒋光慈等一大批著名共产党人和社会知名人士。学校设有社会学系、中国文学系、英国文学系、俄国文学系、绘画系等,面向全国招生。学制四年,毕业后授予学士学位。

上海大学初创时,校舍虽简陋,却名师云集,以中国文学系为例,陈望道讲授修辞学、美学、语法、文法学,邵力子讲授历代著名文选、散文,田汉讲授文学概论、西洋戏剧、近代戏剧,沈雁冰讲授西洋文学史、小说研究,俞平伯讲授诗歌、小说、戏剧,刘大白讲授中国大文学史、中国诗史、诗歌等,李大钊、章太炎等也都曾到上海大学演讲。一时间,上海大学内人才济济,群贤毕至,传授新思想、新观念,传播马克思主义理论,上海大学声誉日隆,慕名而来的求学者络绎不绝,使上海大学成为中国共产党诞生后最早创办的培养革命干部的学府。由于社会学系的成立,尤其是对马克思学说进行系统的讲授及讲学与行动相结合,在中国属于首创,成为上海大学的教学特色,故颇具号召力。主持社会学系的是瞿秋白,他除了担任社会学系主任外,还讲授"现代社会学"和"社会哲学"两门课,他上课通俗明白,广征博引,深入浅出,很受学生欢迎。当时,来听课的不只是本系的学生,还有中文系、英文系和美术系的同学,甚至别的学校爱好社会科学的同学也来旁听,窗外和门口都站满了热情的听众。

上海大学校务蒸蒸日上,全国革命青年闻风竞从,争相入学,其中有从我国边远地区云南、贵州和四川等地来的;有从南洋、日本、朝鲜等地归国求学的。就是在上海,也有许多青年是从校舍巍峨、设备完美的南洋大学、沪江大学以及东亚同文书院等校转学过来的。现代著名学者、作家孔另境是上大中文系的学生,因为姐夫沈雁冰在上大开有课程,孔另境1922年从乌镇来到上海,住在姐姐孔德沚与姐夫沈雁冰位于虹口的家里,早上和姐夫一起去上海大学,当时和孔另境同在上大中文系求学的还有戴望舒、施蛰存、丁玲等。上海大学的学生课余活动也十分精彩。英文系组织英语辩论会,绘画系组织美术研究会、旅行西湖写生团等。学生还自发组织了"春风文学会""青凤文学会"和"湖波文艺研究会",并曾出过《春风文学》月刊。在上大建校一周年纪念会上,该校男女学生自编自演新剧《女神》及《曹锟盗国》,并有绘画系学生分组奏国乐及西乐,有笙箫横吹、钢琴独奏等,又有女生表演单人舞、滑稽舞,还有幻术、拳术等,直至夜深。

上大学生中成立了中国共产党组织和共青团组织。1923年,安剑平等创办上海大学孤星社,孙中山亲自为《孤星》填写刊名。上大学生成为大革命时期上海学生运动的主力。成立后的一年时间里,上大从"向不著名的学校,一变而崭露头角"到"已为一般社会人士认为新文化指导者"。

西摩路时期是上大的全盛时代

　　上大办校两年多,学生规模从 160 多人扩大到 400 多人,原先青岛路(今青云路)的两幢石库门房子已不敷应用,并因瞿秋白在校执教而引起军阀当局注意,遂于 1924 年 2 月 23 日迁到西摩路 290 号(今陕西北路南阳路口)一幢三层红砖洋房内,校门坐东朝西,内有花园园地。房舍比青岛路的要宽阔得多,还有很大的余地可以作为操场,交通也便利。除教务、总务在楼下办公外,其余皆为教室。同时还租赁了斜对面的西摩路 299 弄时应里内 5 幢房屋作为上大分部。时应里为旧式里弄,内有两层石库门房屋 22 幢。上海大学租下 4 至 12 号民房,楼上是办公室、课堂和宿舍,楼下是社会学系的教室、食堂及平民夜校的校部,许多报告会和较大的活动都是在这里举行的。迁至西摩路后,上大进入了全盛时代,校内群贤一堂,除了由《民国日报》总经理邵力子先生代理校长外,教务主任由邓中夏担任,总务主任由周觉民担任。中国文学系主任是陈望道,英国文学系主任是何世桢,俄国文学系主任是蒋光慈,社会学系主任是瞿秋白。此外,如叶楚伧、胡朴安、刘大白、彭述之、恽代英、施存统、田汉、沈雁冰、高语罕、谢六逸、傅东华等著名学者,亦分任各科教授。谚云"种瓜得瓜,种豆得豆",如此强大的师资阵容,"乐得英才而教之",上大当年的名震中外,自非无因。因社会需求甚殷,不久,上大又增设了政治学系、经济学系、教育学系和商业学系。

　　上海大学在西摩路的时间不长,却留下了值得纪念的红色篇章。1924 年春天,上海大学成立了党支部,瞿秋白担任党支部书记。党组织成立后,积极引导学生建立各种研究会和学术团体,积极参加社会实践活动。当时,上海大学还输送了很多学生投靠黄埔军校。1924 年孙中山创办的黄埔军校开学,他起用了上海大学师生担任要职。广东黄埔军校第一期招生,在当时还是秘密的,也是由上海大学代为办理的。因此当时广为流传一句话"文有上大,武有黄埔"。作家丁玲当年是上大学员,她在《我所认识的瞿秋白》一文中回忆道:"最好的教员却是瞿秋白,他几乎每天下午课后都来我们这里。于是,我们小亭子间热闹了。他谈话的面很宽,他讲希腊、罗马,讲文艺复兴,也讲唐宋元明。他不但讲死人,而且也讲活人,他不是对小孩讲故事,对学生讲书,而是把我们当作同游者,一同游历上下古今,东南西北。"

1924年5月5日,上海大学举行了马克思诞辰106周年纪念会,瞿秋白在会上发表演讲,并与任弼时一起引吭高歌《国际歌》,雄壮嘹亮的歌声使会场气氛达到高潮,点燃了与会者的激情。5月20日,由上海大学教职员和同学共同组织的西摩路上海大学附设平民夜校开学,全校教室晚间全部开放,旨在普及教育,提高国民素质。平民夜校学费免收,书籍用品免费发送,报名者异常踊跃。学校开办不到一年,学生就达到364名,西摩路南洋路(今陕西北路南阳路)交叉口,原先是个空旷寂寥之地,周边只有几栋洋房,天黑之后更是一片静寂。平民夜校创办后,时应里的石库门房子一到夜间便灯火辉煌。穿着蓝布制服的工人、附近商店的店员、小贩车夫、替人帮佣的"娘姨"等纷纷走进夜校。夜校共设六个班,课程编制有国语、谈话、唱歌,并按学生年龄分为成年班、初中、高三级、童年班。其教材只有初级国语用平民千字课,其余均由各教员自己选编讲义,油印发给学员。如遇重大时事或纪念日等,授以应有知识。如在五一劳动节前编选五一教材,发给学员,详细介绍。学校里还举行纪念大会,到会者除夜校学生外,还有学生家属,听讲者总计有500多人,课堂上济济一堂,不但座位上坐满了人,还有许多站着听讲的,可见活动受欢迎的程度。同时,学校里还办了一个"书报流通处",专事推销当时革命的、进步的书刊。

1924年秋,孙中山先生北上过沪,上海市民皆迎候在江边。上大学生排着队,高喊打倒帝国主义、打倒军阀的口号,在码头前列队迎接,并暗中加以护卫。整队归校时,经过法租界,上大的校旗和国民党党旗被巡捕抢去,交涉无效。队伍即转至孙中山公馆表示慰问,并报告此事,孙先生甚为愤慨,谓"在中国领土,中国人民有一切自由,帝国主义者不得干涉"。即叫人打电话与有关部门交涉,旗随即被送还。那年10月10日,上海大学社会学系学生黄仁(中共党员)到河南北路天后宫参加各团体举行的辛亥革命纪念大会,散发"打倒一切帝国主义,打倒一切军阀"的传单,与国民党右派理论时被从高台上推下受重伤,经救治无效身亡,成为上海大学第一位革命烈士。27日,上海35个团体举行黄仁烈士追悼会,抗议国民党右派的倒行逆施。12月9日下午,公共租界工部局警务处在会审公廨授意下,前往西摩路132号上海大学搜查,在搜查中并未发现任何足以证明该大学是《向导》编辑部所在地的迹象,但所发现的证据却明显地说明了该校约300个学生中的大部分是共产主义的信徒。工部局《警务日报》于1924年12月刊载的文章中说:"最近几个月来,中国布尔什维克之活动有显著之复活,颇堪注意,这些过激分子的总机关设在西摩路132号上海大学内。彼等在该校出版排外之报纸——《向导》,储藏社会主义之书籍以供出售,如《中国青年》《前锋》。该大学之部分教授均系公开的共产党人,彼等正逐渐引导学生走向该政治信仰。"1924年12月底,《大陆报》宣称"北京大学和上海大学是共产党活动的两大中心"。

震惊中外的五卅运动策源地

　　标志中国第一次大革命高潮到来的五卅运动震惊中外,它把上海大学推到了其发展史上的顶峰。西摩路上大是五卅运动的策源地,1925年5月30日那天,队伍就是在这里集中而后出发到南京路去演讲的。

我们看看上大学生是如何参与这场运动的。

1925年5月15日,上海发生了日本纱厂"内外棉七厂"枪杀工人顾正红事件。24日,上海共产党组织决定发动群众在谭子湾为顾正红开追悼大会。那天是星期日,上海大学大部分同学由西摩路(陕西北路)学校经北站前往参加。另有少数同学带着旗帜、传单准备经戈登路(江宁路)、普陀路前往,但途中遭到普陀路英国巡捕房的阻拦,还逮捕了朱义权等4位同学。当晚,上大同学开完追悼会回来,得悉同学被捕,无不愤慨万分,于是立即召开大会,讨论营救办法。他们组织宣传队在公共租界上街演讲,散发传单,刷标语,进行反帝宣传,揭露日本人枪杀工人顾正红等罪行;他们还组织募捐队,上街开展募捐活动;到各行各业呼吁上海各界同胞援助日本纱厂工人的罢工斗争,始终站在反帝斗争的前沿。

5月30日,上海各学校学生联合组织在租界示威游行支援工人罢工。上大师生除少数留校看守西摩路校舍外,几乎全部都参加游行示威。他们组成宣传队,连夜制作传单标语等。5月30日下午,上海大学的示威游行队伍从西摩路出发,至静安寺路(今南京西路)直向南京路(今南京东路)行进。

作家孔海珠在她的著作《俯仰之间》写道:"我父亲孔另境生前经常激动地向我们回忆五卅那天上街的情景。在南京路上,他和姐姐孔德沚、姐夫沈雁冰、叶圣陶的夫人胡默林以及杨之华等都涌入到上街抗议的队伍。在他们生命史上这是极少有的。父亲是在南京路上撒传单、喊口号时不幸被巡捕房抓捕。这是他平生第一次坐牢,记忆特别深刻。他向我们传达:'1925年是一个飓风骇浪的年代!'并怀着满满的情绪,无比骄傲地说:上海大学是革命者的摇篮。中国的工人和学生以无比的英勇来反抗帝国主义的侵略!我们知道,领导这次伟大反帝民族斗争的是中国共产党,正确地勇敢地执行中共政策的是当时革命的上海大学学生。"

正如孔另境先生所说:凡是参加过如火如荼的这一运动的人们,总不会忘记当时上大学生的英勇姿态。五卅那天,当游行示威队伍行至先施公司和永安公司之间时,突然从老闸捕房内冲出了几十个英、印、中巡捕,他们挥动着枪杆木棍,冲进游行队伍勒逼学生解散退回,这更激怒了游行的队伍,学生们一面坚持前进,一面高呼"打倒帝国主义""收回租界"的口号。同时,市民们也从四面聚拢来,越聚越多,顿时,把这一段的南京路拥塞得水泄不通。这时,英国捕头竟调集通班巡捕,公然向密集的游行群众开枪射击,打死13人,重伤数十人,逮捕150余人,血洗南京路,制造了震惊中外的五卅惨案。在这起惨案中,冲在最前面的是上大社会学系23岁的学生何秉彝,他来自四川。那天他带领大队同学与南京路老闸捕房交涉释放被捕同学,敌人用枪口对准他,逼他后退,但他很坚决,说不把被捕学生交出来决不后退。敌人恼羞成怒地开枪射击,何秉彝同学当场被子弹穿透肺部,次日因伤势过重身亡,成为五卅运动中第一位为国捐躯的烈士,这位上大的优秀学生以他年轻的生命在南京路敲响了五卅反帝大运动的血钟。据当时上大特刊调查报告,五卅当天,上海大学学生受伤的有13人,被关押在老闸捕房的有130人。

5月31日,上海大学学生会将五卅惨案真相电告全国,通电全文如下:

万急,五卅上海各校学生在南京路一带演讲,意在引起全国人民注意,并无越轨行动。不料捕房开枪轰击,惨死多人,受伤及被捕者不计其数,本校同学何秉彝亦被枪杀。前昨两日,工商界人士及学生续遭惨毙者益众。本校决于六月一日起实行罢课,誓达惩凶雪耻之目的,还望全国各界一致响应,实所企盼,特此电闻。

同一天，上海各产业工会召开联席会议，通过成立上海市总工会统一领导全市工人罢工斗争的决定。工人和学生还到天后宫桥（今河南路桥）北堍的上海总商会举行群众大会，要求商会发布全市罢市的决定。

五卅之后的上海群众集合，上海大学这一面战斗的旗帜始终站在前列，他们发动上海各大学的学生参加这场运动，到各个工厂去组织群众，领导上海工商学联合会，主持人民外交等，上大学生无疑是五卅民族斗争中的先锋队。当年，社会上普遍流传着"北有五四的北大，南有五卅的上大"的说法。

五卅运动爆发后，上海大学学生会创办了《上大五卅特刊》，于1925年6月15日创刊。该报为8开小报，每期4版，内容有论著、时评、演讲大纲、杂感、消息、文艺小品等，一共出版了8期。

上海大学成为大革命时期上海学生运动的主力，引起帝国主义和国民党右派的极大恐慌。当时会审堂的帝国主义辩护律师梅兰就宣称："激励此次引起扰乱之学生皆来自过激主义之大学——即西摩路之上海大学。"1925年6月4日，租界当局派海军陆战队以"过激"为借口，强行武装占领了西摩路上海大学校舍，通令在校师生在20分钟内全部徒手离开学校。他们先将全部师生员工1000多人赶到学校阅报室门口的空地上，用枪口对准他们，进行搜身。接着便闯入办公室和宿舍，他们用枪杆把床上的被褥挑起来扔在地下，又把桌子上的书籍簿册都扔到地上。操场里满布着英国兵，他们包围着学校操场，把守着校门，上大的学生们被巡捕押着进出宿舍搬行李书籍，操场上堆满了被褥、箱子、网篮等。全校师生在英帝国主义的武装压迫下离开了西摩路的校园。原西摩路上海大学校区全部校舍和公私财物即被封存，校舍为英国海军陆战军所占，后移交给美国军舰企鹅号"比固古多"（译音）登陆部队作为营房。如今，当我们在陕西北路恒隆广场气派的楼宇间回望,是否能记起这曾经的一幕?

师生们被赶出西摩路的上大校舍后,学校在老西门勤业女子师范学校建立临时办事处,在两天之内,在南市方斜路方浜桥租赁了十余栋一楼一底和两楼两底的住宅作为临时校舍。7月中旬,学校租用中兴路德润坊作为临时校舍,此时,上海大学学生已有800多人。8月上旬,上海大学迁至闸北青云路师寿坊,弄堂口一侧还挂上了于右任写的"上海大学临时校舍"牌子。此时,上海大学声誉蒸蒸日上,考虑到未来发展,校方决定筹钱建造学校。1927年春,江湾新校舍落成,位于今圣堂路奎照路。学校继续发扬自己的革命传统,一批又一批的学生参加了北伐战争和上海工人三次武装起义的斗争。

建在上大校园里的"溯园"

上海大学在十里洋场的上海,以它独特的风格引人注目,成为党早年培养干部的一座熔炉,培养和造就了一大批优秀的干部,如刘华、何秉彝、郭伯和、秦邦宪、王稼祥、杨之华、杨尚昆、丁玲等,在中国革命史上留下了光辉的一页。

当年西摩路南洋路口的上海大学旧址早已拆除,1999年在上海大学旧址上建造起了恒隆广场。

作为上海大学海派文化研究会的成员,我几乎每年都会参加上海大学举办的一年一度的海派文化研讨会,并有幸多次走进上海大学校园做关于海派文化的讲座,上大美丽的校园在我心里留存着难以忘怀的印象。

2016年12月17日,我在上海大学国际会议中心参加主题为"海派文化与上海城市精神"的第十五届海派文化学术研讨会,会后,参观了位于上大校园里的溯园。溯园是为纪念1922年到1927

年的上海大学而建,名字撷取"溯源"之谐音,取追根溯源之意,寓意追溯传承前代之办学理念与精神,是上海大学博物馆的室外展区。

溯园入口

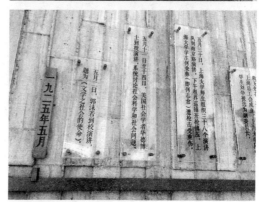

关于五卅运动的大事记

五卅运动浮雕

溯园建成于2014年,占地1800平方米。由四面弧形的墙体、校址地图广场以及从广场中心向外发散的环形小道组成,形同年轮,诉说着20世纪20年代上海大学的光荣历史、葱茏岁月;不同方向的墙体高低起伏,象征着老上大之风起云涌、波澜壮阔;园区中心的校址地图广场和青砖碎石小道隐喻着老上大之鹤鸣九皋、筚路蓝缕,广场墙面上标志着老上海大学曾经的多个校址位置,以大事年表的形式,演绎了老上海大学从建校、发展、变迁直至被迫关闭的过程。老上海大学的大学章程和全体师生名录被郑重地镌刻在墙上。溯园内4组大型浮雕作品《欢迎于右任校长》《李大钊演讲》《平民夜校》《五卅运动》重现了老上大历史上的经典场景。园区的出口处也是从源于石库门的弄堂大学通向现代化的新上海大学校园的出口,昭示着新上海大学与老上海大学之薪火相传、勇往直前。

在溯园里流连良久,上海大学的历史犹如壮丽的画卷在我眼前缓缓展开。

西摩别墅和朱丽叶阳台

西摩别墅位于奉贤路口的陕西北路342弄,名字源于陕西北路的旧名西摩路。

名为别墅其实是建于1926年的新式里弄住宅,弄内坐落着16幢3层毗连式现代风格住宅,红瓦双坡屋顶,北侧斜坡有双坡老虎窗。这些住宅的南立面由红褐色清水砖外墙砌成,白色水泥壁柱将其纵向均匀分割为数段,并装有横长方形的白色钢窗。建筑的北立面为水泥拉毛外墙,部分设置外挑阳台,三层有开放式露台,这些露台由水泥全封闭围栏包围。底层主出入口为木质的红色大门,房屋内部为纵向空间分布结构,前有大间,后有小间和厨房。内部装饰以木结构为主,打蜡地板,隔热房顶。

在当时,这样的里弄住宅是比较高档的,能住进西摩别墅的都是社会上的中产阶层或小厂主,如今虽然里面住的已是普通百姓,但内部结构还保持着原貌。

这里有中国健身之父的旧居

曾经居住在西摩别墅里的有一位不能不提的名人,他就是我国近代健美运动的创始人赵竹光。他是中国健身的启蒙人,"健美"一词便是由他提出来的。

赵竹光1909年出生于广东新会,1929年进入上海沪江大学。当时的赵竹光体弱多病,几乎难以坚持繁重的学业。没想到,他偶然间从一位南洋华侨同学那里借到的一本小册子《肌肉发达法》,竟彻底改变了他的命运。这本小册子是美国一家健身学院的函授教材,赵竹光依照上面的方法,开始日复一日不间断地锻炼。一年后,奇迹发生了。原先体重只有36公斤的他居然增重到了60多公斤,细软无力的四肢也布满了栗子般的肌肉,健身运动把赵竹光从一个常常闹病的文弱书生变成了一个魁伟健壮的青年。周围的同学惊讶于他的这种变化,便纷纷仿效,一时间健身运动在校园内形成热潮。在他的建议下,学校里开设了一个能够供18人同时训练的健身房。1930年,在赵竹光的倡导和组织下,成立了中国第一个健身组织,也是亚洲第一个具有现代形式的健身组织——沪江大学健美会。赵竹光饱蘸激情写下了文采飞扬的创立宣言:"……这是我们的第一声,不是鹿鸣,而是巨狮的雄吼。这种充满生命力的洪声,可以令醉生梦死的人们惊醒。这是四万万五千万同胞的福音。在这里,我们可以得到滋润灵魂的补品;从这里,我们可以尝到生命之甘泉"。

大学毕业后,赵竹光进入商务印书馆担任编辑,他把《肌肉发达法》翻译成中文,这是中国发行的第一部健美著作,上市后即被抢购一空,先后再版了三次。他又主持出版了《健与力》杂志。1939年8月,赵竹光在离自己居住的西摩别墅不远的大华路(今南汇路)上,创办了"上海健身房"。由于锻炼人数多,原有场地不够使用,便迁至静安寺路(今南京西路),于1940年5月,改名上海健身学院,赵竹光任院长兼教材主编。上海健身学院后来又迁至威海卫路西摩路(今威海路陕西北路)北端。

上海健身学院是中国第一家用近代科学方法指导身体锻炼的

学校,赵竹光为之制订了校训,即"健全的身体,健全的头脑,健全的人格,健全的灵魂"。上海健身学院开办后,经常来参加锻炼的多达五六百人,著名电影艺术家舒适、韩非、张伐、乔奇和中叔皇等都曾在赵竹光指导下参与过健身运动。源自西方的健身运动也随之传播到中国社会的各个角落,被广泛认可。1945年10月,上海市民欢庆抗战胜利大游行时,上海健美界有三辆载有人体健美运动员的大卡车参加游行队伍,人们争相围观,被报纸称为"中国强健之象征"。

新中国成立后,赵竹光把上海健身学院和他自己所拥有的全部运动器材悉数交给了国家,自己则加入上海体育科研所,从事健美和举重方面的科研工作,还经常深入运动队指导训练。赵竹光还曾担任上海体育宫副主任兼市举重训练班教练、上海体育学院教师、中国举重协会副主席。上海体育馆开办了健身馆,赵竹光被聘为顾问,登门求教者每日盈门,他总是热情接待,义务教授。

除了健身,赵竹光别无他求。家中10平方米的小天井,是赵竹光晚年锻炼的最佳场所。每天清晨,他都在小天井里举杠铃、练俯卧撑、拉扩胸器,乐在其中。为健美事业奋斗了一生的赵竹光,被尊称为"中国健身之父"。

弄口诗意的空间景观雕塑

由于市政扩路,原陕西北路322弄扩建成了奉贤路的延伸段,西摩别墅也就成了临街建筑。西摩别墅所在的陕西北路和奉贤路的转角地带作为绿化带显得太小,不合适,但不做绿化又容易被一些小商贩利用转角环境乱设摊。为避免这种现象发生,并在与周边商圈高楼大厦风格和谐统一的同时体现城市文脉,2009年,在西摩别墅面向陕西北路的外墙附加上了巴洛克风格的红陶砖墙,

外墙上的景观雕塑作品
《朱丽叶阳台》

用红色陶土塑造了名为"朱丽叶阳台"的街头雕塑景观作品。雕塑所展示的场景是莎士比亚的悲剧《罗密欧与朱丽叶》里罗密欧向朱丽叶告白的那个无限浪漫的阳台,真正的朱丽叶阳台在意大利维罗纳,是热恋中的情人"朝圣"之地。

莎士比亚于1595年以意大利古老的历史名城维罗纳13世纪末14世纪初残酷的家族仇恨为背景创作了永留于世的爱情剧作《罗密欧与朱丽叶》,罗密欧和朱丽叶坚贞不渝的爱情已经成了这座城市永恒的主题,也让维罗纳成为全世界人心中的爱情圣地。朱丽叶的故居坐落在维罗纳老城区街巷内一个古朴幽静的中世纪院落,朱丽叶故居二楼闺房落地窗前有一个令无数恋爱中人向往的阳台,那正是罗密欧与朱丽叶幽会的地方。莎士比亚的剧本中描写罗密欧偷偷躲在阳台下面,不小心听到了朱丽叶在阳台上喃

名宅 | 75

喃自语，倾诉自己对罗密欧的思慕之情，听到这些话罗密欧便从隐秘处出来，向心爱的朱丽叶表达了爱慕倾心之意，由此展开了这段传颂千古的恋情。朱丽叶故居阳台下方的白色大理石上镌刻着剧中罗密欧的台词：

"But, soft! What light through yonder window breaks?"

"It is theeast, and Juliet is the sun!"

用中文翻译出来，就是这样的句子：

"轻声！那边窗子里亮起来都是什么光？"

"那就是东方，朱丽叶就是太阳！"

几乎每一个来到维罗纳的游客无一例外要去朱丽叶的故居并亲眼看一看这个象征着纯洁与坚贞爱情的阳台。据说，现在看到的朱丽叶故居的阳台只是维罗纳政府为了满足游客的心愿而加工

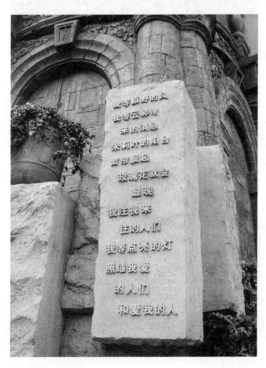

白色石碑上刻着莎士比亚戏剧《罗密欧与朱丽叶》的台词

修建的,尽管如此,每天依然有来自世界各地的游人前往缅怀,表达自己对美好爱情的向往。

  西摩别墅门前的这个以朱丽叶阳台为名的雕塑景观以巴洛克风格的二楼阳台以及一楼关闭的大门为主体,门前匍匐着一只白色雄狮雕像,趴在地上的石狮子露出肚子,呈现出动物最惬意的放松状态,狮子的眼神中蕴涵着浓浓爱意,似乎在表达"守候"之意。阳台和门,完全用红色的陶土塑造,呈现出爱的朴素感。石狮子前还有欧式园林喷泉,体现了"柔情似水"的情怀。朱丽叶阳台下方的白色石碑上,镌刻着莎士比亚戏剧《罗密欧与朱丽叶》的台词:"我等原野的风/我等云彩带来的消息/朱丽叶的阳台窗帘飘起/玫瑰花就会显现/我注视来往的人们/我等点亮的灯/照耀我爱的人们和爱我的人。"夜幕降临时,阳台上还会亮起一盏灯,仿佛里面真是朱丽叶的闺房。这一富有诗意的空间景观,凸显出更多的文化内涵,它使原先市井气息浓郁的这一段陕西北路变得浪漫起来,使经过的人平添了唯美的遐想。

藏着半个世纪传奇的宋家花园

陕西北路369号坐落着一座英国乡村式别墅风格的建筑，外边用黑色竹篱笆墙围护，透着欧洲乡村的韵味。经过风雨的剥蚀，竹篱笆上黑色的沥青有些剥落，裸露出竹子的本色，颇显凋敝和沧桑，编织着久远的历史纹路。"日长篱落无人过，惟有蜻蜓蛱蝶飞。"这篱笆墙挡住的深院大宅，犹如城市中的隐士，透着神秘。但老上海人都知道，这里是宋美龄出阁前的家，那时，待字闺中的宋美龄和母亲宋太夫人以及她的两个兄弟一起住在里面，这里被称为"宋家老宅"。一道篱笆墙锁着宋氏家族半个世纪的传奇。

一个具有海派精神的家族

被誉为"宋氏家族第一人""没有加冕的宋家王朝的领袖"的宋耀如是上海最早的买办之一，他从一名美国《圣经》出版协会的推销员发迹，把外国的机械输入上海，搞印刷业，与人合办面粉厂，还涉足纺织、烟草业等，成为上海滩的富翁，拥有显赫身家。为了支持孙中山先生的革命事业，宋耀如不惜倾尽家产，而且积极投身到民主革命洪流之中，为辛亥革命做出了重大贡献。

1887年，宋耀如与上海西郊徐家庄园一位圣公会教徒倪桂珍结婚。夫人倪桂珍生于书香世家，自幼饱读诗书，并接受西学，不但读过高等学堂，懂数学、英文，还会弹钢琴。婚后，倪桂珍跟随宋耀如到各地传教，至1890年在上海虹口郊区建造了自己设计的一幢房子。两人养育了三女三男。倪桂珍很赞同丈夫用西方教育理念来教育孩子，而且主动承担教育子女的责任，认为养不教不仅是父之过，也是母之过。每天，当宋耀如出门上班时，倪桂珍就教孩子们读诗、唱歌、弹琴、画画……艺术天分极易在这种优美的环境中被激发出来。尽管已经是事业有成的实业家，受过西方教育的宋耀如却仍然将子女教育看作比事业更重要的事，每天无论多忙都会抽空亲自陪伴孩子，对孩子进行潜移默化的教育。他还不惜重金送他们出国深造，"宋氏三姐妹"就是在他的培养下成长起来的。夫妇俩教育孩子要自立自信自强，树立男女平等的观点，培养他们的社会责任心。这样的教育方式是十分超前且海派的。

陕西北路369号的这幢花园住宅建于1908年，最初它是一个名叫约翰逊·伊索的外国人的别墅，1918年5月，宋耀如先生不幸患心血管疾病在上海逝世，宋氏姐妹为安慰老母亲，共同出资买下这幢别墅，宋夫人倪桂珍从虹口郊区寓所携子女迁居于此，宋氏家庭成了当时社会最瞩目的家庭。宋庆龄以及当年蒋、宋、孔、陈四大家族中的三家都与这座花园住宅有着密切联系，给这个花园带来了将近半个世纪的传奇故事。

隐居的田园气质

推开两扇厚重的大铁门，眼前是一幢三层楼的花园别墅，三楼为尖顶半层。进门一侧是一间小小的门卫室，一株大树掩映着，浓荫的光影洒在镶一圈绿边的黑瓦屋顶上。入内，东面一条不长的水泥甬道通向楼房，从门前的几级石阶拾级而上便进入楼内。一

门掩梨花深院

楼是客厅,地上铺着老式嵌木地板。朝南是一排8扇玻璃长窗,每两扇间有墙面隔开。这长窗的褐色窗框造型勾勒出一种欧陆风情。长窗前是几根白色罗马柱,罗马柱左侧是一个壁炉,壁炉前放着一张大桌子,桌子两边分别放了5把米白色法式椅子,感觉有点像餐厅的格局,现在这里是一个会议室。客厅东边的拱形内室是接待亲友的会客室,中间有活动门与大厅隔开。如果主人举行派对,可以拉开活动门,成为一个宽敞的大厅。客厅一侧有通往花园的室外楼梯,楼梯下是一大块铺着木板的地方,上面撑出了几把遮阳伞,下面有两张户外沙发椅围着的圆桌,两张围着长椅的长方桌,有点像咖啡吧。"咖啡吧"面向一个大草坪,四周摆满了海棠花。草坪上有一口六角青石井,在一条用石头铺成的小道的一端。那石头小道开始是黑白卵石铺就,间夹着棕色镶红砖边的长条石块,再往前是六角形的一块,外圈是白色的,里圈是灰色的,衬托着这口用十字铁丝网盖着井口的井。周围簇拥着一圈海棠花。再往外是一圈黑色卵石。这口井被维护得如此细致,不知道有什么来历。

从宽敞精致的褐色柚木楼梯登上二楼,楼梯一侧有整排的玻璃窗,十分通透明亮。正对楼梯的大房间是倪桂珍的卧室,卧室外朝南的有白色围栏的阳台面向花园,花园里树木苍翠,芳草如茵,沿着篱笆墙,种满了雪松、桂花、香樟、龙柏、杜鹃等。花园东边有一棵树龄100多年的玉兰树,花开时节,满树盛开着洁白的玉兰花,花枝一直伸到篱笆墙外。左手朝东的小房间就是当年尚未出阁的宋美龄的闺房,外面的小阳台面向车水马龙的西摩路(今陕西北路),可眺望马路上来往行人和车辆,阳台上部有米白色拱形拉毛墙,下部是雕刻精致的深褐色木头栏杆,栏杆前有铸铁镂空花架,里面是粉红色海棠花,阳台地面铺设绿色回字形花纹镶边的马赛克地砖。我站在阳台上感觉花园里的绿色扑面而来,而陕西北路上的车水马龙被挡在这满园绿荫之外。宋美龄的卧室有门与母亲的房间相通,平时关闭,互不干扰,需要时可随时打开。

倪桂珍入住后,感到住房不够使用,就在住宅的西边扩建与正楼相连接的两层楼房,建筑风格完全一样。底层是地下室,一楼是大厅,二楼的两间朝南房间拥有一个连通的大阳台,两间房就分别成了宋美龄的哥哥宋子安和弟弟宋子良的卧室。当时,宋霭龄的寓所在西爱咸斯路(今永嘉路),宋庆龄住在莫利哀路(今香山路孙中山故居),宋子文则住在祁齐路(今岳阳路)。西摩路宋家花园不仅是宋家兄弟姐妹与母亲的聚会之处,而且还留下了当初一些风云人物的足迹。

一场婚礼和一场葬礼

发生在这所宅子里比较著名的是一场婚礼和一场葬礼,分别是宋美龄结婚和宋太夫人倪桂珍的不幸病逝。

主楼南面带草坪的花园,二楼有白色围栏的阳台连着宋太夫人卧室

室外楼梯可通往客厅

1917年6月,20岁的宋美龄从美国马萨诸塞州韦尔斯利女子大学英国文学系毕业回国,宋氏三姐妹中,她在美国学习时间最长,达8年之久,英语也是三姐妹中最好的,是一位美国化的中国女人。回国后,她在上海基督教女青年会工作,参加社会公益活动,社交中进入上海上层社会,颇有名声。她还是全国电影审查委员会委员,并在海上闻人虞洽卿手下担任过上海市参议会童工委员会第一任女委员,是一个社会活动家。1922年12月初,时年35岁的蒋介石参加宋子文在莫利哀路孙中山先生住宅举办的晚会时,宋子文把自己25岁的小妹宋美龄介绍给蒋介石,聪颖、美貌、受过高等教育的宋美龄让蒋介石怦然心动。1927年4月底,蒋介石已是南京国民政府的领袖、军队总司令。5月初,蒋介石到宋家花园拜访了宋太夫人倪桂珍,在宋家住宅会见了宋家三小姐宋美龄,正式向她求婚。

　　1927年12月1日上午,宋美龄与蒋介石在上海举行了婚礼。因宋美龄是基督教徒,得先举行一次宗教婚礼,再举行一次世俗婚礼。当日下午3时在宋家花园的底楼首先举行了盛大的宗教婚礼。客厅里铺着红地毯,四处摆满花篮,底柱上绕满了凤尾草。客厅中间是宋耀如的油画遗像,两侧是扎成半圆形的新鲜竹枝,遗像下放置着芭蕉小树。婚礼开始,蒋介石先进入礼堂,他穿着簇新的黑色燕尾服,戴着银色领带,下面穿着条纹裤。宋美龄身穿一件银白色旗袍,镶以银线的白色软缎拖裙用一枝橙黄的花别着,从她肩头垂下来,头上戴着一个由橙黄色花蕾编成的小花冠,手里捧着一束淡红色石竹花和棕榈叶,在女傧相陪伴下步入礼堂。婚礼由青年会总干事余日章主持,宋家牧师江长川为新夫妇祈祷。在喜庆气氛中,宗教婚礼共进行了15分钟。接着,蒋介石和宋美龄乘上一辆花车到位于大华路(今南汇路)上的大华饭店举行了举世瞩目的中式婚礼。证婚人为蔡元培、谭延闿等。大华饭店戒备森严,

1300多位来宾带着盖有宋子文私章的请柬入场。四处坐着王晓籁等军政要人、社会名流、达官显贵、商界巨头,还有英国、法国、日本、美国等十几个国家的驻沪领事等。大厅设有记者席。4时15分,乐队奏起门德尔松的婚礼进行曲,宣告婚礼开始。蒋介石和宋美龄走上圣坛,先向孙中山先生的照片鞠躬敬礼,婚礼完毕,鼓乐齐奏,掌声和祝福声四起。

世俗婚礼结束后,蒋介石又偕宋美龄乘车返回西摩路上的宋家花园,并由特地请来的中华照相馆摄影师为他们拍了结婚照。晚上,宋家花园设宴款待亲友。那天,从上午到半夜,宋家花园外,戒备森严,未经主人允许一律不得进入。蒋宋联姻后,宋家花园不仅是宋家兄弟姐妹与母亲聚会的场所,也是宋家与外界频繁社交的重要场所。宋美龄与蒋介石结婚后,成为蒋的秘书和译员,同时也是他的得力助手。婚后不久她便随蒋介石移居南京,不过,两人还经常到上海小住。各路新军阀、政客、大买办、商界头面人物也纷纷出没于西摩路的宋宅,这里一度成为蒋介石在沪探讨国家大事、设谋定计之处。宋家花园里还发生过一件大事——倪桂珍认张学良之妻于凤至为"干女儿"的拜母仪式,那是1930年的事情。

而宋宅的门庭冷落则始于1931年的夏天。那年7月23日,在青岛避暑的倪桂珍不幸病逝,遗体从青岛运回上海,停柩宋家花园。当时远在德国的宋庆龄接到噩耗,日夜兼程赶回上海,为母亲送行。宋氏兄弟姐妹日夜守护在母亲灵前,每天前来西摩路宋宅致祭的亲友、国民政府政要和各界知名人士络绎不绝。8月18日清晨在宋宅花园草坪上举行了隆重的宗教告别仪式,仪式结束后,随即出殡,葬于万国公墓宋耀如墓西侧。昔日宾客盈门的宋宅从此人去楼空,庭院寂寥。

成为宋庆龄基金会办公地点

此后,宋家花园作为宋庆龄创办的中国福利基金会举办义举的场所,1949年3月底至5月间,宋宅住进了100多名躲避战乱的难童。中国福利基金会在宋宅为孩子们准备了毛毯、被褥、衣服和营养品,孩子们在这里每天上文化课、做游戏、学唱歌、讲故事、扭秧歌,晚上就睡在宋家花园客厅里铺着被褥的嵌木地板上。5月25日凌晨,他们在这里迎来了上海解放的消息,当即聚集到花园的大草坪上,扭起秧歌,放声高唱《解放区的天》等革命歌曲。

1949年7月24日,宋庆龄在这里创办了上海解放后第一个新型的托儿所——中国福利基金会托儿所,收托2岁至5岁的幼儿30名。这天,邓颖超、许广平、胡子婴、廖梦醒等冒雨到宋宅参加托儿所的揭幕仪式。同年11月15日,中国福利基金会托儿所迁至五原路,12月,这里又作为中国福利基金会办公地点。中国福利基金会主席宋庆龄的办公室就设在底楼东边内室的前房,墙上挂着一幅由延安人民用麻纺织的孙中山像,这是1950年由卫生部派人送来的。1950年8月15日,中国福利基金会正式改称中国福利会,迁至常熟路157号办公。1952年1月,中国福利会顾问、上海宋庆龄基金会顾问、美国专家耿丽淑女士来沪工作,宋庆龄安排她住进了宋家花园二楼,耿丽淑的卧室就是当年宋美龄的闺房,而倪桂珍的卧室则作为耿丽淑的会客室和书房,还安排了保姆住在楼下,耿丽淑在宋宅一直住到1963年房屋需修缮时才搬迁到了愚园路。

著名近代学者张宗祥之女张珏在宋庆龄身边工作达15年之久,直到1981年宋庆龄去世。1982年,张珏因患脑血栓返回上海定居,就住在宋宅倪桂珍生前住的朝南大房间里。房间里梳妆台、大橱和三人沙发都是宋太夫人生前使用过的,张珏晚年就在这间屋子临窗的写字桌上撰写了许多回忆宋庆龄的文章,为世人留下了珍贵的第一手史料。她在宋宅一直住到1996年才迁居华山路。1996年,中国福利会将宋宅进行全面整修,恢复了住宅原貌。住宅二楼宋美龄和倪桂珍的居室,虽家具有所散失,但仍努力保持其原状,依稀能感觉到宋家住在里面时的状况。楼下则作为宋庆龄基金会办公地点,成为中国福利会与海外友人交往叙谈的场所。

在宋宅上下徜徉,可见屋子里依旧留存着当年宋家居住时使用的家具。雕花的深褐色柚木大橱是典型的老上海家具,同样风格的矮柜上镶嵌着镜子,两侧放着橘红色老式电话机。每间房间都有壁炉,壁炉里的黄铜炉膛还在,壁炉上部设置带镜面的雕花梳妆台。白色雕花木头做边的布艺沙发,小小的白色雕花圆茶几。洗手间里放着一张有很大圆镜子的柚木梳妆台,乳白色台面下是

二楼客厅一侧摆着宋美龄最喜欢的象牙琴键钢琴

绿色百叶柜。铸铁的带脚浴缸，一侧铜质的水龙头上有英文的冷热水标记，浴室窗户的下两格漆成果绿色，保证了私密性。我饶有兴趣地发现一间屋子里的圆形茶几两边摆放着的一对沙发很有味道，低低的棕色木头靠背，上面各一个对称的梯形垫子，两位闺蜜相对坐着聊天再合适不过了，想来是当年宋氏姐妹促膝谈心之地。二楼客厅里摆放着米白色木框雕花法式布艺双人沙发，配以同样的米白色雕花茶几，沙发旁的立灯也是老上海款式的，棕色的色调和沙发罩颜色一致。屋子里还有一架钢琴，那架钢琴是宋美龄最喜欢的，它的琴键是象牙做成的，至今依旧能弹。琴凳和钢琴的颜色与护壁窗框及屋顶颜色一致，都为暗褐色，家具则为乳白色，昔日宋家主人不俗的审美品位可见一斑。

钟楼高耸的怀恩堂

宋家花园旁边的陕西北路375号是一座知名的基督教堂,名为"怀恩堂"。"怀恩"意为"心怀主赐予的恩惠"。怀恩堂由美国南浸信会派宣教士乐灵生创建于1910年。

几度风雨才尘埃落定于西摩路

1910年,美南浸信会传教士乐灵生在今虹口四川北路置地20余亩,创办了怀恩堂和民强中学、晏摩氏女中(现北郊中学所在地)。1924年,由于北四川路地价猛涨,美南浸信会出售已升值的原址建筑,将两所中学迁至北宝兴路,建成"浸会庄",另拨款在东宝兴路271号建造一幢四层楼房,作为怀恩堂和怀恩中小学校的新址。1937年,淞沪会战开始,虹口沦为战场,怀恩堂被迫搬迁至今北京西路605弄王家沙花园路32号。1938年4月又搬迁到南京西路陕西北路口平安大戏院里面的前安凯第商场的二楼。由于信徒人数不断增加,该堂于1940年购置了今陕西北路375号的基地,开始动工建教堂,新教堂至1942年落成。在1943年8月开始加建二楼,到1944年春完成。站在怀恩堂的院子里可看到隔墙宋家花园一角。

新建的怀恩堂塔楼与稍前的主入口组成不对称的立面结构图,门廊为两层的三联尖拱券,立面为清水红砖墙,窗口、檐口等细部采用几何图案装饰。贯通二层的三个白色壁柱分隔出三扇大门和楼上的浅拱形窗户,顶部镶嵌两条白色暗花线条,中间镶嵌着"怀恩堂"三个红色大字,教堂东南角有一高耸的钟楼,站在陕西北路上远远就能看见。大堂是由一幢中三层旁两层的楼房组成,礼拜堂装饰简朴,讲台背景为大尺度的三个尖拱券,中间最大,两边略小,二层楼座挑出顺两侧伸至讲台上方。另设小教堂,大堂的礼拜实况可由电子线路传到各小教堂。怀恩堂建成后,礼拜人数更多,还吸引了很多外国人在附近居住。

三联尖拱券的礼拜堂入口

可用粤语做礼拜的新恩堂

在靠近万航渡路的乌鲁木齐北路 25 号坐落着怀恩堂的分堂——新恩堂。该堂建于 1939 年 12 月,原是内地会英国传教士所建的公共礼拜堂,曾被称为万国教堂。新恩堂有一个幽静典雅草木茂盛的庭院,分为东西两个教堂,位于西侧的教堂为东西向的主教堂,位于东侧的小教堂为南北向。教堂建筑为简化的哥特式风格,典型的拉丁十字形平面,双坡落水屋面,屋面覆盖黏土青平瓦,屋顶无烟囱,只在东侧的房屋东南角教堂厨房处有一个烟囱。屋顶陡坡与正侧面的尖券窗哥特式风格鲜明,是比较典型的西方教堂建筑。建筑外立面为灰色清水砖墙,钢窗窗套及入口门套为水泥斩假石,在檐部和窗洞周围用石材的线脚加以修饰,给人以简洁肃穆之感。主体一层,在主教堂内的东侧有局部二层。在教堂西入口的南北两侧有水泥红漆小楼梯通往二层,两个教堂之间的主入口为彩色方格子磨石子地坪。教堂大礼堂分上下两层,底层大礼堂有 300 多个座位,室内是砖墙幔尖拱顶,正中是圣台,楼上有 90 多个座位。小教堂有 100 多个座位。

新恩堂是全市唯一可用粤语做礼拜的教堂,每个礼拜天上午为普通话礼拜,下午特设粤语礼拜,深受广东籍信徒欢迎。

粤军总司令下野后的寓所

这是一幢临街的折中主义风格的独立式花园洋房，主体三层，局部两层，木屋架机平瓦坡屋面，屋顶有老虎窗和烟囱。清水红砖墙立面。建筑分为南北两部分。靠南侧为三层仿欧洲城堡式建筑，四坡红瓦屋顶，红色方砖外立面，后面有花园跟其他楼相通；北侧则是两层的长条状房屋，一端与南楼相连，另一端向北伸展，东向二层设置贯通的长阳台。北侧每扇窗户上都是由红色方砖拼成的扇形，右侧窗户上则是白色石材拼成的三角形，显得跌宕多姿。住宅中部为入口门廊，两侧方柱采用科林斯柱头，上部有索石拱券，几何线角装饰腰檐。门廊上部有个面朝陕西北路的小阳台。门廊柱、门窗、阳台栏杆、烟囱等均为白色，红白相映，十分醒目。

这幢住宅曾是国民党元老、粤军总司令许崇智的寓所。

被蒋介石设计逼迫下野

许崇智是广东番禺人，出身名门贵族，祖上建立的广州高第街"许地"使得许氏家族被称为广州第一大族。"许地"的来历颇具传奇色彩，历史要追溯到乾隆年间。一位名叫许永名的小伙子到广州打工，10年后娶妻生下儿子许拜庭。许永名去世后，许夫人

华丽的住宅南侧

将拜庭托付给了她的兄弟。许拜庭在舅父安排下到一户商家打工,他的一次英勇举动避免了商家的巨大损失。商家出于感谢,赠送了股份给他。后来,许拜庭自立门户,成为当地著名商人。1810年,许拜庭剿匪有功,被封为清朝官员。他买下了几户破落人家的门户,全部打通,建造属于自家的家族宅邸。这片建筑开始被称为"许地"。许氏家族就这样正式诞生了。"许地"占地九百亩,家里有庙宇、戏台、花园等。许家最辉煌的时期应该是许应骙的时代,许应骙是许崇智的亲叔父,他是清末的一品封疆大使,官至礼部尚书、闽浙总督,光绪帝特许他可以在紫禁城里骑马,慈禧太后认他为干儿子,权势极盛,广州的高第街即以"许地"而闻名。

清末,朝廷开始派青年人出洋学文学武,二品以上官员可以保一个子弟出去。许崇智父母早亡,由叔父许应骙保他赴日本学军事,许崇智遂留学日本陆军士官学校。留学日本期间,加入孙中山领导的同盟会,后担任过孙中山大元帅府的陆军总长、粤军总司令、国民政府军事部长等要职,也是黄埔军校的创始人之一。

1925年3月12日,孙中山在北京病逝,正在东征前线的许崇智为失去革命领袖和良师益友而悲痛不已。7月1日,中华民国国民政府在广州成立,许崇智被任命为国民政府军事部长兼广东省主席。该年8月,国民党左派廖仲恺被刺杀后,蒋介石和汪精卫趁机合谋,以许崇智部下涉嫌廖案为名,逼许崇智交出兵权。9月5日,许崇智接到了担任"财政监督"的任命,他万万没有想到,这个任命,竟是蒋介石的阴谋。许崇智上任4天后,蒋介石就到汪精卫那里告状,痛批许崇智"不顾大局,把持财政",汪精卫顺水推舟。其实两人早已暗通款曲,要把许崇智挤出权力中心。9月19日,蒋介石下令广州全城戒严,并将许崇智的住宅团团围住。晚上10点,蒋介石给许崇智打了电话,电话中言辞恳切地劝说许崇智辞职:"现在广东空气对总司令(指许崇智)非常不利,不如请你短时期离开一下,等到我们把事情弄妥当了,以后一定请你回来主持军事。"在打电话的同时,蒋介石派使者立即将预备好的离粤的船票、路费,以及蒋介石给许崇智的一封亲笔长信一并交给许崇智。在蒋介石的武装监视下,许崇智别无选择,他知道自己大势已去,只能乖乖登上了开往上海的轮船。

在西摩路当上了隐居的寓公

许崇智来到上海后,先是暂住在一家旅社里,后为了长久计,托人购进了今陕西北路380号的地块,营建了自己准备长期隐居的寓所。1927年,蒋介石以让许崇智出洋考察的名义,送了20万银元的旅费给他,让许崇智带着这笔钱周游世界,许崇智心知肚明。他带着20万银元在外游历了两年多,足迹遍及檀香山、纽约、芝加哥、柏林、巴黎、伦敦等地,1929年返回上海,蒋介石给他一个监察院副院长的虚衔。许崇智始终没有到南京去就职。陕西北路的许宅造好后,许崇智携一家老小居住于此,过起了寓公的生活。他不再涉及政治,只乐于享受生活,平时就在家打打麻将,出外赌"跑狗"或"回力球",整日沉迷于声色犬马。

许崇智是一个天性浪漫且爱讲排场的人,这从他为自己建造的寓所可见一斑。西摩路上的许宅十分豪华气派。许宅占地约1400平方米,建筑占地仅300平方米,其余为花园和车库,可见当年许宅花园之大。这幢建筑由两处相连的住宅和办公用房组成。南面的三层仿城堡式建筑为住宅,屋内有暖气片;北面两层建筑为办公用房,底层为普通客厅和会议室,二层为大会议室。当年,蒋介石在逼迫许崇智让出兵权后,曾给了他一个监察院副院长的闲职,不过许崇智不愿去上班,鉴于许崇智曾经有过的显赫地位,所以,当时不少院内的工作会议是在许宅的会议室里召开的。这幢住宅还曾接待过许崇智的堂妹、鲁迅先生的夫人许广平等亲友故旧。

1936年两广联合起兵反蒋,但是几天后就传来许崇智的大儿子许泽之在上海寓所里被绑票的消息,许崇智被迫回到上海,通过多种关系,花了数万银元,才赎回了儿子。许崇智明知此事为蒋所为,但又找不到证据,从此,放弃军中职务,决心弃政从商。他经常出入舞厅、俱乐部、跑狗场、回力球场,并参加交易所活动,曾与上海新兴小财团的主要人物徐懋昌合作,组成"福记"(黔记)公司,大搞棉纱买卖。1939年许崇智离开内地去香港定居,曾经的粤军总司令在香港也过着几近隐居的生活。他的一个儿子许仁之留在了上海,在西摩路许宅居住了大半个世纪之久。

现许崇智的豪宅南楼被用于商业出租,北侧是居民住宅。

世界船王的花园住宅

董浩云在中国是一个传奇人物,他是20世纪中国现代远洋航海事业的先驱。他白手起家建立了他的航运帝国。在职业的鼎盛时期,董浩云拥有一支超过150艘货轮、总载重量超过1000万吨的船队。到20世纪70年代,董浩云成了国际航运界声名赫赫的人物,跻身"世界七大船王"之列,一度成为仅次于希腊船王的世界第二大船王,被称为"东方的奥纳西斯"。

上海是这位世界船王航运事业的开始之地。1940年,董浩云在上海创办了自己的第一家船务公司,也就是在这一年,他买下了上海西摩路(今陕西北路)414号的一幢住宅。这是一幢临街的砖混结构四层独立欧式花园洋房,建筑面积600平方米。这幢始建于1913年的西式花园别墅全部以醒目的红色清水墙砖砌筑,看上去简洁而朴素,各个立面上没有多余的雕饰,但立面差异明显,且不讲究对称,这就使这幢住宅显得旖旎多姿,低调中蕴藏着奢华。

婚后住在紫藤缠绕的福履新村

董浩云1912年出生在浙江舟山岛,年幼时移居上海读书,自幼向往大海,他曾在一篇文章中写道:"本人自幼即对海洋发生兴

董宅墙面上的壁画很温馨

趣,以船为第二生命。"小学毕业后,董浩云跟随在上海开五金店的父亲来到上海,入读曾被誉为"中国伊顿"的上海南洋中学。1927年16岁的董浩云中学毕业,因父亲生意遇挫,不得不辍学进入一家外轮公司当练习生。半年后,他参加金城银行下属的通城公司航运业训练班考试。他告诉面试官,如果给他机会,他有信心征服海洋。也许是因为这句话打动了面试官,他被行业训练班录取了,从此开启了奋斗一生的航运事业。

从航运训练班毕业后,董浩云进入天津航业公司当起了船务兼秘书,不到两年便升为船务部主任。27岁时董浩云又升任为天津航业公司的常务董事,之后又当上了天津轮船同业公会的常务理事,不久又当上了副会长。董浩云的才气、智慧打动了天津航业公司的老板顾宗瑞,顾宗瑞非常欣赏董浩云,就把自己的长女顾丽真许配给了他。1932年,董浩云与顾丽真举办了婚礼。在天津的这段时期是董浩云积累经验的创业时期,为他日后成为世界船王打下了坚实的基础。

在积累了丰富的航运经验后,1936年春,董浩云带着妻子前往上海,定居在建国西路365弄福履新村5号。

福履新村的名字用的是建国西路的旧名福履理路。福履新村建于1934年,里面坐落着14幢两层住宅。这14幢住宅虽然造型各异,却都是轻巧活泼的西班牙建筑风格,这在建国西路上不多见。5号是一幢独立住宅,红色西班牙筒瓦,建筑的主要部分为平屋顶,结合局部坡屋顶,并利用平面的凹凸以及阳台、露台、门窗等构成独具一格的造型。阳台铸铁栏杆和室内木楼梯都嵌有螺旋形装饰纹,平面和凹凸的对比体现出洋房细节部分的品位。白色的水泥拉毛墙面,无多余装饰,反倒显得简洁大气。1937年9月,董浩云的长子出生在这里。董浩云在日记里写道:"见到他,我有好多期望!"夫妻俩将这个在上海降生的儿子取名为建华。这幢房子最引人入胜之处就是它那幽静的庭院,庭院里有一株枝干遒劲绿荫如盖的老紫藤,那紫藤每年暮春时节着花,串串花序悬挂于绿叶藤蔓之间,从上垂下,宛如璎珞。它是否知道在自己伴随下出生的小主人董建华将成为香港特别行政区首任行政长官?

创办航运公司后买下西摩路住宅

1940年,董浩云在上海靠一条千吨左右的小轮船创办了自己的第一家船务公司——中国航运信托公司,开创了中国、亚洲乃至世界航运史上的多项第一,因而享有"现代郑和"的美誉。上海可以说是他航运事业的开始之地。这一年,董浩云买下了陕西北路414号的洋房。

这幢房子坐北朝南,入口的大门向西开在临街的一侧,从西侧

屋顶覆盖鱼鳞状铝制瓦片

进门先要走上一段高高的台阶,房屋中部有较为宽敞的内部走廊,前后共有三个楼梯,四坡屋顶上覆盖着鱼鳞状的铝制瓦片,房屋台基较高,之后,董浩云公司里的许多高级职员和董家亲属就都居住在陕西北路这幢洋楼里,其中包括董建华的姑妈、姨母、舅舅,还有董浩云哥哥的丈母娘。他们在这里一直住到1947年,后迁居香港。那年,董建华刚满11岁。20世纪70年代,董浩云成为国际航运界声名赫赫的人物,跻身"世界七大船王"之列,并一度成为仅次于希腊船王的世界第二大船王。1982年4月14日晚,71岁的董浩云据说正准备为访港的摩纳哥亲王安排行程,却不幸于九龙塘住宅心脏病突发,次日凌晨离世。其时,董氏集团旗下已拥有"中国航运""金山轮船""东方海外货柜航运"三家世界级航运公司,拥有各种干货船、集装箱船、油轮客船及散装船等149艘,同时,还拥有3艘高级豪华邮轮,在东京、纽约、伦敦、台北、洛杉矶、巴黎、里约热内卢等地均设有办事处或代理处。董浩云创办的巨大事业现在由儿子董建华、董建成兄弟继承发扬。董建华说,父亲对他一生影响最大,在他身上留下了"喜欢远大"和"充满理想"这两种不可磨灭的性格特质。

  如今,当我在春日暖阳下站在陕西北路的董家住宅前,想象这位世界船王的事业,想来也是经历过无数惊涛骇浪的,这幢房子却风平浪静地保留到今天。这里记载着他当年在上海滩的一段航运生涯,让人想起这个家族的不凡。如今里面已住进了多户普通百姓,但房子的气场还在。蓦然想起两句古诗:旧时王谢堂前燕,飞入寻常百姓家。

犹太富商在上海的家

陕西北路曾是犹太人聚居地,与董浩云旧居毗邻的陕西北路430号,就曾是一位塞法迪犹太富商在上海的家。这是一栋临街的独立式四层花园别墅,建于1913年。斜坡复折式屋顶覆盖着鱼鳞状瓦片,红色清水砖外墙,木质门窗,部分墙面上有凸出的烟道。这幢建筑内部空间丰富,平面布置自由,底层房间较多,面积都很大。因此建筑造型不讲究对称和工整,而是根据内部房间设施而定。外部建筑各立面风格不同,每层楼面的屋顶、线条等建筑细节都不一样,却又相互呼应,显得活泼多姿。

最早来到上海的犹太人

犹太民族历史悠久,除了以精明与勤劳著称外,他们还是一个流浪的民族。从历史上看,犹太民族的起始便有了流浪的意味,他们曾有漫长的岁月在自己的寄居地度过。上海也是犹太人的诸多寄居地之一。那些流浪到上海的犹太人因时间的先后有着各自不同的经历。当年居住在西摩路(今陕西北路)上的犹太人与后来避难虹口的犹太难民不同,大多属于塞法迪犹太人。他们是最早来到上海打拼的。

塞法迪犹太人又称西班牙犹太人，是犹太人诸民系之一。这一族群最早形成于中世纪早期的伊比利亚半岛，他们以拉迪诺语为母语，拉迪诺语是一种西班牙语的变体。塞法迪犹太人原先居住在西班牙、葡萄牙，15世纪末部分迁居中东，后因当地排犹再次迁徙。1840年鸦片战争后来上海经商办实业的塞法迪犹太人，利用上海独特的经济环境和发展潜力发财致富。

　　19世纪末，以沙逊、嘉道理、哈同等为代表的一批商人首先从中东巴格达来到上海。他们中有的家族在进入上海之前就是巨富商贾，如沙逊家族在巴格达就是著名的商人，上海开埠后沙逊家族通过鸦片贸易在中国赚取了大量血腥钱。据统计当时中国五分之一的鸦片就是通过他们运入的，后又利用帝国主义在华的势力从事房地产生意，当时全上海共28幢10层以上的高楼，沙逊家族就占了6幢。沙逊在外滩建造的沙逊大厦成为上海的著名地标。至于哈同，他刚到上海时还是个一贫如洗的流浪汉，但他利用沙逊洋行并倚仗帝国主义在华势力做起了房地产生意，迅速成为上海滩的大富豪。后来，这批犹太人基本上都加入了英国国籍，他们大多居住在今天静安区的南端，属于当年英租界（后改为公共租界）向西越界筑路的区域。西摩路也是这些塞法迪犹太人的聚居地之一。

犹太难民在上海有了家

　　1917年起，有4000多名犹太人逃亡到上海。20世纪20年代迁入上海的大部分是俄国犹太人，他们有的是沙皇政府排犹政策的牺牲品，有的是十月革命后夹在白俄中仓惶出逃的犹太人以及"九一八事变"后从中国东北逃到上海的俄籍犹太人。他们主要生活在当年的法租界西部，虽然经济实力不能和沙逊、嘉道理、哈同等相比，但也形成了规模较小的犹太社团。今天汾阳路上的五官科医院就是当年的犹太人医院，同样在汾阳路上的上海音乐学院内也留存着他们创办的犹太人俱乐部。

第二次世界大战期间，欧洲的犹太人遭受纳粹分子的疯狂迫害，上万犹太人被送进死亡集中营，大批犹太人被迫背井离乡，漂流四方。当时上海是世界上唯一不需要任何护照、签证就能登陆的城市，于是便成为这些苦难的犹太人可以投奔的地方。他们从欧洲各国历经磨难来到上海定居，上海成了承载犹太难民的"诺亚方舟"，一个给他们安全的"国际难民庇护所"。

犹太学者克兰茨勒说："上海这个名字，对千千万万个犹太人来说，已经成为一种护身符。他们可凭此将一生中的噩梦，改变成得救的开门咒，而有希望逃脱纳粹的恐怖统治。"最初这些犹太人可以在上海自由选择住处，太平洋战争爆发后的1943年2月，日本当局命令建立犹太隔离区，大约2万余名犹太人聚居在虹口。也有个别的生活在其他区域，西摩路上就聚集了很多犹太人，如英伦的犹太难民罗琪小姐就居住在今延安中路陕西北路口。她在那里开了一家单开间门面的罗琪童装店，自产自销各式童装。罗琪的童装款式新颖、价格又不贵，故很受顾客青睐，很快就在上海滩小有名气。沪上著名电影演员白杨、韩非等曾多次光顾这家童装店。

犹太人寓居上海的历史见证

这幢犹太住宅的主人是第一批来到上海的犹太人。19世纪末，这位塞法迪犹太人来到上海，他是一位经营黄金美钞交易的富商。当年这幢房子进门就是汽车间、衣帽间，一二楼是主人用来做生意的，内设隔音设备隔音板，隔音效果非常好；三楼过去是个跳舞厅;四楼是卧室。每层楼面屋顶、线条等建筑细节都不一样,很有特色。屋子里有壁炉,每层都有独立的卫生间和热水汀,一家人在此过着富裕舒适的生活,是20世纪犹太家庭的一个代表。20世纪50年代初,犹太主人回到自己国家后,房屋被公安局租用办公,后一度成为公安人员的集体宿舍,如今里面住着寻常百姓。

世界上的犹太人难忘上海,不少当年定居在上海的犹太人和他们的子女,抱着怀旧寻根的心理来到上海,寻找他们的祖上在上海生活的痕迹。陕西北路上的这幢犹太住宅就不止一次地迎来过曾经居住在这里的犹太人的孩子,他们站在院子里,望着如今已分割成许多人家的房子,触景生情,怀念自己家族居住在这里时的场景。同样,上海也记得当年曾在这里生活过的犹太人。陕西北路上的这幢保存完好的犹太旧时住宅便是当年犹太人寓居上海的历史见证。

临街墙上的壁画意境美好

如今在这幢住宅面朝陕西北路的二楼外墙上,有一幅墙画,画中一扇打开的蓝色百叶窗内站着一位白衣白裙的少女,窗台上放着一盆花,两侧是绿色的窗帘,画面十分清新。少女目光所及是两只上下翻飞的和平鸽,意境美好,似乎象征着当年犹太人对和平的向往。

邬达克设计的何东公馆

邬达克在上海设计了许多脍炙人口的建筑,不过纵观整条陕西北路,发现这里虽然有品位的名宅不少,但邬达克留下的作品却只有陕西北路457号的何东公馆。这幢住宅建于1928年,这是邬达克创建自己的建筑事务所的第三年。那时,邬达克35岁,6年后的他设计出了令他名噪一时的国际饭店。其实,从何东公馆的设计中已经可以窥见他非同一般的才华。

典型的新古典主义风格建筑

邬达克将何东公馆设计为一幢仿文艺复兴时期欧洲建筑风格的花园住宅,有着西方新古典主义的建筑特色。所谓新古典主义的设计风格其实就是经过改良的古典主义风格,它简化了古典主义的繁杂雕饰,设计中运用现代的材质,将怀古的浪漫情怀与现代人对生活的需求相结合,兼容了华贵典雅与时尚现代,反映出后工业时代个性化的美学观念和文化品位。邬达克设计的何东公馆就是一个比较典型的新古典主义风格建筑。

何东公馆建筑体量很大,住宅东墙沿陕西北路,南墙沿北京西路缓缓展开。从陕西北路正门进入,迎面便是一座大花园,花园中央是一幢砖石结构的两层住宅。外墙为水泥砂浆平涂,檐口部有齿形装饰,外墙上的开窗形式丰富,有长方形、椭圆形和拱形,周边均饰有西方古典主义建筑线条的窗套,拱形门券上方饰有券心石。建筑朝东的主入口面朝陕西北路,左右各设置两根贯通两层的爱奥尼克式方形壁柱,中间有两级双抱台阶通往门厅,门厅两侧有丰富的墙饰。一层有4根柯林斯式石柱,石柱上两对巨大的牛腿支撑着二层的外挑阳台,阳台前有带花纹的铸铁栏杆。阳台通往由两侧带花纹的壁柱托起的拱形入口,顶部大平顶作为露台使用,围以葫芦串式栏杆。

面朝陕西北路的主入口

从门厅进入,地面是由黑白相间的大理石铺成的菱形图案,右侧是铺设大理石台阶的弧形楼梯,流线型的透空铸铁栏杆镶嵌着柔美的花纹,蜿蜒至二楼,楼梯间有装饰艺术风格的圆形窗户。通过一个穹顶后是铺设柚木拼花地板和饰有雕花护壁的长长走廊,高高的连续的白色穹顶带给人一种神秘感,下部墙面为浅黄色,显得异常华贵明快。走廊左侧有门通往南面高敞的主厅,主厅南侧为半室外空间的柱廊式平台,主厅内铺设柚木拼花地板,墙面有雕花护壁,并设有精美的壁炉,这是当年主人举行宴会和舞会的场所,朝南3扇拱形落地长窗通往面朝大花园的平台。东侧是带有壁炉的客厅,西侧为同样带壁炉的餐厅,餐厅西侧为呈半圆形平面向外凸出的阳光室,北侧连接备餐间。门厅北侧为家庭书房,西北角为辅助性空间,由一条南北走向通道分别进入厨房、佣人用的卫生间和洗涤间等。住宅二层与一层的空间构成相同,除书房上层为活动室外,其余都是卧室。其中餐厅上层为带阳光房和独立大卫生间的主卧室。主卧室北侧另设置一间大卫生间和两间储藏室。在一层洗涤间内设置小楼梯连接二层佣人洗手间等。主人生活空间与辅助空间有门相隔,很好地保护了住宅主人的隐私空间。

有连续穹顶的走廊两侧有通往各室的穹形木门

建筑南侧的花园里有面积极大的草坪,站在花园草坪上看到的南立面才是建筑的主立面。一眼望去,建筑主立面呈半圆形,门廊由4根柱身修长的带有凹槽贯通两层的爱奥尼克柱托起,柱头雕刻着精巧柔和的涡卷,柱脚带有复合曲面的线条,大气中透着柔美。底层和二层窗洞尺寸与造型不同,门廊两侧饰有西洋风格的壁龛,壁龛上有雕刻精致华美的花纹,并有花盆状底座,门窗两侧都饰有精致的石雕。顺着柱身抬头看去,屋顶被女儿墙环绕,两层柱间为弧形内阳台,铸铁的栏杆有着柔美的花纹,可以想见当年主人家的亲眷朋友在此凭栏远眺的景象。阳台中间和两侧分别有落地门通往室内,三层平屋顶四周围有葫芦形栏杆,栏杆上饰有雕刻望柱,与下面的爱奥尼克柱呼应。住宅西南侧为圆弧形,有贯通两层的爱奥尼克柱,一、二层均有落地窗,门前设置略带弧形的台阶,丰富了建筑的立面。有意思的是这幢西式住宅还带有一个很大的中式花园,一直延伸到北京西路陕西北路口。曲径山石之间点缀着小桥流水,园内一株树龄近百年的古藤蜿蜒遒劲,还有两棵粗壮挺拔的百年香樟,浓荫蔽天,执着地守护着这座名宅,使这幢身处闹市的住宅显得异常清幽。

圆弧形的西南侧一、二层都有落地窗

华丽的雕饰随处可见

房地产巨商何东爵士

　　这幢花园豪宅最早的主人是英国爵士罗伯特·何东（Robert Ho Tung），他的中文名字叫何晓生。何东的父亲是英国人，母亲是苏州人，因此他有着一张外国面孔和一个中文名字。上海开埠后不久，何东的父亲就从英国来到了上海，结婚后又去了香港，1862年生了何东，并将他送进一家私塾读书。因为家境拮据，母亲给他的饭钱还不够吃一顿饱饭，这养成了他吃苦耐劳、勤奋节俭的品格。何东12岁时进了香港中央书院，17岁进了广州海关，两年后又被怡和洋行看中并委任为华行副经理，因其工作出色，又被广东保险公司聘为经理。6年后，何东辞职直接开始经商，这个勤俭刻苦的混血儿后来成为香港首富，孙中山、康有为和蒋介石都是他的朋友。他是汇丰银行和上海黄浦船坞公司的大股东，投资和担任董事的企业有数十家。何东热心于公益和慈善事业，曾在香港设立儿童幸福会、儿童工艺学校、九龙英文学校等。1914年欧洲爆发第一次世界大战,何东捐给英国政府的钱款有百余万元。1915年英国皇家授予他爵士头衔,中国北洋政府也向他颁发了勋章。何氏家族更是一代名门,澳门"赌王"何鸿燊就是何东爵士的侄孙。

第一次世界大战期间,上海民族工业发展迅速,何东加大在上海的投资,成为上海多家公司的主要股东和上海房地产巨商,如今北外滩的大名路、塘沽路、南浔路、峨嵋路一带的房地产,曾经几乎全是何东的产业。1926年,他购得西摩路爱文义路(今陕西北路北京西路)地皮,兴建了自己的住宅,人称何东公馆。何东与孙中山的关系极为密切,辛亥革命期间,孙中山来沪多次借宿在何东公馆。当年的何东公馆门口有印度巡捕看门,院子里养了很多猎狗。平时,何东喜欢坐奥斯汀7型轿车出门。当年,何东公馆举办宴会时,公馆的大花园里有西洋乐队演奏,夜色朦胧,屋子里的灯光投射到花园里显得浪漫神秘,在古典音乐和爵士乐的旋律中,绅士淑女们翩翩起舞。端着香槟酒杯的客人也尽兴地走到花园里,彼此把酒言欢,商场上的生意在这里悄悄谈成。

随着在上海投资的增加,何东让他长期在香港从事证券交易事业的儿子何世俭也来上海帮他一起打理生意。何世俭不但精通英语,还会讲一口流利的广东话和上海话,他到上海后开办的证券事务所迅速成为与嘉道理事务所并驾齐驱的证券经纪人事务所。何世俭还把妻子和年仅3岁的儿子何鸿章一起带到了上海。何东公馆位于西摩路上西班牙人最为集中的地带,因此他家经常资助天主教会学校,何世俭也担任了多家教会学校的校董,他的儿子何鸿章就读于坐落在虹口的圣芳济中学,一直到1947年赴美国留学为止。1949年后,何东家族举家迁往香港,何东公馆由上海房地产部门接收。

上海的文化精英在此编辑《辞海》

从小在上海长大的何鸿章继承了家族的优良秉性,从美国留学回到香港后投身实业,成了香港著名的实业家。何鸿章虽然长着一张蓝眼睛高鼻梁的西洋脸,却钟情于中国传统文化,还会讲一口地道的上海话,他是中国古玩的爱好者和收藏家。1995年底,他把自己从香港拍卖行里买下的一只流失海外的精美绝伦的吴王夫差盉无偿捐赠给了上海博物馆,为此,上海博物馆还特地举办了隆重的捐赠仪式。这件珍贵的吴王夫差盉现陈列于上海博物馆青铜器展馆,供世人观赏。

1959年,何东公馆成了中华书局辞海编辑所办公地,上海的许多文化精英如陈望道、苏步青、谈家桢、丰子恺、周信芳、赵超构等都曾在此办公。他们在这里漫游于浩瀚的书海,乐此不疲。院子里的百年古藤花开花落,每逢紫藤花盛开时,串串紫藤,璎珞遍垂,花叶上缠绕着文化精英们的才思俊逸。香樟树下,紫藤花间,绿草坪上,小径间留存着学者们忙碌的身影。这个大花园一度被大家亲切地称为"辞海园"。1978年,辞海编辑所改组为上海辞书出版社,并于1979年正式出版了《辞海》。《辞海》出版后,洛阳纸贵,供不应求。20世纪80年代前期,《辞海》虽然每年发行几十万套,但仍然十分抢手,甚至要凭结婚证才能购买。

上海辞书出版社是中国最大的一家以出版工具书(辞书)为主的专业出版社,业务量很大,由于原有的房子不够使用,便在原来的花园里增建了不少新的现代楼宇。不过,当你走进花园,最为显眼的还是那幢已有90多岁高龄的何东公馆,虽已披上岁月的风霜,但依旧风姿绰约,在绿树环绕的花园里独树一帜。我好多次走进里面,看到花园里有年轻人在打网球,他们矫健活泼的身影为这幢老建筑增添了勃勃生机。

2021年10月,上海辞书出版社撤出了何东公馆,搬迁至闵行区上海世纪出版园,这里由静安置业接管。

陕西北路靠近北京西路处是有名的 Light & Salt Daily 即光与盐餐厅,这里不只是一间餐厅,还集合了书店、酒吧、画廊、创意空间以及生活方式于一体。据说,"光与盐"的命名灵感来自《圣经》,以光比喻艺术文化,以盐比喻美食佳酿,既是生命的向导也是生活的不可或缺,而这恰好与"光与盐"希望满足灵感与美味的理念不谋而合。餐厅外墙面被涂鸦上了大幅"莫奈的花园",餐厅内一侧的墙体是整片落地窗,可以欣赏窗外花园郁郁葱葱的自然绿意和宁静湖泊中的潺潺流水。餐厅里回荡着地中海风情的音乐,坐在这里,会有一种远离尘嚣的清净,沉浸在浪漫祥和的生活氛围中,三楼还有个小小的露台,可以看到楼下的花园。许多人抱怨花园不能进,他们未必知道这个花园正是陕西北路上的名宅何东公馆庭院的一部分,坐在露台上边用餐边饱览优秀历史建筑的美景是很奢侈的体验。餐厅主打融入了中餐元素的法式料理,摆盘精致,是法国式的浪漫。里边还有个"玩 Bar",上百种酒品摆满了整整一面橄榄绿的墙,每瓶酒上都附有一张小贴士,以一种俏皮的方式向顾客介绍自己的"身份"。这些酒还配有自己的专属菜单,可以让你随心搭配出心仪的餐酒组合。墙的中间有一扇窗户,看出去是陕西北路的街景,窗边地毯上放着一张低矮的圆茶几,两边有沙发,坐在上面边品酒边看窗外的陕西北路,会不会有一种穿越感呢?

阮玲玉就读过的崇德女中

陕西北路461号现七一中学前身为建于1905年的崇德女校，是上海基督教广东浸信会汤杰卿牧师与万应运博士筹资建立的私立教会女校，全校教职员工和学生基本上都是广东人。崇德女校旧址位于陕西北路535弄30号，南与何东旧居一墙之隔，北与大同里自在里为邻。

欧洲乡村别墅风格的校园

上海开埠后，西学东渐，外国教会开始在上海兴办学校。1905年，美国浸信会的万应运博士与汤杰卿牧师在虹口武昌路仁德里创办了崇德小学。全校教职员工和学生大多数是广东人，因虹口一带有许多广东籍人士，学生和教师都以广东话进行教学和交流，连学校里的美籍老师也都会讲广东话。1908年，校址迁至北四川路(今四川北路)宜乐里。两年后，因学校只招收女生，改称崇德女校。1914年，学校开始创办中学部。1918年，万应运筹得美国信徒的捐款与教会捐款，在北四川路白保罗路底(今四川北路新乡路底)购地建造了广东旅沪浸信会堂与崇德女中。1927年，中国广西籍教育家徐松石担任了崇德女中的校长。抗日战争时期,学校损失惨重。1935年,因白保罗路校舍严重被毁,学校在东体育会路建起一幢中西合璧的教学楼,并将中学部(崇德女中)迁到了这里。1937年"八一三"抗战中,东体育会路的校舍与白保罗路附小都在日寇炮火下化为灰烬,无奈之下,全体师生只能转到爱文义路(今北京西路)626号继续上课。但也不稳定,历经颠沛流离,几番迁移。1940年,面对山河破碎的艰难危局,时任校长的徐松石高扬"教育救国"的旗帜,飞赴美国向校友以及社会各界人士募捐,经辛苦努力,筹得巨款,购置了大同里部分尚未开发的地块,聘请具有西方建筑理念的建筑师设计校园,在陕西北路上建成了崇德女中的新校舍,学校才算是有了稳定的办学场所。

欧洲乡村别墅风格的崇德女中校舍

典雅的南立面主入口

建在陕西北路上的崇德女中校舍是一幢漂亮的欧洲乡村别墅风格的洋楼，建筑布局工整、外观典雅。主楼为砖木结构假四层。红瓦四坡屋顶，木门钢窗，底部基座是石材砌筑，白色水泥砂浆的外墙上排列着整齐的装饰花纹，外墙每扇窗户下有雕刻图案。南立面主出入口和东立面出入口处有科林斯式柱支撑的门廊，主楼拱形门厅前伸出由高大罗马柱撑起的与主楼建筑垂直的长圆形露台，露台一侧直棂式水泥护栏上镶嵌着蓝底金字的"方圆楼"三字。二楼和三楼南侧分别有面朝花园的阳台，围栏造型典雅。主楼底层是大礼堂，后面是图书室，楼上是教室。主楼内所有门窗、壁橱均为木质，雕有人物、花卉等图案；门窗上的玻璃都是从法国进口的优质彩色小块玻璃，在阳光映照下放射出绚丽的光芒。主楼对面建有一幢两层楼小别墅，红瓦坡顶，白墙，墙底部用石头砌筑，四面有钢窗。一楼中间是红漆木门，两侧有窗，门的上部是一个带有直棂式水泥栏杆的白色弧形阳台，站在阳台上可俯瞰花园，满目翠色扑面而来。整幢小别墅显得简洁大方又朴质。当年校长徐松石一家就住在里面。楼下是会客室,楼上是校长夫妇和他们的五个孩子及保姆的居室。楼前有一个绿叶缠绕的葡萄架,葡萄挂果时该是一番好景致。

这幢两层小别墅是校长徐松石一家的寓所,楼前一侧可见葡萄架

正对主楼的是一个漂亮的花园,园内花木葱茏,竹子、棕榈等环绕四周。中间一堵带绿色琉璃瓦屋顶的粉墙把花园隔成两半,粉墙中间有镌刻着"趣园"二字的月洞门,墙两侧有造型优美而不雷同的花格子窗户。穿过粉墙便见一座六角形凉亭,上有"思亭"二字,凉亭四周围以朱红色柱子,四边设置美人靠。花园中间有一处铺着碎鹅卵石,上面摆放着石头圆桌圆凳,一边是一个带喷泉的水池。如此优美的校园环境自然可以培育女孩子优雅的气质。课余,这些妙龄女孩穿着月白色布衫,及膝的黑色裙子,长筒的白色麻纱袜子,黑色系带学生皮鞋,在美丽的花园里看书,散步,聊天,

踢毽子,做游戏。下雨天,在蒙蒙细雨中或打着伞或坐在凉亭里读古典诗词,该是怎样一幅令人神往的画面?

当年,崇德女中以大同里的弄堂出入口作为师生进出的路径。大同里有两个弄堂口,前弄堂口在陕西北路上,后弄堂口在陕西北路549号花园别墅和陕西北路525号南阳公寓中间,学生们都从后弄堂口进出。

著名人士在这里留下足迹

崇德女中以文商见长,尤以英文教学为其特色,社会声誉颇佳。其学生多来自中产以上家庭,粤籍占相当数量。永安公司的郭家千金、著名影星阮玲玉、世界著名建筑师贝聿铭的妹妹贝聿嘉等都就读于该校。当年虹口区北四川路(今四川北路)永安里住着许多永安公司的中高层职员,他们都把自己的女儿送到崇德女中读书。由于当时上海南京路四大百货公司的老板和大部分高级职员都是广东人,所以,他们的女儿多在崇德女中上学。崇德女中搬到陕西北路后,附近一些大户人家也纷纷把自己的女儿送到崇德女中学习。这些学生中唯独阮玲玉是个例外。

阮玲玉出生在上海一个贫寒家庭,她6岁时父亲就去世了。为生活所迫,母亲带着她去了一家张姓大户人家做女佣。母亲深知文化的重要,为了让女儿脱离底层社会,从小母亲便送她到私塾读书,使阮玲玉得以识文断字。在张家帮佣时,母亲得知张家老爷是崇德女中的校董,便央求张老爷帮忙,将学费减半,让阮玲玉得以进入崇德女中读书。母亲一再叮嘱她"不要告诉别人自己是佣人的女儿,因为会被别人看不起"。阮玲玉牢牢记住了母亲的话。她天性聪慧,学习用功,人又长得漂亮,很快就和同学们打成了一片。崇德女中良好的氛围影响着阮玲玉,她身边的同学又大都是富家千金,耳濡目染中阮玲玉逐渐脱离了市井土气,举手投足也变得优雅起来。16岁那年,阮玲玉顺利考入了明星电影公司。在无声电影时代,阮玲玉凭借精湛的演技将富有悲剧色彩的女性演绎得入木三分,代表了中国无声电影艺术最高水平,被誉为"默片女王"。应该说,她的成长和崇德女中的培养教育不无关系。

崇德女中虽是教会学校,但也很重视国文课,学校要求学生从初一到高三,每周必须交大楷6张、小楷18行,校长徐松石亲自担任高三的国文课教师。写得好的文章和书法,经老师评阅后在门口走道的橱窗内登出,既鼓励了作者又给全体学生做了示范。学校还很重视体育、音乐、戏剧等课余活动,当年,崇德女中有一首名为《鼓舞欢欣,歌颂崇德》的校歌:

愿众学友,鼓舞欢欣。歌颂崇德,响遏行云。巍巍母校,灿若瑶珠。嘉名是爱,永失不渝。崇德崇德,校旗永飘。新歌丽曲,环送琼标。先事后得,校训显彰。为民为国,我心激扬。因在母校,永沐春风。立身处世,自有景从。崇德崇德,校旗永飘。新歌丽曲,环送琼标。忠于母校,金蓝两色。可矜持身,有道务求,清洁真诚。纵然日后,荆棘满途。金乌隐匿,碧落云铺。追怀母校,当获南针。山穷水尽,有径可循。崇德崇德,校旗永飘。新歌丽曲,环送琼标。忠于母校,金蓝两色。可矜持身,有道务求,清洁真诚。

蓝色朴素,金色高贵,是学校的底色,整首歌反映了积极乐观的精神。当时崇德女中除了上课外,还有许多课外活动。每天上午有45分钟的课间集会,分别由校长、教师、学生自治会等轮流主持。校长主持的那天,经常邀请有名的学者来对学生进行教育。其中包括复旦大学校长、之江大学著名教授林汉达、沪江大学校长夫人刘王立明等。教师主持的课间会也形式多样,活泼生动。曾多次请到著名音乐教师杨嘉仁夫妇和他的妹妹杨嘉珍等,教大家学习声乐,为学生弹奏世界名曲,教她们欣赏。还请过著名女作家施济美来做演讲,以提高学生的文化艺术素养。学生各班轮流主持时会有各种表演,如器乐表演、合唱、独唱、小品、演讲、辩论会等,形式多样活泼。著名话剧演员石挥、丹尼,京剧演员白玉薇都来校做过演讲。这些活动既丰富了学生的生活,又开阔了视野,筹办活动的学生也得到了锻炼。篮球项目是崇德女中锻炼学生体质的一个重要项目。崇德女中的篮球队在全上海颇有声望,抗战前是全市女子篮球赛冠军。学校的体育课大多是练习打篮球。体育老师李韫云是当年全上海赫赫有名的女子篮球冠军队——绿队队长。上体育课时,还有篮球界元老、交大队教练刘荷生和篮球名将祝明星来做指导。这所名校一直沿袭着"谈笑有鸿儒,往来无白丁"的文化氛围,郭沫若、田汉、许广平等著名人士也曾应邀至崇德女中礼堂演讲。

教国文的女作家施济美

1952年,私立晏摩氏女子中学并入崇德女中,晏摩氏女中是美国基督教浸信会创办的一所"贵族学校"。如昔日上海市长吴国桢的夫人,三大船王之一程云庆(巴拿马籍华裔)的夫人都是该校毕业生。校址原在虹口现大连西路205号。抗战爆发后的1941年,晏摩氏女中假陕西北路南京西路的平安大楼上课。1953年,市教育局又将崇德、进德两所教会学校合并,改为公办,更名为上海市第七女子中学。

进德女中是1911年由上海基督教第一浸会堂创办的,校址在延安中路718号一幢三层洋房内,原系卢永祥公馆。该校校董会基本上都是教会人士,当时校长聘请教师的条件,一要女性,二要未婚,三要有大学文凭,四要基督教徒。20世纪40年代在文学声誉上仅次于张爱玲、苏青的著名女作家施济美抗战胜利后就在进德女中担任国文教员,她边教书边写作,写过许多脍炙人口的小说,如《凤仪园》《群莺乱飞》《鬼月》等,长篇小说《莫愁巷》更是代表了她创作生涯的高峰。

崇德女中1958年开始招收男生,校名改为七一中学。学校规模也逐渐扩大,新建了教学楼,原崇德女中的校舍仅作为办公楼使用。已经淡出文坛的女作家施济美曾担任七一中学语文教师兼语文教研组长,这位女作家讲课生动,曾多次举行观摩教学,在教育行业中,"施济美水平"是对一名教师的极高评价。

如今在七一中学和大同里之间有堵围墙,围墙中间有两扇铁门,整日大门紧锁,围墙后面可以看见大同里25号的身影。2000年7月,原江宁中学并入七一中学。2007年4月11日,正式更名为"同济大学附属七一中学"。如今七一中学门上的绘画,再现着昔日崇德女中的场景。

和大同里一墙之隔的校园

有诺亚方舟之称的太平花园

陕西北路470弄被称为太平花园,这是一条带有南欧建筑风味的新式里弄,建造于1910至1912年间。陕西北路470号为太平花园的总弄,弄口上方有"太平花园"的标识。

初建者是清朝外交官伍廷芳

太平花园初建时是一排西式联体公寓,共6个单元,由中国近现代史上杰出的外交家、法学家、曾任清朝外交官的广东人伍廷芳出资建造,其中还开设有西侨食宿的饭店。1911年武昌起义爆发后,伍廷芳任南方军民全权代表,与袁世凯派出的北方代表唐绍仪在上海多次举行"南北和谈",其中早期的几次谈判就是在离太平花园不远的北京西路1094弄的伍廷芳住宅"观渡庐"内进行的。伍廷芳去世后,1928年,伍廷芳之子伍朝枢在太平花园的公寓旁又建造了相同式样的房屋一栋,另沿陕西北路也建造了一栋,逐步形成里弄格局。弄内三排联体公寓建筑总体平面呈U字形,中间隔以草坪,共有南、北和沿马路三列。入口为八字形台阶,共有18个门洞。每一栋有大小十几间房,每层设有独立的卫生间和阳台。南北两列联体公寓中间,是一大片草地和参天大树,供住户在弄内打小型高尔夫球,太平花园因此得名。当时,弄口门框上部有拱形黑铁,上面镌刻着英文弄名"Pacific Garden",门旁另有一小木牌,上面用中文写着"太平花园"四个大字。

太平花园的建筑外形富有浓郁的欧罗巴风情,每幢公寓门口都设置着可直接进入二楼的户外石头楼梯。公寓并立的单元入口拱门有白色雨篷,饰以券心石的拱圈门窗,铸铁拉花外挑式阳台,白色水泥外墙,窗套也为白色。每幢底楼的门洞采用了双抱式联体拱门,内里布局类似上海石库门的南北前后间分隔的西式联体住宅,每单元均有独立卫生设备,配有马赛克地砖和瓷砖,以及铸铁浴缸和黄铜水龙头;屋子里雕花的木门、穹形窗户、柱子、壁炉和水曲柳拼花地板、柚木楼梯扶手等,至今都保存完好,有些房间里还保留着罗马立柱,留下来的老家具都是木质很好的带有装饰艺术风格的式样,虽然纹饰已经暗淡,但依旧透出一股骨子里的贵族气。

富有欧罗巴风情的建筑外形

双抱楼梯是太平花园建筑的特色

太平花园的早期入住者大多是来自南美的中产阶级人士,如医生、工程师、洋行经理等,也有不少犹太人。入住太平花园的犹太人,与后来流浪到上海的犹太人不同,是比较富裕的塞法迪犹太人。从建成至20世纪30年代,是太平花园的黄金时期,里面的住户安享着平静祥和的生活。之后因城市人口的扩展迅速,太平花园也开始有了合租的住户。抗战开始,太平花园不再太平,弄内外侨减少,中国住户逐步增多。日军侵入租界后,先前已去香港的房主住宅,被日军占领。1948年房主回到上海后,将弄内宽敞的草地出售营利,买主即在草地上建起25幢三层房屋,即现在弄内中间的两排,并逐一出售。从此,太平花园不再有花园。

老上海人称之为犹太弄堂

1938年11月9日,德国纳粹在德国和奥地利发动了一场针对犹太人及其家园和企业的恐怖运动,暴力事件持续到11月10日,后来被称为"水晶之夜"或"碎玻璃之夜"。"水晶之夜"事件标志着纳粹对犹太人有组织的屠杀的开始,大批犹太人涌入上海避难,不少人直奔太平花园,这时的太平花园又成了小小的"诺亚方舟",庇护着流浪到上海的犹太难民。至今这一带的老上海街坊仍习惯称太平花园为犹太弄堂。如今,走过太平花园,可以看见弄堂口也有一个拱门,上书"TAIPING GARDEN",拼音加上英语,可算是中西合璧了。

太平花园纪录了已湮没在红尘中的往事,入口直通二楼的石梯无声无息地承载了当年犹太人流浪在异乡的岁月。据说,当年犹太人住在这里时,大家喜欢坐在靠马路的石梯上拉手风琴、唱歌,在台阶下的陕西北路上跳舞。石梯上的台阶,石梯下的路面,见证了他们在上海的青春岁月。如今,太平花园内带有拱门的老式洋房依旧,门前石阶上摆满了一盆盆生机盎然的花花草草,弄堂上空飘散着居民晒出的花花绿绿的衣服,世俗的烟火气扑面而来,街面房子的底楼开出了各式店面,一度以卖男式内增高皮鞋而闻名上海。

世界上的犹太人难忘上海,上海也记得当年曾在这里生活过的犹太人。在世界各个犹太人定居的国家和地区中,有不少成立了上海犹太人联谊会,越来越多的当年居住在上海的犹太人和他们的后裔,抱着怀旧和寻根的愿望来到这里,他们在弄内拍照,寻找着自己祖辈生活的痕迹。他们在临街的石头扶梯上来回走动,抚摸着太平花园入口的石梯。我看到过几位白发苍苍的犹太妇女站在太平花园门前的石阶上，枯瘦的双手紧紧抓着石头栏杆，泪流满面。她们一定是想到了自己还是个小姑娘的时候在这里度过的岁月，其间不乏欢乐和忧伤。在这些犹太人的心里，他们早已把上海认作了自己的第二故乡。

太平花园见证着上海人和犹太人的友谊，那是在曾经的苦难岁月里熔铸出来的，不需要任何承诺，也没有任何约定，却注定会地久天长。犹太人对上海的感情甚至跳出了"上海犹太人"的范围，成为整个以色列的一种公众情感。

弄内的花花草草带来田园气息

自在里和大同里

里弄是极具上海风情的,是大多数上海人的精神家园,也是最能代表上海的建筑之一。陕西北路这样一条海派风情浓郁且带有贵族气质的名街上也有着两条弄堂,比起陕西北路上林立的花园洋房,这两条弄堂多了一份温暖的生活气息。如今,它们双双被列为历史文物建筑。它们就是陕西北路493弄的自在里和陕西北路535弄的大同里。

这两条弄堂内的建筑大多为20世纪所建造的石库门天井式三合院建筑,木结构坡屋面,山墙有西式特征。这些石库门房子属于上海第三期最新式石库门里弄,所以在内部设施上有意识地融入了现代生活理念,可集中供暖的大卫生间里铸铁浴缸和抽水马桶一应俱全,还铺设了煤气管道。除了石库门建筑外,弄内也建有部分花园洋房。当年居住的都是一些家境殷实的人家,既有当时著名的实业家,也有高级职员、律师、银行业从业人员等中产人士,这里的居民生活方式已趋于西化,如喜欢西餐、冰激凌、法式面包等。

安逸恬适的自在里

自在里是建于1911年的新式里弄,"自在"寓意安逸恬适、身心舒畅,弄堂以"自在"为名,暗藏着投资者悠闲不拘的生活理念。自在里的弄口为白色水泥墙体,弄堂门楼前分别有两根圆形罗马柱,上部有过街楼,两侧有方形壁柱,四扇小窗面朝陕西北路,顶部为半圆形,装饰有典雅的西洋花纹。过街楼窗户下镶嵌着弄名"自在里"。透过气派的门楼不难想见弄堂往日的辉煌。黄昏步入弄堂,寂寂无人,门前绿植葱茏,正是家家炊烟之时,弄内飘散着熟悉的饭菜香气,一时恍惚,仿佛回到了旧日弄堂家中。

自在里门头

　　自在里不大,弄内仅有四幢砖木结构的两层石库门房屋和一幢四层花园住宅,这在上海弄堂里并不多见。四幢石库门房子门牌号码分别为2、4、6、8号。均为红砖墙镶嵌白色门头的石库门,中间有两扇黑漆大门,每幢房子有前后门。当初建造时2号和4号是一户人家,6号和8号是另一户人家,后来又陆续搬进了几家。

　　弄内10号是自在里最好的房子,那是一幢花园住宅。走进10号庭院,迎面便看到一幢三开间的三层房子,门前有三级台阶通往室内,台阶前有一个狭长平台,平台上铺着花纹精致色彩典雅

自在里弄内可以看见弄口过街楼

的马赛克地坪,颜色和花纹至今完好。面朝庭院有五扇别致的柚木门,右手边的五扇门上部有气窗,下部是连续五扇小门,每扇小门大约三分之二处分别镶嵌着一块鹅卵形的玻璃镜面。听住户说,这四扇小门平时是不开的,进出就从最左边的一扇小门走。二、三楼各有一排朝南的窗户,三楼屋顶设置老虎窗,看来主人是很在意阳光的,这种成排窗户面朝没有遮挡的院落,室内一定阳光明媚。进入门内,一侧是客厅,另一侧有通往楼上的楼梯,楼梯也是柚木的,有精致的回字栏杆。上楼时可以看到中间的天井,三楼有一个宽敞的水泥晒台。

自在里有两个出入口,南端的出入口是和陕西北路535弄大同里合用的弄堂,即自在里2、4、6、8号和10号的石库门房子的后门分别对着大同里25、27、29、31号和33号的前门。

石库门和花园洋房共存的大同里

比起自在里,陕西北路535弄大同里的建造时间稍晚。大同里建于1919年,以"大同"为名,寓意家家安居乐业,人人友爱互助,崇尚和睦,讲求诚信,这和自在里寓意的安逸恬适、身心舒畅一脉相承,表达了投资者对美好生活的良好愿景。漫步其间,你会感觉到这两条弄堂的气场是暗合的。只是大同里的体量更大,里面住的名人更多一些。不过大同里面朝陕西北路的弄口比起自在里稍显简朴,它没有过街楼,两旁设置简单的壁柱,上部中间镶嵌着大同里三字,顶部和两侧有简单的几何状装饰。

大同里初建时为石库门弄堂,内有五幢两层石库门建筑,分别是大同里25、27、29、31、33号,这是大同里最早的建筑。弄内后来逐步建造了一些花园住宅,大同里2号是一幢带大花园的英式花园洋房,4、6号分别是两幢带有小庭院的南欧风格的花园洋房,8号是一幢带花园的小洋房。大同里沿陕西北路有两个出入口,南端的出入口是和自在里合用的弄堂,即弄内五幢石库门房子的前门分别对应着自在里的2、4、6、8、10号五幢门洞的石库门房子的后门,北端的出入口是陕西北路525弄的南阳公寓的后门与陕西北路549号花园住宅的围墙所形成的弄堂。1993年大同里2号被拆除,在原址上建成了两幢多层公寓。其余皆保持着原状。

大同里的住户中,有好几家在上海乃至中国近现代史上都有不可忽视的地位。2018年,我曾跟随生活在大同里30余载并曾撰写出版口述历史《大同里旧事》的邵光远先生踏勘了大同里,通过邵光远先生的介绍我进一步了解了大同里的一些风云往事。

俯视大同里

一幢幢房子里珍藏着故事

大同里2号是一幢建筑面积700余平方米的英伦风格的花园洋房建筑,屋顶覆盖红瓦,顶上伸出烟囱和老虎窗。底层的前沿是一条贯穿整幢建筑的走廊,有6根长柱子从一楼贯通到二楼,分隔出五个内阳台。门前有2000平方米的大花园,花园里除栽植了许多花草树木外,还有两座大假山。当年这幢楼的边上,还有一幢两层小楼,一楼是汽车间,二楼是司机园丁的宿舍。这幢洋房的原主人是一位英国人。1927年,银行家兼实业投资家王季垩为了给儿子筹办婚事,从英国人手里买下这幢花园洋房,这里就成了远近闻名的"王家花园",前门设在大同里2号,后门直接连通新闸路,门牌号为新闸路1309号。王季垩的祖籍是苏州东山陆巷,祖上王鏊是明朝有名的宰相，曾侍奉三朝皇帝，还是大画家唐伯虎的老师。王季塈年少时在上海大清银行做练习生，于1920年创办了东莱银行上海分行并任经理，还被推举为银行公会委员。在东莱银行上海分行任经理期间，他积极参与投资民族工业，历任南通大生纱厂董事、安乐毛纺厂和上海申大织布厂董事长以及天香味精公司、大元织布厂、纬成纺织厂的董事。王季塈于1927年入住大同里2号，直至1962年离世。当年，这幢洋楼的底层分别是客厅、餐厅、带煤气灶的厨房和衣帽间，带有三个壁炉。一个S型的楼梯通往二楼，楼梯边上有一个卫生间。二楼朝南有三个带有壁炉的40平方米的卧室，里面都有配套的卫浴设备，并附带一个10多平方米的内阳台。三楼是假三层，当年是王家的储藏室。

建造于1940年的大同里4号是一幢建筑面积约400平方米的南欧风格三层建筑，门前庭院约100平方米。1948年，中国纺织工业先驱之一的童润夫先生买下了这幢房子，童润夫夫妇和他们的六个子女在这里生活至1993年。童润夫在民国时期和友人创办了"诚孚纺织专业专科学校"，这所学校是中国纺织大学的前身，现为东华大学。新中国成立后，童润夫先生任上海棉纺织总公司的总工程师。童夫人冯缦云少年时就读于浙江女子师范学校，和同在该校读书的瞿秋白夫人杨之华是好朋友。20世纪60年代初，杨之华已经是全国妇联副主席，她每次到上海开会，总会抽出时间到大同里4号探望老同学冯缦云。童润夫的妹夫是著名金融教育家资耀华，其女儿资中筠是中国社科院荣誉学部委员、社科院美国研究所原所长，资中筠年轻时经常到大同里4号探望舅舅、舅妈，并小住于此。她的孩子在上海时有段时间曾寄住于此。

大同里8号是一幢建于20世纪30年代的西式三层小楼，建筑面积250平方米，门前有200平方米的庭院。尽管和6号相连，但建筑外立面和内部布局与4、6号两栋兄弟楼有很大差别。这幢房子的原主人是上海联义山庄老板、广东人林家驹。8号门口有两个石狮子，底下有龙形图案。1957年，林家驹将大同里8号转让于周铭谦家族，周铭谦和夫人胡惜之是光华大学同班同学，夫妇两人都是文化人，交往的也多是文化人士，当时沪上许多文化名人和书画大家都是他家的座上宾。篆刻大师冯巨来为周铭谦夫妇分别刻了几十枚私章。周铭谦之前开设的"行余书画社"聘任的画师中就有张大壮、孔小瑜和张石园等海上著名画家。一生卖画为生，曾与吴湖帆、吴侍秋、吴子深在上海画坛有"三吴一冯"之称的著名画家冯超然也是这里的常客。国学大师章太炎的关门弟子、鲁迅先生的同门师弟朱季海当年经常到大同里8号讲授国学课程，当年来8号听课的有上海文史馆馆员杨友仁，名列民国十大才女之一的张大千的女弟子、海上著名画家厉国香等。常到大同里8号的名人还有郁达夫的前妻王映霞，她是周夫人胡惜之的闺蜜。周铭谦还开过"一知书店"，这个书店属于小型出版社，专门出版连环画和文艺类小丛书。公私合营后，周铭谦进入上海人民美术出版社担任美术编辑，胡惜之一直在华东师大当教师，直到退休。

客堂里的亚美麟记电台直播室

大同里25号到33号是一排新式石库门房子，其中25号是典型的三上三下石库门建筑，其余都是单一侧厢房的两上两下石库门。25号建筑面积有300多平方米。正门进入是客堂间，两侧为东西厢房，各自分为前厢房、中厢房和后厢房三个连通房间，楼上也是同样格局，再加上一间亭子间，共计15间房。这幢石库门房子当年由鸿康电料股份有限公司的总经理袁永定一家居住。25号建筑西北侧后厢房处还建有一间汽车间，当年放着袁家的奥斯汀汽车。27号正门东侧有厢房，西侧客堂间与25号相连。27号底楼前厢房住着顾庭芳家庭,他们自20世纪30年代起一直住到1985年。

顾庭芳家里有一台电唱机和一台当时很稀罕的录音机,顾庭芳的小儿子顾越敏通过同学、青年画家汪铁的介绍认识了上海美术专科学校的年轻艺术家陈逸飞、夏葆元和魏景山。陈逸飞非常喜欢西方古典音乐,20世纪60年代,他经常带着弟弟陈逸鸣和夏葆元、魏景山一起到大同里27号顾家欣赏西方古典音乐。大同里29号也是两上两下的石库门房子,它的西厢房与27号的东厢房相连,客堂间和31号的客堂间相连。据说,29号和31号原来是姓谭的广东人两兄弟所有,20世纪20年代,由于两兄弟染上了赌博恶习,输尽钱财,不得已于1926年将两栋房子都卖了。29号卖给了来上海闯荡的苏州商人陈子桢。

敢于冒险、大胆进取的陈子桢当年拥有在上海滩名列前三的私人广播电台——亚美麟记广播电台、著名的沧州书场等产业。沧州书场因原先是借静安寺路(今南京西路)沧州饭店的一个场子作为评弹演出的场所,故名。1923年,于南京路成都北路口虞洽卿的宗祠借来,作为新的沧州书场。当时,一楼是ADK雨衣专卖店,二楼是沧州书场,三楼是福记咖喱饭店,四楼是亚美麟记广播电台。这个亚美麟记广播电台覆盖了上海和江苏、浙江等地区,听众较广,姚慕双、周柏春、杨华生、笑嘻嘻等滑稽名家都在这个电台播过音。沧州书场有400多个座位,规模在当时相当壮观,吸引了很多社会名流。当时在沧州书场驻场演出的有张鉴庭、张鉴国、蒋月泉、王柏荫、唐耿良、潘柏英、张鸿声、韩士良、周云瑞、陈希安等十位评弹名家,他们轮流演出,名噪一时,轰动申城。一批沪上知名的滑稽明星和戏曲名家,每天在电台播完音后就到书场去演出。当时以袁雪芬为首的越剧十姐妹要办自己的学校,借助亚美麟记广播电台做宣传。考虑到会有众多越剧迷涌到亚美麟记广播电台来，会引起安全隐患，最后把直播室临时设置在大同里29号的客堂间，后来越剧十姐妹共同演出的《山河恋》也是在29号录音的。

  如今，大同里的沿街房子，底楼开出了店铺，楼上是住家，黑色钢窗栏杆上挂着吊兰，下面是一排花盆，花盆里种着各式花草，一边的花盆里伸出一株常春藤环绕着窗框顶部，绿叶舒展开来随风飞舞，清新浪漫，颇有几分普罗旺斯的味道。木质门匾上写着英文店招，在红墙绿叶的衬托下显得很海派。店面不大，这里曾经开设过一家名为 INDOOR OASIS 绿洲间 &SOL&LUNA STARGAZER 的饮品店。灰白色墙面，做旧的木桌，各种新鲜水果加上健康的谷物牛奶是其饮品的特色。不过有一款饮品却是菜单中没有的，知道的人进店说一声：我要"蓝朋友"，老板就会开开心心地亲自做一杯你的专属"蓝"友，笑盈盈地递给你。用荔枝汁打底，挤入新鲜柠檬汁后再加入曼谷特产的蝶豆花汁液，立即会生成漂亮的蓝颜色。18点以后，小清新的氛围立马换成热情的西班牙情调。这家店主打西班牙家庭料理，店主是西班牙人，会多国语言的老板非常健谈。所有食品都是老板娘亲自下厨做的，于是能带给人别处体验不到的 homemade（自制）的暖心感觉。后来这里又成了 WITH CO. COFFEE&BAR，陈设风格也变了，一边是咖啡吧台，一边是几张桌椅，既卖咖啡也卖酒，兼具了咖啡和酒的特调，氛围很轻松，给人以温暖的感觉。The Rooster 是出了名的老外聚集地，里面的桌子"腿"都特别长，像一张张吧台，与之相匹配的是高高的椅子，桌面和椅子面是原木的，长长的桌腿和椅子腿却是深蓝色的，配以工业风的天花板，显得很酷。花开花落，本是常事，小店改换门面也不奇怪，但总体气质却是不变的。

上海犹太人的精神家园西摩会堂

2001年10月,世界纪念性建筑基金会宣布,中国有4个著名的建筑点入选2002年世界纪念性建筑遗产保护名录,它们分别是:云南剑川沙溪寺登街(区)、长城、陕西大秦宝塔和修道院以及上海西摩会堂。西摩会堂是唯一入选该名录的中国近代建筑。这座教堂位于陕西北路500号,陕西北路旧名西摩路,故名西摩会堂。西摩会堂后来还兼为上海犹太侨民协会会堂及犹太社区犹太人子弟学校校舍,是目前上海现存时间最早、远东地区规模最大的犹太教会堂,更是上海较早的一幢具有犹太建筑风格的犹太教会堂。犹太社团在中国的历史已超过13个世纪,但现存的建筑遗迹却凤毛麟角,西摩路教会堂虽身居闹市,却隐于静谧之所,同时,因其所代表的犹太民族特殊的历史遭际而平添了几许神秘的色彩。

犹太教是犹太民族唯一的信仰

上海也是犹太人的诸多寄居地之一。19世纪中叶到20世纪初,上海形成了两大犹太人社团。一是以来自巴格达、孟买、新加坡、香港等地的塞法迪犹商集团为主体的英籍商人和实业家,最具代表性的是原籍巴格达的沙逊家族,以及从沙逊家族自立门户的哈同、嘉道理等,他们凭借犹太集团的经商才能以及上海开埠后贸易领域难得的机遇,积累了巨额财富,成为上海滩最为活跃的工商财团,甚至造就了白手起家的地产大亨,有的还成了当年上海滩的大富豪,而这一犹太社团的主要聚集地就是当时的公共租界。二是为逃避俄国反犹暴行及内战而来到上海的俄籍犹太社团,其主体是从事中小型生意的中产阶级。相比反犹意识强烈的欧洲本土而言,在中国传统文化屋檐下的上海并没有反犹土壤,加之租界时代的背景,使得犹太人在上海的各项权利和自由得到了充分的尊重与包容。

犹太教是犹太民族唯一信仰的宗教,他们对其极度虔诚与遵从,始终坚持着自己的信仰,绝不与任何异教混同。犹太人来到上海后,仍然执着于自己的信仰,他们先后在上海建立过7座犹太教堂,这是在上海的犹太人的精神家园。这些犹太教堂成为当年生活在上海的犹太人宗教信仰活动的中心,可以看出海纳百川的上海对外来宗教文化的尊重和包容。如今得以完整保留下来的仅有两处。除了陕西北路上的以塞法迪犹太人聚会为主的欧黑尔·雷切尔犹太教会堂外,还有一处是长阳路62号的俄籍犹太人建造的摩西会堂。

远东地区最大的犹太教会堂

西摩会堂是远东地区现存最大、保存最完整的犹太教会堂,由沙逊家族中的第三代大班雅各布·沙逊爵士为纪念亡妻拉希尔同时作为犹太人举行集会和宗教活动之地于1917年出资建造,1920年建成,原名欧黑尔·雷切尔犹太教会堂,又名拉希尔会堂。

西摩会堂的主体是一幢呈长方形的3层砖木结构建筑,坐西朝东,东西立面及转角处采用米色石材,南北立面采用红色板砖,显得庄重和谐,是典型的新古典主义风格。不过,西摩会堂所要阐述的并非单纯的建筑之美,它以建筑为载体,透过其内在的犹太民族符号,映射出犹太人对其民族信仰、文化的忠诚和皈依。我曾怀着朝圣般的心情走进这个神秘的所在地。这幢建筑在局部的门饰、窗洞、过厅、四跑楼、束柱等建筑细部上,呈现出浓厚的犹太民族建筑特色。红瓦斜坡屋顶,女儿墙中间有一段是透空的,用宝瓶形石头栏杆作为装饰,顶层平台四周也设置宝瓶式栏杆。建筑立面3段划分,结构精美,气象恢宏,春夏时节,建筑外墙上攀满了密密麻麻的爬山虎,像是一件穿越百年的迷彩服,将会堂裹了个严严实实。里面藏着的故事仿佛要透过繁密的藤蔓伸张开去,却又缓缓地缩了回来,似乎不想轻易地示人,这让会堂看上去像是一个幽深的中世纪古堡。藤蔓间透出希腊神庙式屋顶,从陕西北路大门进去后绕到一侧主入口,便见通贯两层的一对爱奥尼克式柱和一对方形壁柱形成的门廊,两根柱子中间有璎珞加"束棍"的装饰,下有精致的壁龛,里面有石雕花盆,藤蔓缠绕着的圆形气窗看上去像是挂了很久的圣诞花环。门廊顶端镌刻着用犹太语言——希伯来文撰写的教堂名字:欧黑尔·雷切尔。

门廊有3个拱券门,走进去便是穹形花式拱顶和大理石地坪的会堂正厅。一楼是圣殿,内有10根廊柱。中间为挑空设计,两侧为双层柱廊,柱间的小拱顶与教堂拱顶垂直相交,线条简洁流畅,大厅顶部4盏锥形吊灯已伴随西摩会堂走过了将近一个世纪的时光,大厅里面正前方设有汉白玉祭坛,犹太教禁止偶像崇拜,所以祭坛上没有神像,只有一个"约柜",柜子里放的是"摩西五经"。祭坛下面设置高高的底座,两侧分别有3级台阶,祭坛上有类似门厅的建筑物,两侧各有两根高大的多立克柱,柱子下方有柱墩,中间是一扇长方形的门,门上方也镌刻着希伯来文,四周有一圈纹饰,下面有两级台阶通往用帘布隔起来的约柜门,约柜内放有

秋天的会堂外景

外墙壁龛上部的雕饰

约30套托拉经卷。祭坛下摆放着一排排黑色的椅子,四周窗户都由5扇组成,寓意不忘"摩西五经"。从外面看西摩会堂是斜坡顶,但内部却是由5道内凹的弧形拱支撑起来的拱顶,每一道弧形对应着两侧外墙的一个大窗,这5道拱和一边各5个大窗正好对应着摩西的五经。弧形的拱不但造型优美,还可以支撑起整个房顶的重量,20米的大跨度却不需要在中间增加支撑柱。因此,内部空间十分完整而开阔,可以保证所有做礼拜的人都能看到祭坛,而不被中间的柱子遮挡住视线。从屋顶垂直而下的铁链和电线连接着倒圆锥体的白色玻璃灯罩,衬托着教堂神圣的氛围。大厅东墙一侧是书架,整齐排列着希伯来文的典籍。二楼是三侧环绕大厅的回廊。在进行宗教活动或聚会时,会堂可容纳五六百人,在传统仪式中一楼为男子朝拜区域,而二楼是专供女教徒祈祷的场所,三楼则是犹太人社区神职人员的起居室。建筑里的管道板还是原物,上面依然刻有犹太人的标记。

我在会堂正厅里上上下下独自徘徊良久,又在祭坛前默默站了好长时间,那一刻,我似乎能感受到当年这里弥漫着的浓重忧伤。顿时,眼里心里满是这个不屈民族的令人唏嘘的往事。

犹太难民在这里获得灵魂的抚慰

第二次世界大战期间,那个深刻在犹太人记忆中的可怕的"水晶之夜"过后,无数犹太教堂被付诸一炬,欧洲上万犹太人被关进死亡集中营,在纳粹分子的残酷迫害下,一大批德国、奥地利、波兰等欧洲国家的犹太人在走投无路的情况下离乡背井,漂流四方。其间,先后有3万多人逃到上海,有近3万人在上海居住了下来。他们选择上海的原因之一是当时上海是世界上唯一不需要任何护照、签证、经济担保和品德证明文件就可以接收无国籍犹太人的城市。还有一个原因是,上海本来就是一个移民城市,一个能接纳世界各国文化的国际港口,有着宽容和自由的城市氛围。于是,上海很快便成了这些如惊弓之鸟的犹太难民的理想避风港。

当年,西摩会堂是那些逃难到上海的犹太难民进行宗教活动、学习开会及学术讨论之地,并成为第二次世界大战时上海犹太社区的聚会中心。上海犹太人用实际行动宣告着一个犹太信仰,它代表着一个拥有共同的身份、归属感、根源与血统、相互义务以及互惠使命的民族。这种信仰的内涵已远远超过了宗教的含义,而是代表着一种民族意识,也就是一个为历史、语言、文学、国家、文化及共同命运所维系的民族。当时西摩会堂既是教堂,又是上海犹太学校,开设《圣经》课、希伯来语课和文化课,住在隔壁太平花园里的犹太人都把他们的孩子送到里面去读书。现西摩会堂后面的一排房子就是当年的犹太学校。西摩会堂记载着当年犹太人在上海留下的生活印记。其中,原上海工部局乐队著名小提琴家兼指挥家、犹太裔意大利人富华,1924年与他的同乡蒂娜·博尔贾就是在西摩会堂举行的婚礼。

如今,这里是犹太人经常拜会的地方,据说克林顿夫妇来沪时曾到此参观,因为希拉里的父亲年少时曾在这里学习。美国前国务卿奥尔布赖特、以色列前总统赫尔佐格和魏茨曼、前总理拉宾和内塔尼亚胡等都曾来此瞻仰、追忆犹太人在这里的往昔岁月。他们对上海在"二战"期间对犹太难民的救助表示感谢,对经历了这么多年历史变迁后的上海还能保持这样完整的犹太教原物表示钦佩,对中国政府保护文化遗产的举措十分赞赏。2005年11月10日,时年79岁的美国前财政部长、柏林犹太博物馆馆长麦可·布鲁门赛尔参观西摩会堂时感慨万千地说:"60多年前,我和父辈来到上海避难,在西摩会堂隔壁的一所学校学会了英语,今天才能够与大家交流,感谢中国上海敞开她博大的胸怀接纳了我们。"

会堂后面的一排房子就是当年的犹太学校

特定的时期、特定的事件赋予了建筑特殊的历史内涵，因为这层历史渊源，西摩会堂当之无愧地被列入世界纪念性建筑遗产保护名录。它记载着上海在那个动荡年代做出的伟大选择，它向世界展现了中国人民跨越国界与民族的正义和善行，以及懂得尊重、知晓包容、爱好和平的心灵。

那天，走出西摩会堂，已近黄昏，夕阳晃得我有点睁不开眼，阳光照在建筑外墙上挂着的"西摩路会堂旧址，建于1920年"的铜牌，铜牌上刻有英文说明，其中有"OHEL RACHEL（欧黑尔·雷切尔）"的字样，金灿灿的。

串起烟草往事的南阳公寓

在陕西北路上有两座名为"南洋"的公寓,一座是陕西北路525号的南阳公寓,原名南洋公寓;另一座是位于南京西路陕西北路口的南洋大楼,两座建筑都建于1933年,由著名华侨实业家、粤籍旅日经商的简照南、简玉阶兄弟所创设的南洋兄弟烟草公司出资建造。这两幢建筑已双双被列入上海市优秀历史建筑名录。它们蕴涵着一段与烟草有关的故事。站在建筑前抬眼望去,仿佛看到一支支白色卷烟吐出的缕缕烟雾,飘散在天空中……

开启国人自办烟厂的先声

南洋兄弟烟草公司是我国卷烟工业历史最久、规模最大、享誉最高的烟厂,并以国货为号召,振兴了中国民族工业。

南阳公寓是南洋兄弟烟草公司出资建造的。公司的创建人简照南、简玉阶兄弟是我国近现代著名的爱国华侨和实业家。和当年很多民族企业家一样,简家兄弟创办烟草公司,就是为了和英、美烟商抗衡,振兴中国民族工业。哥哥简照南生于1870年,弟弟简玉阶生于1877年,两人相差7岁。兄弟俩是佛山澜石黎涌乡人,从小家境贫寒。简照南在17岁那年去往香港,在叔父简铭石开设的"巨隆号瓷器店"学做生意,因聪明勤快,不久便被叔父派往日本收取账款。简照南长期奔波往返于香港和日本之间,虽然旅途辛苦,但他任劳任怨,工作细致严谨,收取账款从未出过差错。后来,叔父拨出一笔资金,让他自立门户,谋求发展。简照南在日本神户开设了东盛泰商号,经营日本海产品和布匹,并将货物运到泰国、新加坡等地销售。业务扩大后,便在1890年回老家,将18岁的弟弟简玉阶带到日本一起经商。兄弟两人同心协力,开创着自己的事业。在积累了一定资金后,他们创设了"顺泰轮船公司",由租船航运到自购船承办海运,航线遍及东南亚各地。

上海开埠后,英、美商人利用我国廉价劳动力和烟草原料,在华开设烟厂。1903年,外国烟草公司在上海浦东陆家嘴设立生产车间,其后又在香港、武汉、沈阳开设工厂及附属企业。短短几年间,洋烟几乎垄断了中国卷烟市场,简氏兄弟不甘心让洋烟在中国一手遮天,他们决心兴办民族烟草公司,与英、美烟商抗衡。1905年年初,简氏兄弟联合越南华侨曾星湖等人,斥资10万元港币,租下香港铜锣湾罗素街一座平房式的旧货仓。那年正月初八,也就是简照南35岁生日那天,"广东南洋烟草公司"在香港正式成立。公司取名南洋,是为了表示要和当时中国人在天津开设的"北洋烟草公司"一致对外的意思。在公司成立大会会场上,挂着醒目的大标语:"肥水不落外人田,中国人吸中国烟。"从此,简氏兄弟便与香烟结下了不解之缘。

经过一段时间的探索,南洋烟草公司终于生产出了卷纸柔软、烟丝整齐饱满、口味醇和的香烟,并以具有中国特色的名字命名产品,如双喜、白鹤、白金龙、飞马等,深受消费者欢迎,很快成为国产名牌香烟,畅销市场。1909年,公司更名为"南洋兄弟烟草公司",由简照南担任总经理,简玉阶任副总经理。并打出"不用美国货"

"不吸美国烟""中国人吸中国烟"的口号,受到国内人民和广大华侨的支持,连海外烟商也纷纷来电来函要求代销南洋兄弟烟草公司的产品。

1915年,公司投资100万元在上海建厂,雇工超千人。简照南不但善于市场营销,而且善于工厂管理和技术创新。1915年前后,民族工业正处在蓬勃成长时期,抵制洋货运动此起彼伏,南洋烟草顺势而上,很快成了"国烟大王"。1918年,简氏兄弟把总公司移至上海,1919年,南洋烟草宣布公开向国人招股,公司改组更名为"南洋兄弟烟草股份有限公司"。南洋烟草的股票广受欢迎,张謇、虞洽卿、朱葆三等沪上名人纷纷出资入股。同时,南洋烟草分别在天津、北京、营口、济南、青岛、南京、镇江、汕头、厦门等地以及新加坡和泰国设立分公司,并在河南许昌、山东坊子、安徽刘府设立烤烟厂,全公司的制烟工人达到数万人。

用烟草生产的盈利投资房地产

在生意上十分精明的简照南却将钱财看得很淡,他热心公益事业,扶助教育事业。在他的倡导下,南洋兄弟烟草公司曾经捐巨款资助了暨南大学、南开大学、武汉大学,并捐款资助复旦大学建造校舍。此外,他还在香港、上海开设职工子弟学校、残疾人收养院和孤儿教养院等,被人们尊称为"商界师表、南洋菩萨"。1916年前后,简照南在爱文义路(今北京西路)、赫德路(今常德路)购地20余亩,建造了一座私家花园,以简照南的"南"字命名为南园。南园的位置东起小沙渡路(今西康路),西到赫德路,南临爱文义路,北至新闸路,共占地1.5万平方米。南园房少景多,构造精雅,古意盎然,园内种植腊梅及奇花异草,还有数丈高的菩提树,小道石阶,曲径通幽,假山均用名贵太湖石砌成。南园西北部建有楼阁式的精舍两进,依水临湖,湖池植莲,池中建有湖心亭,有九曲桥通达。环池堆有土山,山上遍植修竹。

如今的南园一角

简照南在商场搏击数十年,原想在此过上清净的日子,可惜天不借人寿,1922年10月,年仅52岁的简照南因积劳成疾,不幸在南园病逝,家人遵其遗嘱将这幢私家花园捐赠于佛教事业,并取《法华玄赞》中"毕礼苦津,终登觉岸"之意,将南园更名为觉园。

简照南逝世后,弟弟简玉阶继任南洋兄弟烟草股份有限公司总经理。

简氏兄弟除从事卷烟生产经营外,也兼营房地产。1933年,南洋烟草公司用烟草生产的部分盈利在西摩路525号购地建造了南洋公寓(今名南阳公寓)。

面朝陕西北路的南阳公寓门前有两扇铁门,铁门一侧有与铁门齐高的墙面，入内可见两幢并列的现代风格的四层公寓楼，钢筋混凝土搭配木材建造，平屋顶，立面方正。因为主人在设计时就注意控制建筑成本与居住者的生活便利，故建筑风格简洁实用，弄内整洁安静。现弄内右侧为公寓，左侧原为汽车库，现已加层为二楼，为民居。公寓朝南的底层开设有弧形落地长窗，面朝陕西北路的二层有弧形长阳台，为规整的公寓增添了几分柔美的艺术气息。

蓝天下的南阳公寓充满生活气息

走进楼内，见门厅到过道铺满了马赛克地坪，花纹颜色典雅，图案多样，有棕色线条勾勒的扇形，有黑白菱形以及排列整齐的圆形带小花状等，悄然划分不同的功能，既规整又漂亮。木头楼梯的铁艺栏杆带有装饰艺术派风格。公寓朝东一面临街，二层至四层有带弧形的通长阳台，楼下开出了一家家时尚小店。

同一年，公司又在南京西路陕西北路口的东南角上的陕西北

图案多样的马赛克地坪

路204号购地建造了一幢四层高的南洋大楼,相交处形成好看的圆弧形,陕西北路的一侧与荣宅比邻。与荣宅相连处有一个浅弧形弄口,用于公寓后门出入,南京西路一侧紧邻花园公寓。和南阳公寓相比,更为引人注目。大楼为红砖清水外墙、风格简朴的现代式公寓,局部带有装饰艺术风格。从弄内进入,可以看到公寓的里侧为白色石材砌筑,楼内有大理石扶梯,木质扶手下有造型别致的铸铁花纹。朝向内天井的一侧二、三楼有铸铁栏杆的小阳台,室内有落地窗连通。现底楼开设了IWC万国表店铺和景德镇艺术瓷器商店。这幢公寓虽只有四层,但看上去却很高大雄伟,故被称为南洋大楼,以区别于陕西北路525号的南阳公寓。

融入潮流文化的晋公馆

晋公馆位于陕西北路新闸路交叉口的陕西北路549号,这幢整体呈灰白色的小楼在变身晋公馆之前一直被称为花园住宅,楼虽不高,却格外显眼,独特的街角模样让我每次经过时都忍不住对它多看几眼。很长一段时间,这幢花园住宅重门深锁,建筑外墙上攀满了密密匝匝的爬山虎,神秘而幽深。现在它露出了干净素雅的本来面目,彰显出新古典主义与装饰艺术派结合的建筑特色,西方古典与现代的建筑风格在这里得以完美体现。

建筑深藏着洞庭席家往事

这幢楼的主人曾是一位名叫沈延龄的地产巨商。1940年1月30日,《申报》上有这样一则报道,报道的标题很抢眼——《富商家内,仆役聚赌开枪》,文中写道:"山东人赵振德、苏州人夏茂方同受雇于西摩路(陕西北路)549号地产巨商沈延龄家,已历十余年……赵夏二人性喜赌博,故辄在室中聚赌牌九,其主人沈延龄之十三岁子沈二官亦加入,与仆役为伍。本月27号上午10时,夏茂方又在室中推庄(牌九),赵振德、沈二官等均纷纷下注,不料夏赵二人因赌资纠葛,顿起口角,继之动武,各不相让,赵振德在愤怒之下,即拔出所佩手枪开放一响,而夏上前将枪夺下,还开四枪,幸均未受伤。"从这个昔日上海滩旧闻披露可见陕西北路这幢大洋房是一幢名副其实的豪门大宅。

沈延龄的祖父沈吉成原名席素恒,是苏州洞庭东山席家后代,因幼年过继给沈二园,故改名沈吉成。同为洞庭人的沈二园早年在沪经商,1872年任新沙逊洋行第一任买办,负责洋行进出口货物的销售、楼房管理等业务,并协助新沙逊洋行开展孟买和上海之间的贸易,沈二园还介绍其外甥席正甫进入汇丰银行,后来,席正甫成为汇丰买办。席、沈两个家族包括姻亲、同乡等多人担任上海外商银行和新沙逊洋行买办职务,被称为"洞庭山帮"。当时,上海商界有谚语云:"徽帮人最狠,见了山上帮,还得忍一忍。"可见洞庭山帮在上海滩的地位。作为沙逊洋行买办的沈吉成当年通过洋行这个有利平台以及人脉等不断扩充自己的财富,曾抢先在租界以西购置大片土地。公共租界正式西拓后,沈吉成手中地产价格随之水涨船高,他利用收益先后建造了十多条石库门弄堂,就此成为闻名沪上的地产富商。沈吉成逝世后,其遗产有500多万两白银。子承父业,沈延龄的父亲沈子华和沈延龄自己也相继在沙逊洋行中担任要职。沈家的富贵一直延续到沈延龄这一代,沈延龄的妻子是上海房地产巨商周湘云的大女儿周亦珍,其家族的富贵不言而喻。

洞庭东山在上海北京西路108弄创建旅沪同乡会会馆惠然轩时,在全部建筑费用的2万余两中,沈延龄承其祖上遗意,单独捐银1万两,后又为位于现北京西路130号的惠旅医院慷慨捐赠巨款,可见其财富之丰厚。

沈延龄的父亲沈子华在1936年左右入住陕西北路549号大宅,1938年以后沈延龄从戈登路(今江宁路)243号搬到这里居住,一直到1941年为止。

百年豪宅的华丽转身

这是一幢建于 1924 年的花园住宅。楼层前二后三,框架结构,水刷石白墙,立面线条对称,有装饰立柱、齿饰线条,华丽却不浮夸。建筑空间设计大气,每层都有一个宽阔的中厅,左右对称的两个侧厅与之相连,并有廊桥连接主楼、副楼以及六角形的塔楼。底楼有花型复古的马赛克地坪,室内每间房都装饰有厚重的实木深色护墙板,人字形拼木地板,每间房装饰统一,在细微处却各有差异,毫不单调,内部空间互相嵌套缠绕,还有八角形房间,有迷宫气质和不同凡俗的气势。楼上双抱楼梯通往的室外露台特别大,并有漂亮的弧度,从陕西北路一直延伸到新闸路上。

新古典主义与装饰艺术派结合的建筑

铺设马赛克地坪的底楼大厅

1949年后,这栋楼一度成为中央人民政府人民革命军事委员会民用航空局上海管理处机关和民航上海管理局老干部工作室。2019年,建筑进行了新一轮修复,两年后,这栋承载着时代故事的神秘建筑打开了紧闭的大门,以晋公馆名义对外开放。建筑以全新的理念创新性地融入年轻潮流文化,使这座百年花园洋房焕发出别样生机,华丽转身hAo mArket好市首家概念店。这个品牌将自己定义为一个有趣多元的生活方式类零售空间,各式各样新鲜事物和文化艺术活动陆续进入,复古情调与最潮流好物结合,为这座百年老洋房注入了新的活力,成为陕西北路上最潮的地方之一。

一座历史悠久的建筑,本身就是一段芳华,它为设计师带来了源源不断的灵感。hAo mArket设计师希望到访者经由花园进入建筑,由外而内,循序渐进。通过自然色彩的艺术渲染,为空间增添纯粹的美感,同时,呈现出历史与自然融合的精神内核,使踏入

建筑门前的一排椅子等待客人入座

其中的人能读到这幢建筑新生与历史之间的关系。整栋楼的格局结构没有做任何改变,只是置入一些可变可移动的家具,包括一些根据八角形的不规则墙角专门设计的椅子。同时,对老建筑的三层空间分别设置了不同的主题,每层楼都选用了不同的主题色系,运用了不同的材质材料,分别对应了 hAo mArket 品牌的三个 KV(主视角设计)色:蓝色、绿色和紫色。一楼是蓝色,这是大自然里的主色调,承载的是各种人、事、物在这里发生的碰撞。二楼是充满生机的绿色,其灵感来自森林树木和苔藓的颜色及肌理。薄荷绿半透明材料的介入增强了光线的清透感,也让百年建筑年轻且活跃了起来。里面重点选择的是一些纯净护肤、有机的小众品牌,衍生出一个"自然研究机构"的概念,如"肌肤美学实验室"。我在里面看到一个香氛品牌"十七号房子",吸引我的是它与众不同的名字,这个国内品牌的香味都是有自己的概念和灵感来源的,可能取自一幅画、一个故事、一个哲学理念,而不是模仿。三楼的紫色是一个充满个性化的颜色,以此表达一种未来感,有前瞻性的主题。这里是买手服饰空间,服饰陈列架犹如博物馆内放置雕塑的展示柜,视觉通透的开放式柜体,增加了消费者与商品之间的互动与交流。三楼的室外还有大小两个露台。由双抱扶梯通往的大露台设置了一个白色圆形花坛,花坛里种满了绿色植物,花坛外面一圈设计成白色座椅,可以坐在上面喝咖啡。露台四周也设置了一个个白色座椅和花坛,让这个露台充满了现代感。露台一侧是一间咖啡屋,里面的大玻璃花器里种着一株高大的植物,绿意盎然。大露台对面还有一个小露台,那是 JOLLEE 小酒馆,露台上摆放着一张张低矮的桌椅,中间的白色超大遮阳伞下的原木桌子上放着小瓶果汁气泡葡萄酒,有荔枝、苹果、草莓、葡萄等口味,还有天然矿泉水和康普茶,轻松自在的氛围吸引了不少年轻人。

我比较喜欢建筑一楼大花园里的"艺术花园实验室",里面将

三楼小露台上的 JOLLEE 小酒馆

不同主题的沉浸式艺术装置结合 hAo mArket 自身的理念融入建筑本身的氛围很让我着迷。比如不久前在花园里摆放的生态艺术作品《装置 A》里的植物分别取自 A 字打头的各大洲代表性植物，以契合从世界搜罗好物的理念。而当代著名画家岳敏君最著名的作品笑脸人系列《HAVE A"hao" LAUGH》潮流艺术展览，所延伸创作出的全新系列形象，则是为了传达"笑"对生活的人生态度，让好事常常发生。据说这里一般是以 6 个月的时间作为展出期限，这也符合上海人喜欢尝鲜猎奇的心态。

  在晋公馆门外有一家名为 todos los dias 的咖啡馆，那是西班牙语"每天见"的意思，上面注释般地写有中文"每天"。现实中，魔都有很多人每天都要喝咖啡，仿佛一日三餐般自然，名为"每天"的这家店就为咖啡控们提供了天天都能来坐坐的温情歇脚处。它是一幢两层独栋小楼，墙上粘着的纸上有随意的涂鸦，其中一张写着"不用跟世界妥协，但也不能忘记感恩"，一张用蓝莓枝条压着的 3 月 27 日日历上画着一个女孩，手里举着一颗心，旁边写着一句话："想把浪漫带去你身边。"从中我窥见了活泼的年轻生命。一角有通往二楼的楼梯，楼梯扶手上挂满了一束束枯萎的玫瑰，转角处则是一排酒瓶子，看似无意的装饰却蕴涵匠心。从楼梯下来时，一眼瞥见粉墙上写着"千万千万千万不要在这里换衣服"的字样，不禁莞尔，这广告做得也太绝了吧！不过，涂鸦是随时可变的，再去时，见墙上用黑色简笔画着手捧咖啡杯的一只猫咪，上面用英文写着："don't drink coffee."花朵、咖啡、蛋糕、涂鸦、天堂鸟在这里交织出了一幅闲适的画面。它家的招牌饮品是花生拿铁和肉桂拿铁。自制的巴斯克蛋糕、奇亚籽芝士蛋糕用料很足，而且不甜，不过，我还是更喜欢焦糖红薯芝士和无花果司康。从这家咖啡馆后门走出便是庭院，庭院里白色遮阳伞下摆着同样白色的桌椅，而与庭院无缝对接的便是建于 1924 年的晋公馆。

弄堂

哈同投资的石库门里弄

从延安高架上看到的慈惠南里联排式房屋

从延安中路高架道路下来,北面路西是位于陕西北路57弄的石库门里弄住宅慈惠南里,一直延伸到延安中路,这条弄堂体量很大,内有115幢石库门房屋,延安中路上也设置了出入口。沿着陕西北路再往前走,穿过威海路再往北是位于陕西北路119弄和

131弄的石库门里弄慈惠北里，同样是砖木结构的石库门两层建筑，但体量没有慈惠南里大，内里只有46幢房屋。这两条弄堂沿陕西北路的一楼都设为商店，楼上为住户。

慈惠南里和慈惠北里原先都是老上海房地产大亨哈同的房产。

来自巴格达的犹太人哈同

哈同1851年出生于巴格达的一户普通犹太家庭，家境清寒。哈同的祖父和父亲都在当地的犹太富商沙逊家族开办的沙逊洋行上班。1856年，巴格达的沙逊洋行破产了，沙逊家族举家迁居印度孟买，哈同一家也随之前往孟买，哈同父亲继续在沙逊洋行工作。到了入学年龄，哈同就到沙逊家族捐资建设的慈善学校读书。读了几年书后，哈同也像父亲一样到沙逊洋行工作。哈同17岁那年被派往香港，担任沙逊洋行香港分行的仓库夜班保管员，勤奋好学的哈同工作之余学习掌握了五六种语言，能与各地的贸易伙伴交流。他在数学上也极具天赋，能迅速准确地计算出各项贸易支出和登陆费用，赢得了贸易伙伴和沙逊洋行的认可，四年后，被提拔为总管。

1874年，哈同来到上海的沙逊洋行工作，善于交际的哈同很快学会了上海话。他生活节俭，并注重储蓄，在有了一点积蓄后就用很低的价钱买下了一间简陋的小房子，对外出租。之后，他又用自己的工资和租金继续购买小屋出租，以此获得资产收入。1882年，31岁的哈同离开沙逊洋行开始了他在上海的创业生涯。最初的尝试是棉花投资，但因资金有限，竞争激烈，三年后败下阵来。投资失败的哈同重回沙逊洋行，担任新沙逊洋行的经理，负责房地产业务并参与鸦片贸易。1886年，哈同与一名中法混血的女子罗迦陵结婚,罗迦陵的父亲是法国籍犹太人,母亲是中国人,婚后两人住进了新沙逊洋行的宿舍。因工作出色,哈同在新沙逊洋行的职务不断提升,成为新沙逊洋行的总经理兼合伙人。1887年,哈同坐上上海法租界公董局董事宝座,1898年又改任上海公共租界工部局董事。

哈同发迹后,脱离沙逊洋行,于1901年独自创办了"哈同洋行",专门经营房地产生意。当时,很多人在上海南部买房置地,哈同夫妇却看中了当时属于上海北部的南京路(今南京东路)一带,他用自己积累的资金买下了南京路大片土地,当时南京路有接近44%的地产属于哈同所有。事实证明哈同的眼光没错,不久南京路就成为上海的闹市区,哈同从中获得巨大收益。开发南京路取得成功后,哈同又想出一个新奇的主意,他花费60万两白银购买了几百万块铁藜木,用铁藜木把南京路铺成一条平坦的大马路。此举令人耳目一新,顿时轰动了整个上海滩,不仅为哈同本人做了大大的宣传,使他在全国赢得极大声誉,更使他在南京路的房地产迅速升值。哈同身价暴涨,成为房地产大亨中一颗耀眼的明星。

1906年,哈同花费70万银元,在静安寺路(今南京西路)买下300余亩土地,兴建自己和爱妻罗迦陵的安乐窝——爱俪园(今上海展览中心所在地),他聘请了当时著名的僧人黄宗仰仿照《红楼梦》中的大观园进行建造,历时五年才全部建成,是当时上海最大的私家园林。

在爱俪园周围兴建里弄住宅

哈同建造的爱俪园所在区域当时已经扩为公共租界,市内居民大量涌入租界,江浙一带的地主和绅士也纷纷避难沪上,剧增的人口需要租住房屋,遂使地价不断上涨。这里为租界新扩展地区,地价大大低于大马路(今南京东路),同时,殖民者开始允许华洋混居,也不再限制造屋出租或转让土地。当时,居住建筑开始商品化,里弄房屋较西式花园洋房更适应出租出售,精明的哈同自然要捕捉这个商机。哈同的爱俪园建成后,他见花园东西两侧还剩许多荒芜空地,便趁机以很低的价格收购下来。接着他以爱俪园为轴心,向东西两侧扩展了哈同地产。这些地产东起西摩路(今陕西北路),西至哈同路(今铜仁路)与安南路(今安义路)相交,南起福煦路(今延安中路),东端与威海路相交,北至静安寺路(今南京西路)。哈同以旧式里弄建筑风格,同时打造了这两条石库门里弄住宅。一开始分别命名为民惠南里和民惠北里,后因哈同的妻子罗迦陵信奉佛教,被称为"慈惠夫人""慈淑夫人",所以,哈同的房产都以"慈"字当头,以表达慈悲为怀之意。这两条弄堂也随之改名为慈惠南里和慈惠北里。

慈惠南里和慈惠北里建筑形制属于第二代里弄住宅,简化了第一代石库门住宅诸多的繁琐形式,这符合哈同地产将房屋租赁给公司职员的初衷定位。

这两条弄堂造好后除部分用于哈同公司内部使用外,其余全部租售出去,用以获利。并且因其使用对象不同,建造时就有不同标准,有整栋,有合租,部分户型还配备了抽水马桶。当时,静安寺路以西大都是花园洋房和高级公寓,租金十分昂贵,华人很少租得起,慈惠南里和慈惠北里为石库门里弄住宅,采用西方联排式住宅形式,同时利用本地的材料和技术,建成中国传统式样,符合中国人生活习惯,价格又便宜,吸引了很多华人前来购买租借。在附近上班的员工也常会选择在此安家,如英商上海电车公司静安寺车栈的职工、中华书局编译所和印刷厂的职工等。哈同洋行还在《申报》上为慈惠南里和慈惠北里刊登广告说:"交通之利便、马路之平坦、胡同之广阔、院落之宏敞、建筑之坚固、装饰之华美,为沪

慈惠南里另一出口在延安中路上

弄口上方有过街楼

西独步，居家最为合宜。"并且以不收小租，第一个月免收租金的优惠条件来招徕住户。此举果然招来了更多的房客。1924年2月，上海大学从青云路搬到陕西北路后，也有一些学生住进了慈惠北里。一些烟厂、印刷所等的小业主也纷纷租住了慈惠南里和慈惠北里的房子。

应该说，这两条石库门弄堂造得质量还是不错的，至今依旧留存着昔日风韵。它们可比哈同精心营造的爱俪园要长寿得多了。

慈惠南里走出杂技艺术家

陕西北路57弄上方，慈惠南里四个苍劲大字赫然在目，这条已经有100多年历史的弄堂至今完好如初，岁月的风尘使它增添了一种以往没有的味道，老上海的市井风情在这里依稀可见。

这里留存着老上海的生活形态

慈惠南里弄堂口有个皮匠摊，这可能是陕西北路仅剩的皮匠摊了。皮匠摊里的老皮匠从20世纪80年代开始就在这里摆摊修皮鞋，他手工制作的皮拖鞋很有名，慕名前来购买者络绎不绝，虽然如今已少人问津，但老皮匠依旧固守着自己的这份领地。他不但修皮鞋，还兼卖皮带和修拉链、修包，顺带还配钥匙、开锁，因为生意清淡，总是有穿着家居服的上海阿姨聚在一起和他聊天，想来都是居住在慈惠南里的居民，老上海的邻里温情可见一斑。弄堂两侧是鳞次栉比的服饰店，衣服挂在橱窗里和半开半掩的门上。这些店铺原先是住宅，因为是街面房子，在市场经济大潮中便纷纷破墙开店，如花朵般开在弄堂两边，为有着百年历史的老弄堂增添了时尚的亮色。

从陕西北路看进去，慈惠南里是狭窄的一条，走进弄堂，眼前豁然开朗,一大片融合了中西方文化的石库门建筑群,傲然屹立。弄堂整洁干净,门前三五成群地站着用上海话聊天的阿姨妈妈阿婆们,这种场景对于我这个从小生长在上海弄堂里的人来说十分亲切,我羡慕她们依旧能住在自己的旧居里,不像我虽然住进了市中心宽敞的公寓,却总是会想念自家已经拆除了的石库门弄堂。弄堂里弥漫着一种安静恬适的氛围,各家门前的花盆里种着各式花草,上海人居家过日子的味道依旧,弄堂上空晾着的衣服享受着阳光的抚慰,看着这些招摇在蓝天下的衣服和门前的花花草草,可以感受到上海人居家过日子的平凡琐碎中包含的脉脉温情。

慈惠南里的石库门房子间杂着青砖和红砖,沿弄堂的窗楣和后门的门洞有简单的穹形装饰。后门进去是宽敞的灶披间,穿过灶披间,铺设旧时漂亮地砖的甬道一侧是木头楼梯,从楼梯上去是前楼、厢房和亭子间,还有个摆放着水斗、洗衣机等杂物的后天井,这个后天井一直贯通三层。三层有通往晒台的水泥楼梯,有点陡峭,建在灶披间上面的晒台不大,却十分明亮通透,站在上面,陕西北路及其周围的街景看得清清楚楚。红色砖瓦的屋顶已有西方建筑的风格了。晒台上的盆花尽情沐浴在暖阳下,生机勃勃。

这里有杂技名人程海宝的家

慈惠南里有一位名人,他就是杂技表演艺术家程海宝。程海宝1950年出生在慈惠南里16号。他的父亲叫程晋荣,18岁那年,偕妻子叶助霞从祖籍安徽绩溪上庄镇来到上海,慈惠南里16号就成了他们在上海的家,一住就是一辈子。从陕西北路进弄堂不远便是16号,红砖墙间是两扇斑驳的黑漆大门,门头略带装饰艺术风格,门两边有简易的壁柱,是典型的石库门建筑。我去那里踏访时,正是初春时节,门旁的一盆腊梅和一盆猩红的茶花开得热烈,有暗香盈袖,悄然溢出弄堂人家生活的恬静。

程海宝这一辈有兄弟姐妹9人,五男四女,程海宝是第8个孩子,他下面还有一个弟弟。1960年,还不满10岁的程海宝和哥哥程海光以及弟弟程海龙一起去考上海杂技团学馆,三个人都考取了。母亲舍不得三个孩子都离开家,就留下了最小的男孩。满怀好奇憧憬的程海宝踏进了驻扎在延安中路549号"煦园"的上海杂技团,煦园就在慈惠南里对面,和程海宝的家近在咫尺,他小时候常来这里玩。但学馆规定,学员一律住宿,一星期回家一次,平时非经同意,不得回家。小小年纪的程海宝平生第一次离开父母,想家的时候,就爬到楼上平台看看对面慈惠南里的弄堂。星期六下午,学校按规定放假,他就像一只出笼的小鸟,和哥哥一起喜滋滋地飞回对面慈惠南里的家,一踏进弄堂,心就特别安宁。

石库门里的天井

内天井里的风景充满生活情趣

程海宝1966年开始登台表演。1984年,由他领衔主演的杂技节目《大跳板》惊险、紧张,其中尤以"单底座六节人"难度最大,《大跳板》的演出大获成功,荣获摩纳哥城市奖;1987年、1991年和1995年该节目又分别获得第二、三、四届全国杂技比赛"金狮奖"。1996年程海宝被中国杂技家协会授予"百戏奖"。这一年,他开始兼任上海市马戏学校校长。程海宝带领杂技新秀,冲刺素来有国际杂技奥林匹克之称的蒙特卡洛国际杂技节,捧回了"金小丑"奖杯,为祖国争得了荣誉。

如今,程家在慈惠南里的老屋还在,石库门建筑保存完好。站在小小的天井里,看得见前楼和两侧厢房的朱漆木板围成的房子,四扇朱漆木格子窗户和我家老房子的前楼窗户一模一样,木板的温暖仿佛触手可及。天井里过道的地砖像是旧物,精致的花纹和典雅的色彩华美依旧。程海宝结婚成家后迁居别处,现在这里住着他姐姐一家。程海宝每次回到这里,总能勾起他许多美好的回忆。

藏有江南园林的煦园

慈惠南里诞生过一位享誉海内外的杂技表演艺术家程海宝，培养他成长的上海杂技团就在他家对面的延安中路549号，而相邻的延安中路555号曾是宋庆龄创建的中国福利会儿童艺术剧场。如此良好的艺术氛围，润物细无声地孵化着杂技艺术家艺术生涯的启蒙时期。为本书配图时，我在去慈惠南里后顺道去了和陕西北路相交的延安中路上的上海杂技团旧址"煦园"。上海杂技团驻扎煦园的时间长达30多年，直到1999年7月上海马戏城竣工，才搬离此地，迁入新居，这里也是程海宝长期工作的地方。煦园的名字和这条路有关，因为延安中路原名福煦路，"煦"寓意温暖，取名煦园想必就有此意。

煦园建于20世纪20年代，已有百年历史了，占地不过4390平方米，是一座袖珍式的私家园林。园主原来是浙江商业储蓄银行董事长兼总经理洪桢良，其子洪君彦是章含之的前夫，章士钊前婿，也是《世界都市iLOOK》杂志主编兼出版人洪晃的父亲。煦园融江南园林和英国乡村别墅于一体，中外风格混搭，十分别致。1951年11月19日，上海市政府以当时在上海颇有影响的邓家班和邱家班为基础，在延安中路549号建立了上海人民杂技团，也就是上海杂技团的前身。建团时全团仅47人，随着孙泰、田双亮、莫悟奇等著名艺术家的陆续加入,至 50 年代中期,已成为在全国具有很大影响的团体。

杂技团办公楼侧面

煦园位于延安中路的南面,进门就见右边的一幢三层老洋房一侧挂着"煦园旧址"的牌子,这是当年杂技团的行政办公楼,中国杂技艺术家协会上海分会也驻扎在里面。现在这幢洋房是区文物保护单位。转到房子正面,看到英式乡村别墅的全貌,红瓦坡顶,两侧为人字尖顶。外墙水泥砂浆砾石装饰,面朝花园的一楼前有两级台阶。简单的石柱分割开 3 个横断面,两边为弧形,各有 4 扇落地长窗,底楼开出了一家创意家居馆 Pertica,透过落地长窗可以看见里面北欧风的家居小物件,一只猫咪在门前懒洋洋地晒太阳。进入里面,看见的是一个仿佛打碎了调色盘的杂货铺,色彩造型各异的物件静静地躺在货架上,有家具、香氛、咖啡杯、文具、装饰摆件等,还有一些店主淘来的古董。我看中进门处一张自带弧度的木头玄关长凳,弯曲柔美的造型,木色沉沉,一看就是好东西。问卖吗?服务员摇摇头,懒得理我。二楼也有一排窗子,三楼有三个尖顶老虎窗,两侧的大树把茂盛的枝叶洒在这幢楼前,便有了乡村别墅的味道。

当年杂技团的练功房,墙上依稀可见20世纪60年代标语

小楼面朝延安中路的入口是一个小小的圆弧形围廊,周围有白色木头栏杆,三级弧形台阶通往里面,进去有楼梯通向三楼。那楼梯木质坚固,朴质简单的木栅栏扶手,只有几个圆球作为装饰。现在里面也驻扎着办公室,见我闯入,便问,你是杂技团的吗?想来当年杂技团的人来怀旧的应该不少。这幢楼的正对面有一幢楼,青砖墙面,一侧的人字形楼的斑驳白墙上留存有20世纪60年代的标语。这幢房子是杂技团成立初期的练功房,落成于1954年8月。楼下的大门是现代风格的装饰,现在这里已是Acrobat创意

园区的一部分了，里面是上海最大的花艺展示中心之一。煦园里还坐落着几栋老厂房翻修后形成的一个创意园，有户外楼梯可以走到上面的平台，爬楼去看杂技团的老房子和煦园，每个角度都能收获好风景，想来当年程海宝就常常在这里玩耍，不知道他是否可以看到对面慈惠南里自己的家。程海宝喜欢煦园，当他还未进杂技团时，就偷偷来这里玩耍，他对煦园的一切都很熟悉，尤其是园内的两株已有100多年历史的古银杏，以及两株高大的广玉兰，树龄也有百年。还有丁香树，开花时节满园飘香。洋房的左侧是一家名为"喫茶去"的中式茶社，这家店原先开在巨鹿路，我比较喜欢它的气氛，现在开到这里，空间开阔了，门前还有个平台，天气好的时候，在这里喝茶会很惬意。平台旁是一个袖珍的江南园林，想来煦园之名由它而起。

穿过茶室旁的牌坊可通往煦园

信步前往,园林很小,却处处透露出江南园林特有的风雅。园内叠石理水,水石相映。园中水池、雕有狮子的拱形小石桥、湖石假山、可进出的山洞、石阶梯、木凉亭、石笋、汉白玉石牌坊,一应具备。假山中间还挖出了小通道,设三个出入口,上面分别有"奇花异草""曲径通幽"和"渐入佳境"的石刻。这假山不但可以穿行还能登高,穿出山洞,别有天地。曲径通幽处有石阶通往一幢现代风格的高楼。假山前是池塘,池塘里置有一八角形石制盆景,上面是假山,假山顶部是一座五层石塔,周围有蜿蜒石梯通往,可谓巧夺天工。煦园地上全都用彩色碎石子铺成各式图案,有小花、葫芦、鱼儿、蜻蜓、蝴蝶等,一步一惊喜。两边各有6个石阶的小石桥扶手,上面雕有精致的花草图案,两边各雕刻着4只模样可爱的小石狮子,其中一边缺失一只。此桥共有3个桥拱,中间一个桥拱上刻有"万丰"字样。在山丘最高处坐落着的木制凉亭上有镂空雕花,虽已失去原来的鲜艳颜色,但看上去却更为古朴。牌坊上也两面都有字,分别镌刻着"松篁深处"和"小瑯嬛",这些刻字全是繁体字。从凉亭走下,半山腰见一小平台,上面放置着石桌石凳,看那石凳竟是云石图案,平台一侧是一幢平房,一排窗户向着园景,下雨天坐在里面听雨看景该是会有远离尘俗、超然物外之感了。

慈惠南里和煦园,因为有"杂技好男儿"之称的程海宝联系在了一起,也连接起了上海滩杂技艺术的一段值得记忆的历史。

开在慈惠北里的古玩店

陕西北路119弄的慈惠北里是陕西北路从威海路到南京西路的一段,它位于如今的上海展览中心东侧。弄堂北面的住房是青砖外墙,据说是当年哈同建造爱俪园时施工人员的住宅,南面红砖外墙的建筑是哈同花园建成后给管理人员使用的住宅。如今,陕西北路119弄的弄口上方,和慈惠南里一样留存有四个苍劲大字:慈惠北里,一直延伸到陕西北路的另一个弄口131弄,131弄以北与华业公寓相邻。沿街的街面店铺如今成了"老字号专业街"。

26号厢房里的云起楼

走到慈惠北里26号门前,不禁驻足凝视。这栋看上去很普通的石库门建筑内,在20世纪40年代曾开设过一家颇有影响的古玩店,店名"云起楼"。

云起楼之名源于唐王维的《终南别业》一诗,全诗为:"中岁颇好道,晚家南山陲。兴来每独往,胜事空自知。行到水穷处,坐看云起时。偶然值林叟,谈笑无还期。"此诗表现了王维退隐后自得其乐的闲适情怀,充满空灵与禅意,读之令人心神俱静,如处空山幽谷,忘却尘俗。以云起楼为店名,暗喻主人天性恬淡,悠闲自得,超然物外的心境。云起楼1943年开张,1945年抗战胜利后歇业,存在时间虽不长,但其影响却十分深远。

云起楼的主人是严惠宇,严惠宇出身于江苏镇江一个商人家庭,幼读私塾,后攻读政法,曾任扬州法院书记官。后定居上海,历任上海金城银行副经理,大东烟草公司董事长、总经理,华东煤矿公司董事长等,是上海滩颇具影响的实业家。严惠宇自幼勤习书法,对此颇有造诣,他的书法作品笔力坚挺,腴美中有古朴之气,他又爱与书画家交游,好收藏书画及文物古董。他租赁了慈惠北里26号一幢三开间两厢房的两层石库门楼下的前厢房、中后客堂间及带阁楼的东后厢房,作为自己的企业大东烟厂的俱乐部。慈惠北里26号原为哈同企业管理人员使用,属于这条弄堂里各方面配置较高的一类。抗日战争爆发后,日军占领上海,上海沦陷,严惠宇拒绝与日伪当局合作,他毅然停产所办企业,拒不出任伪职。

20世纪三四十年代,社会动荡,战火绵延,不少前清遗老、失意政客、落败军阀等纷纷在相对安定的上海租界滞留购房,当起了寓公,而他们随身携带而来的古玩文物字画等,成为支撑安逸生活的资金来源。日军侵华期间,原本富有的江南地区沦陷,又有大批殷实人家逃难到"孤岛"上海避难,在没有生活来源的困境中,只能靠变卖家藏维持生计。有些古玩商乘机大量收购,转售海外。太平洋战争爆发后,日军进驻上海租界,"孤岛"沦陷,日伪势力趁火打劫,掠夺中国古玩字画与图书珍品。具有爱国气节的严惠宇不忍心眼睁睁地看着这些有价值的文物字画落到日本人手里及流落海外,遂萌生了抢救之念。他考虑再三后在1942年7月利用企业原先租赁下的慈惠北里26号部分房间,开设了一家名为"云起楼"的字画古玩店,专门用以收购文物,并奉行"只进不出"的收购宗旨,希望能保护国家文物,使之不流失海外。26号底层面积25

平方米的西前厢房作为云起楼的营业场所，东、中后厢房及阁楼作为存放文物的库房，宽敞的客堂间作为公共空间，可接待朋友，客堂间面朝的天井，则便于随时进退。云起楼开张后，沪上的一些文人墨客经常相聚于此，一些与严惠宇志趣相投的落难文人雅士也将慈惠北里26号作为暂时栖身之地。

云起楼"二老"和"三客"

云起楼最为著名的是"二老"和"三客"。二老是汤涤和秦更年。汤涤别号双于道人，江苏武进人，是民初京派著名画家，功力深厚，所写隶书及所画松树，卓然挺立，力透纸背，颇受世人称道。抗战期间他寓居上海，得到严惠宇的资助。秦更年号婴闇，江苏扬州人。他精研古籍版本，工诗词，小楷精妙。这两位年岁较长，文物阅历深，且都与严惠宇私交甚厚，是云起楼鉴定书画古董的"掌眼人"。

云起楼"三客"是指刘伯年、潘君诺和尤无曲。三人当时初出茅庐，风华正茂。严惠宇延请三位在云起楼帮助鉴定、整理购藏字画，同时，进行字画的修缺补残及装裱等工作。他们还在一起临摹古画，研讨画艺，其艺术宗旨是"避俗"，他们的作品都富有隐逸之气，确实不俗。后来三人都成了卓有建树的著名画家。云起楼主严惠宇亦是风雅之客，他平时忙于生意，正好借这段赋闲在家的时间消遣时光，收集赏玩古董，陶冶性情。在云起楼的这段时间里他写有《何处难忘酒》五言律诗立轴赠送给金融实业家李韧哉，并写有24字长联赠送给潘君诺。

云起楼开设后的第二年即1944年，严惠宇迎来了自己的50岁寿庆。云起楼门生故旧每人作诗或画一幅，集成一册，作为寿礼。1945年5月，严惠宇将自己珍藏的明清扇面挑选了24帧，其中包括唐寅、文徵明、陆治等24人的画作,每人一帧,出版画册《斋藏》,由秦更年题签,汤涤首页题词,大16横开本,黑白珂罗版,连史纸线装,是云起楼以鉴真社名义印行于世的画册。1958年后,严惠宇将其5000余件珍藏分别捐赠给上海博物馆、南京博物院和镇江博物馆。这些捐赠的文物、字画和古籍中,有当年云起楼的购藏,也有云起楼"三客"整理、修复的作品。

1990年2月,88岁的山水、人物画家刘伯年病逝,而别名潘然的花卉草虫画家潘君诺也已于1981年75岁时离世。云间楼三客只剩下尤无曲一人,这时他也已是年届80岁的耄耋老人了。晚年自署钝翁的著名山水画家、书法金石家尤无曲写就《忆刘潘二君》一诗悼念。诗云:"人物精神刘伯年,草虫无过是潘然。追思云起楼三客,剩有钝翁写百川。"诗中表达了自己对云起楼两位伙伴的怀念之情。2006年,96岁的尤无曲也驾鹤西去。云起楼"三客"的故事却永远留存在了慈惠北里26号。

李家本和西邨亭

抗战时期,在爱国实业家严惠宇的资助下,身为国画家的云起楼"三客"收购保护了一大批中国古典字画和图书作品,不应该忘记的还有云起楼创办人严惠宇的私人秘书李家本。当年,他们四人交谊深厚,志同道合,合称"云起楼四友"。

李家本虽不以画得名,但他能画善诗,且画风古雅,颇具功力。李家本是江苏镇江人,1936年他18岁那年入江苏银行扬州办事处任助理员。1940年迁居上海,曾任大公保险公司董事会秘书兼总公司秘书,1944年从大公公司离职,就任严惠宇私人秘书,并拜严惠宇为师学习书法。那年,严惠宇五十寿庆时,门生故旧制作贺寿册页,李家本也画了一幅山水,被收入贺寿册页,这是他平生所作的第一幅画。李家本为人温文尔雅,勤奋好学,他可以说是严惠宇的"机要秘书",他的书法得其师严惠宇神髓,代严写信,往往被误认为亲笔。他还替严惠宇管钱管账,乃至文物收藏,两人的师生情谊矢志不渝。抗战胜利后,严惠宇重出江湖,忙于实业复兴,自然无暇再专注文物,原先作为隐居遣闲的古玩店就此歇业了。李家本参与了严惠宇实业的复建,并兼任严氏麾下的镇江四益农场董事会秘书兼上海办事处主任。云起楼时期,李家本在此照料一切,但不居住于此。1950年因严惠宇安排,李家本离开原在江阴路172号的寓所,举家迁入慈惠北里26号云起楼旧址。因李家本号西邨,便改云起楼名为西邨亭,自号西邨亭长。因家里人多,除了西前厢房外,还租赁了东后厢房。

26号天井里看到的前楼和楼下客堂窗户

冬日支弄里的老树

1962年,云起楼四友在南京西路梅陇镇酒家聚餐后,至不远处的慈惠北里西邨亭,四友合作了一幅扇面,刘伯年画松,潘君诺画梅,尤无曲画竹,李家本画柏。李家本在扇面上题诗曰:"闲花偏向冗时开,盛会须臾亦快哉,云起楼头廿年事,今朝重到眼前来。从来聚散总无端,咫尺天涯尽小安。莫叹明朝又离别,眼前珍重是加餐。"李家本又在扇面上题记:无曲匆匆过沪,与君诺(潘然名)、伯年共饭梅陇镇酒家,因集西邨亭上合作此。亭在云起楼20年前筋咏地也。壬寅七月望日叔原画古柏并记。落款是"西邨亭长李家本"。这个扇面见证了四友之谊及云起楼演变为西邨亭的历史。"文革"结束后,李家本协助严惠宇长女严忠婉等,将发还文物捐赠镇江博物馆。1994年,严忠婉、陆汝纯编写《严惠宇年谱》,

由李家本执笔完成。李家本还撰文《在惠师身边的见闻》。

　　住在慈惠北里的李家本多才多艺,除书法绘画外,京剧武场伴奏配乐、吟诗填词都曾投师求学,下过工夫。他与夫人胡淑仪育有四女两男。1999年1月9日,81岁的李家本因心脏病逝世,其长子李学殊已退休,现居住在26号西邨亭。如今,弄堂依旧,石库门墙犹在,推开两扇黑漆木门,天井里东西厢房赫然在目,但云起楼旧迹已难觅,唯有花瓷地砖依旧。

老字号

陌上花开缓缓归

陕西北路见证了上海人精致的生活方式和普通里弄生活的风貌，虽身处闹市，却坚守简单纯朴的本真之道。同时，它也见证了一大批老品牌、老字号的兴起。新旧交融，中外相融，传统与时尚携手，满满的海派风情。

曾经，陕西北路从威海路至南京西路这一段的街面房子底层全是一家家外贸服装店，颇受上海的时尚女性喜爱，被称为"女人街"。随着时代的变迁和发展，这些外贸服装店明显露出衰颓之势，原先的老主顾也已经逐渐变老，虽然爱美之心依旧，但多元的选择使她们对这里的外贸服饰不再青睐，而热衷于品牌的年轻人更是无意光顾。这些外贸店面生意一天天冷清下来，虽不至于门可罗雀，却也面临着"无可奈何花落去"的尴尬。

于是，"中华老字号一条街"应运而生。

由中国商业联合会中华老字号工作委员会冠名的"中华老字号上海第一街"，于2009年在威海路至南京西路这一段的陕西北路上开街。通过对建筑街景、入驻品牌、产品服务和文化展示等方面的全方位提升，彰显和释放老字号的经典魅力。2018年4月，老字号一条街进行了以"百年记忆，经典传承"为愿景的全面升级改造，如今，这条短短230米长的老字号专业街上，集聚了16家历史悠久的老字号品牌店铺。其中包括有着300年历史的中国四大药堂之一的雷允上、中国第一个时装品牌鸿翔女装、拥有国家级非物质文化遗产项目的龙凤旗袍、亨生西服,充满老上海城市气息的第六粮油社区便利店,还有新镇江、西区老大房、泰昌、美新、哈尔滨食品厂等众多经典美食品牌。以"百年记忆,经典传承"为愿景,呈现出复古又时尚的街景特色,显示出对城市文化的尊重。

陕西北路上的老字号一条街

老字号一条街的街景凸显了原有的海派风格,同时融入了时尚元素。原先风格各异显得凌乱的临街商铺经整体设计装潢,变得整洁优雅,焕然一新。抬眼望去,沿马路是一排欧陆风情绿化护栏,里面摆放着四时盆栽,绿意葱茏,鲜花绽放,生机勃勃。临街门店全部设计成经典石库门式红色清水砖墙、落地玻璃格子窗、怀旧风格壁灯、布艺遮雨篷,并配以统一的店招。每一处细节,承载的都是城市文化和记忆,浓浓的海派风情扑面而来。驻扎其间的老品牌承载着上海人的童年记忆与海派情怀,这里有老上海人从小到大吃惯了的美食以及耳熟能详的服饰品牌,满载着老上海人亲切的回忆,无言讲述着经典老字号品牌的故事。

  徜徉其间,发现这些老字号中间零星夹杂着一些店铺。仔细看了一下,似乎也都有各自的特色。我注意到一家奢侈品中古店。中古一词的意思是有年代感的旧商品,流行于奢侈品市场,其实就是一家专卖二手货的门店,出售的通常是过时款式的奢侈品牌箱包服饰等。门店很小,装修走的是复古派,里面有包包、配饰、墨镜等,商品摆在原木的带轮子的架子上展示。沿着楼梯上二楼,货架上各种奢侈品倒也琳琅满目。慈惠北里弄口右侧是上海皮鞋店,旁边是一家精华百货,卖的是外贸女式真丝服装,老字号街上开设的汇正百货、华良服装、凯利服饰、中桑真丝专卖店等,有些似曾相识,当是原外贸服饰街店铺的残留。

  在面朝陕西北路的平安大楼一翼的墙上醒目地挂着"陕西北路老字号专业街"和"中华老字号 上海第一街"的铭牌。海派文化和非遗技艺是老字号的金字招牌。16家中华老字号花团锦簇地聚集在一起,犹如陌上花开缓缓归,老上海人生活原有的精致悄无声息地在这条街上如画卷般慢慢展开。

申城首家堂饮咖啡的粮油店

在老上海人的记忆中,买米、买面、买杂粮,去粮店;买油盐酱醋去油酱店。后来,诞生了粮油综合店,同时供应米面、油盐酱醋以及各类老酒、酱菜等,给生活带来很大方便。彼时的上海,几乎每个区都有区属粮油店,这些粮油店大多以数字命名,如"第一粮油""第二粮油""第三粮油"等。尽管辨识度不高,但经常去买的上海人绝不会记错,数字粮油店也成了上海人的一段专属记忆。开业于1958年的"第六粮油"便是当时上海最大的一家粮油零售店,它最早的门店位于南京西路1009号,就在凯司令旁边,市口绝佳,生意自然是好的。这家店还推出过20斤装的家庭小包装米,消费者买米再不用拎着米袋子前来,路过的人可以随手带一袋米回家,干净便捷,一推出就大受欢迎。花开花落,大浪淘沙,随着一家又一家24小时便利店在魔都的各个角落驻扎,绝大多数粮油店只能"无可奈何花落去",以数字命名的粮油店也随风而逝,几近绝迹。而"第六粮油"这一品牌却硕果仅存般地被保留了下来,2017年开始在陕西北路威海路口稳稳站立。在一众老字号品牌的簇拥下,充满老上海烟火气息的第六粮油店的招牌虽低调地窝于交叉路口,但其与众不同的另类品质依然引来无数瞩目的眼光。

作为一家有着60多年历史的老字号粮油店,"第六粮油"是

陕西北路威海路拐角处的"第六粮油"

有自己的招牌产品的,该店自家生产的碱水切面皮子选用上海面粉,没有任何添加剂,当天加工,当天销售,不卖隔夜货。面条品种有韭菜面、阳春面、龙须面、菜汤面以及夏天的冷面等,销量火爆。早在计划经济年代,每天早上6点开门前就有顾客来排队,一直排到午饭以后。如今店内最吸引人的依旧是新鲜现做的各式面条和大小馄饨皮子、水饺皮子、烧卖皮子等,藏在冰箱里的"古寺"牌糯米甜酒酿也是它家自己生产的招牌产品,这款酒酿采用传统工艺手工酿制,因其水分少,酒酿的量足,吃口醇香,特别受顾客青睐。收银台一侧的货架上,摆着一排排各种各样的面粉,品种繁多。我看到一款"古寺"牌上海水磨糯米粉,系采用江苏圆粒特级糯米经浸泡加工而成,是专门用于做手工汤圆的。货架上还能找到如今市面上已很少见到的"福牌"乐口福和麦乳精,依旧是铝合金桶装,还是熟悉的红配黄、红配白的包装颜色,这些充满怀旧感的产品都是老上海人的心头好。随着老房动迁,许多以前住在附近的老居民搬到了青浦、嘉定等地,但他们仍对"第六粮油"的东西念念不忘,隔三岔五要到这里来会会"老朋友",买些从小吃惯的东西带回去,一买就是一大堆,不但自己买,还帮邻居带货。

  根据附近南京西路商圈白领的需求,"第六粮油"推出了代餐的膳食米稀,店堂里还搭起了小吧台,引入羊乳茶、咖啡等,这其实是"第六粮油"原有传统的延续。早在20世纪80年代后期,还在南京西路的"第六粮油"就在店堂内开设过咖啡馆,卖过西点,是上海粮油系统第一家引入堂饮咖啡的粮油店,曾轰动一时。如今"第六粮油"店堂门口设有一块小黑板,顶上画着片片绿叶,中间用彩色粉笔写着:侬晓得哇,您现在所在的位置就是粮油系统第一家引入堂饮咖啡的原址哦!下面画着一杯热气腾腾的咖啡,咖啡杯旁写着英文COFFEE。看起来像是年轻人的创意,让人不禁赞叹其怀旧中不乏时尚。

六神丸之父"雷允上"

老字号一条街上还有家老字号中药店,那就是有着将近300年历史的"雷允上",堪称陕西北路老字号中当仁不让的大哥。

悠久的年代铸就了长盛不衰的品牌,而品牌背后的故事更是脍炙人口。

雷允上药店创始人是苏州名医雷大升,字允上,号南山。雷大升出生于1696年,他自幼读书习医,善琴工诗。1723年,27岁的

老字号中药店"雷允上"

雷大升在北京突患重病,经良医治疗后终于病愈,遂弃儒从医。雷大升为采集民间药材,开始云游山东等地,在那里的山野间采集各种药材带回苏州故里。他在自己家中刻苦研究了中药丸散膏丹的制作方法,并写就了《金匮辩证》《要症略》《经病方论》《丹丸方论》等医学专著。1734年,雷大升在苏州阊门内专诸巷天库前周王庙弄口,开设了一家中药店,挂上"雷诵芬堂"的招牌。药店集医药于一身,制药治病与对症下药结合在一起。雷大升用自己的字"允上"在店内挂牌坐堂行医,并研制出了多种治疗药物,其中以痧药、药酒、阿胶、膏滋、苏合香丸最为著名。雷允上医术高明,治病有方,他研制的成药疗效显著,于是"雷允上医生"的名声迅速蜚声杏林,名噪姑苏,成为吴中名医之一。乾隆二十四年(1759)贡品《姑苏繁华图》中就收入了"雷允上诵芬堂药铺"。雷允上尽毕生精力经营雷诵芬堂达45年之久,在其行医卖药的生涯中,民众把雷允上医名和雷诵芬堂铺名连称为雷允上诵芬堂。之后,甚至有只知雷允上,不知雷诵芬堂者。1779年,84岁的雷允上逝世,雷氏后人继承了他的事业。

  1860年,太平天国进军北上,苏州城内一片战乱,致使药店无法正常营业。雷氏家族便在上海法租界兴圣街(今新北门永胜路)京江弄口开设了"雷诵芬堂申号"药铺,作为雷允上分店。1864年,雷氏后人承袭吴门医派精髓,用各种名贵中药材研制成具有清热解毒、消肿止痛、敛疮生肌等功效的药丸,并声称是靠神仙指点制成。药丸颗粒微小,质地紧密,圆整光亮犹如菜籽。因天神有六路,故取名为"六神丸"。六神丸一经问世便以其特有的疗效被世人认可,很快行销全国,火遍神州大地,甚至还迈出了国门,饮誉四海,成为"雷允上"的标志性产品和镇店之宝。数年后,"雷允上"将店面扩展至今人民路上营业。"雷允上"经营的药品以祖传的丸散膏丹为主,除了享有盛名的六神丸外,还有如痧药蟾酥丸、诸葛行军散、八宝红灵丹、犀黄醒消丸、梅花点舌丹、紫金锭等品种，也都是有相当知名度的雷氏自产成药，并保持苏州老店特色，只卖自产成药，不经营饮品配方。

太平军败退后，雷氏家族重返苏州，并在原址重新开设了"诵芬堂"药铺，依旧保留上海的"雷诵芬堂申号"，由此形成了以苏州为总号，上海为分号的雷允上诵芬堂药铺局面。至1922年，"雷允上"已发展成拥有十几个门类，几百个品种的庞大的中成药体系，与北京同仁堂齐名于海内外，时有"南有雷允上，北有同仁堂"之说，其商标"九芝图"成为我国最早的注册商标之一。

1934年，"雷允上"在上海河南北路天后宫桥（今河南路桥）北堍开设了"雷允上"北号，除了经营自产的约400个品种的传统成药外，还兼营中药饮品配方及参茸，还开设夜间配方业务，原新北门的"申号"改称南号。1937年又在静安寺路719号斜桥弄口（今南京西路吴江路口）开设了北支号。后北支号精饰门面，新做高档木料的柜台货架，其规模超过北号，成为一家气派的中药店，改称为"雷允上西号"。由于药店规模大，影响面广，早年就被国药同业公认为上海中药店"四大户"之一，其他三家分别为胡庆余堂、童涵春堂、蔡同德堂。"雷允上"独创的六神丸被誉为中华国药的瑰宝。抗日战争时期，"雷允上"拒绝日本人的威逼利诱，不畏迫害，最终得以保存六神丸秘方并暗中向新四军提供帮助。据曾任陈毅元帅通讯员的钱芬老人回忆，受了枪伤的战士用了"雷允上"的六神丸，两天就能消除炎症，伤口很快就能愈合。1984年，"雷允上"的六神丸被国家列为绝密项目，是我国四大保密药方之一。

电影《色,戒》里的皮货店

陕西北路189号坐落着"第一西比利亚"皮货店。在上海老字号中敢于以"第一"为名的这是唯一的一家。名字霸气,却有隐情。

专营上等皮毛、皮装等的老字号"第一西比利亚"创立于1925年。最初的老板是一名俄籍犹太人,早在俄国二月革命时就逃到中国哈尔滨再辗转来到上海,开了这家有四个门面的皮草店。店堂设在静安寺路(今南京西路)1135—1137号,那是静安别墅沿街的里弄公寓底层,市口热闹,店堂气派。这家店1930年由南京人陈金荪盘下。说起来,陈金荪算是子承父业。他的父亲是熟谙裘皮硝、缝技艺的南京人陈长华,早在20世纪20年代便在四川路宁波路开设了一家"陈长记"皮货店,这是上海滩为数不多的一家由华人和俄罗斯人共同经营的新兴西式皮货店,擅长精制翻毛皮大衣,销售服务对象主要是乘外国轮船到沪的国外旅游者。数年后,陈长华长子陈金荪继承父业。陈金荪为人精明,极善经营,他看准了裘革业在静安寺路一带的潜在发展优势,就从俄罗斯人手中盘下了这家皮货店。因为这个地段属于旧上海的高档住宅区,裘皮生意十分兴隆,陈金荪的店铺附近已有分别名为"西比利亚"和"西伯利亚"的两家皮货店,为了与洋人经营的皮货店争个高低,陈金荪便把自己的店取名为"第一西比利亚",面朝南京西路的店招上冠以一排英文大写字母"THE SIBERIAN FUR STORE",十分抢眼。陈金荪不仅在店内起用一位名叫第在夫的俄罗斯人担任经理,还把"陈长记"的主要技术力量移到"第一西比利亚"。在陈金荪的苦心经营下,"第一西比利亚"声誉鹊起,成为一家专营裘皮、皮革服装的名店,并采用"虎啸"作为商标。当年橱窗里就陈列着一只毛绒老虎,作为皮草行的标志。"第一西比利亚"皮货制作技艺精工细作,运用"串刀、一字、嵌革、拔枪、染色、刷色"等传统手工工艺,以选料考究、做工精细、式样美观、穿着华贵而蜚声中外,周边城市如苏州和南京的富家小姐也喜欢定期到这里来采购皮草大件。

以张爱玲同名短篇小说改编的电影《色,戒》取材自女大学生间谍郑苹如谋刺汪伪特工头目丁默邨,因事态败露而香消玉殒的老上海哀艳传奇。当年最为惊心动魄的一幕就发生在"第一西比利亚"皮货店。

1937年,郑苹如在上海法政学院求读,时年19岁,花样年华,风姿绰约。当时全中国最有影响力的画报《良友》在该年7月发行的第130期的封面女郎就是她。郑苹如19岁加入国民党中统担任情报工作。1939年春,郑苹如接受了中统局诛杀丁默邨的秘密使命,遂以前民光中学学生的身份,和早年间曾一度担任过民光中学校长的丁默邨套上了近乎,用裹在旗袍里的风情征服了这个汪伪特工头目。在逐渐解除了丁默邨对自己的戒备心理后,郑苹如与中统局同事嵇希宗、刘彬等密约,决定对丁默邨采取行动。同年12月21日傍晚,郑苹如以购买皮大衣作为送她的圣诞礼物为由,邀请丁默邨陪同前往静安寺路的"第一西比利亚"皮货店。当载着郑苹如和丁默邨的轿车驶达"第一西比利亚"时,已是暮霭沉沉的黄昏。阴险狡诈的丁默邨一进入皮货店大门,便发现情况有异,当机立断撇下正对着镜子左顾右盼试穿皮草的郑苹如,直扑店外,狂奔至停在不远处的一辆黑色轿车旁,一把拉开车门,大呼"开车!快开车!"待事先埋伏的中统刺客反应过来,追出店堂,丁默邨的轿车已喷出一溜黑色烟屁,绝尘而去。郑苹如精心布设的局,被老谋深算的特工头子从佳人的试衣镜中一眼识破。五天后,即1939年12月26日下午4时,郑苹如遭76号诱捕,一个月后,被丁默邨下令秘密枪杀于徐家汇过火车站的荒村野地,从此玉碎香消。

　　这个凄婉的故事让人们记住了"第一西比利亚"皮货店,很多看过电影《色,戒》的人还特地到上海来寻访"第一西比利亚"。只是,他们大多会失望,因为这家皮草店(总店)已搬迁至靠近茂名北路的南京西路878号大华公寓沿街的底楼了。店面为纯白色调,上部有"第一西比利亚"绿色店招,店堂里有白色水晶蜡烛吊灯,店中央摆放着绿色皮面的复古雕花椅子,似乎在刻意再现一种已逝的风情。

陕西北路上的"第一西比利亚"皮货店

老字号也在与时俱进,如今的"第一西比利亚"已发展成上海唯一集生产、销售、保养、定制为一体的皮货专业公司,是上海首批命名的名特商店和国内贸易部首批命名的中华老字号企业。20世纪90年代以来,虎啸牌皮装连续多次荣获上海市名牌产品称号。近年来,"第一西比利亚"不断把复古、硬朗、时尚、英美风格和休闲服装观念融入自己的皮革系列服装中,在服务上推出了承接定制、修改以及清洗上光、整理保养一条龙服务。

陕西北路上的这一家是"第一西比利亚"在上海的唯一分店。货架上陈列着皮衣、皮包、行李箱等,最引人注目的是盘踞在货架上的两只银灰色的"狐狸",圆溜溜的眼睛望着人,十分灵动。

女服之王名满上海滩

开设在陕西北路131号的"鸿翔女装"是上海开埠后第一家由中国人开设的西式女子时装店,曾被誉为"女服之王",不但在上海时装店中首屈一指,而且在全中国乃至远东地区声名远播。昔日,魔都一些穿着鸿翔大衣的女士在脱下大衣挽在手臂上时,还特地把"鸿翔"的商标露在外面,以显示自己的身价,就像如今的时髦女士喜欢背名牌包一样。

颇具传奇色彩的品牌创建

鸿翔时装公司创业于1917年,至今已有100多年了。鸿翔品牌的创始人是金鸿翔、金仪翔兄弟。金鸿翔原名金宝珍,1894年出生在上海浦东川沙,他13岁来到上海城内,到一家小型中式裁缝铺当学徒。一年后,又到一家西服铺当学徒,拜上海滩知名红帮裁缝张凤岐为师。金宝珍聪慧用功,他白天忙于跟随师傅打工,晚上自己钻研西服裁剪和缝纫知识。六年后学成满师,被张凤岐认为是一位掌握技术水平最好的高徒。这时,在海参崴开裁缝店的舅舅要他去帮忙,金宝珍遂离开上海前往。他的西服裁制技艺在海参崴崭露头角,好学不倦的金宝珍还在那里学会了俄式服装制作技法。

第一次世界大战爆发后,金宝珍回到上海,起初是拎着包裹到一些外国领事馆人员、外国商人家中为他们的女眷做服装,上流华人公馆里的太太、小姐也都找他做衣服。就在那时,他认识了宋氏三姐妹和她们的母亲倪桂珍,倪桂珍与金宝珍同为川沙人,宋家对金宝珍设计的中西式结合的服装款式很是喜欢,由此,金宝珍便一直为宋家做衣服,曾先后多次为宋氏三姐妹定制在各种场合穿的时装。金宝珍的西服设计制作手艺日臻成熟,尤其对女式西服顺应时代潮流进行改良创新颇有自己的独特见解,并萌生出要在我国服装界走出一条全新道路的念头。于是,他决定仿效西方时装商人的经营模式,面向社会开设一家新型女子时装店。1917年,金宝珍与胞弟金仪翔租下南京西路863号的三开间门面,开办了女式西服裁缝店,并取"鸿翔"两字作为店招,其寓意是希望自己今后在时装经营方面能做到"鸿运高照,飞翔全球"。在得意于自己想到的这个店名时,突然觉得父母为自己取的名字"金宝珍"太土气了,要想在十里洋场混出名堂来必须把这个名字改掉。他灵机一动,干脆把自己的名字改为"金鸿翔"。金鸿翔见过世面,学过西式裁缝,做过许多外国女性的休闲衣、连衣裙和礼服等,了解熟悉女性顾客的心理,于是便将女装作为鸿翔的发展重点。鸿翔裁缝铺一开张便以品种繁多、款式新颖、制作精良吸引了沪上众多时髦女士前来光顾,生意很快兴旺起来。

1927年,金鸿翔把南京西路原先的平房翻建成六开间两层的新式街面房子,铺面为商场,楼上做工场,招牌也改成中英文的"鸿翔时装公司","时装"二字从此成为西式女子服装的正式名称。上海原先只有男式的"西服业同业公会"和中式的"机锋业同业公会",女式服装店只能依附于这两个公会,后来由金鸿翔发起成立了"时装业同业公会",并任理事长至退休。金鸿翔还在南京路 750 号开设了鸿翔时装分店。1932 年 3 月 8 日,宋庆龄在庆祝三八妇女节发表演说时,称赞金鸿翔是"开革新之先河,符合妇女要求解放的新潮流"。1934 年,宋庆龄住在上海时,金鸿翔曾多次上门为其家人量体裁衣。他还亲自挑选并率领多位技术一流的裁缝使用精湛的手工技艺为宋庆龄制作了多套中西合璧的时装,得到宋庆龄的勉励和赞许。

鸿翔时装秀惊艳上海滩

当年,金氏兄弟做了一件很了不起的事情,那就是对旗袍制作工艺做了大胆改革。他们改变了传统旗袍笔直笼统的造型,巧妙地融入西式服装的开省、打洞、装袖等技术,并把中国服装上的镶、嵌、滚、包等传统工艺运用到旗袍的装饰上,使穿着者充分显示出女性的曲线美。同时,还在丝绸旗袍上绣制了苏绣中的花卉禽鸟等,使旗袍显得更加雍容华贵。这种改良旗袍一经推出,就令人眼睛一亮,赢得一片赞赏,太太小姐们更是爱不释手。

1933 年芝加哥世界博览会举办时,金鸿翔听到他的朋友、中国参展的筹办人之一缪凯伯说,世界各国都有服装参加展出,唯独中国没有。金鸿翔灵机一动,马上由鸿翔公司精心设计制作了 6 件绣花旗袍,托缪凯伯带去参展,惊艳当年世博会,获得了银质奖。此举既为国家争了光,也使鸿翔旗袍名震海外。为了扩大鸿翔时装的影响,1934 年,"鸿翔"在百乐门舞厅举办了一场时装表演会,上台的全是当红电影明星,有胡蝶、阮玲玉、徐来、黎莉莉、宣景琳等,这是上海也是全国的第一次时装表演。此后,在夏令配克电影院、大华花园等处,鸿翔公司又先后举办过多次时装表演,参加表演者既有电影明星,也有社会上的名媛淑女。

电影皇后胡蝶是"鸿翔"的常客,她在自己晚年生活回忆录里写道:"我的服装都是在鸿翔公司定做的。"1935年11月,胡蝶结婚,鸿翔公司特制了绣有一百只彩蝶的缎制结婚礼服"百蝶裙"相赠,当胡蝶身穿雍容华贵的百蝶裙在婚礼上一亮相,各报记者的镁光灯便闪个不停,等于为鸿翔公司做了一个超级大广告。"鸿翔"还为婚礼上的伴娘袁美云、顾兰君,小傧相胡蓉蓉等定做了礼服,并拍了照片分发给鸿翔门市上的顾客。1946年,在轰动一时的上海小姐选美活动中,金鸿翔提供了几乎所有的参赛服装,结果上海小姐的选美变成了鸿翔公司的独家时装秀。"鸿翔"不但在上海滩大造声势,还把视线投射到国外,在获悉英国女王伊丽莎白二世即将登基时,鸿翔公司特地选用手感滑软柔顺的中国绸缎作为面料,精工细制了一袭大红缎料披风,上面满刺金线,极尽描鸾绣凤之巧,制成后委托英国驻上海领事馆转交伊丽莎白二世。女王收到礼物后,让英领事馆送来亲笔签名并印有"白金汉宫"字样的谢帖。金鸿翔便将礼服复制品连同谢帖一起陈列在鸿翔公司的大橱窗内,上海滩中外人士闻讯争相前往观赏,一连几天,鸿翔店前人头攒动,挤得水泄不通,盛况空前。

　　鸿翔公司在经营和宣传上也颇具创意。每到换季和服装行业旺季来临之际,"鸿翔"就在报纸上大做广告,发售礼券,以80元现金可以购得100元礼券,还按营业额发放奖券,头奖价值3000元的3克拉钻戒和二等奖的20枚小钻戒的实物就陈列在南京路分店隔壁的"品珍珠宝店"大橱窗里,吸引无数过往行人驻足观看,还请京剧名伶马连良、张君秋和沪剧、滑稽明星等在广播电台里做广告宣传的特别节目。针对西式婚礼在上海滩明星中盛行的情况,"鸿翔"在南京西路公司的二楼专门设置了一间礼服厅,配以四壁全部镶有落地镜子的试衣室,新娘可以方便地看到自己身着礼服时前后左右的身影。凡是在鸿翔定制礼服的,公司都会赠送一对身穿新郎新娘礼服的"赛璐璐"洋娃娃,可以挂在婚车上或是新房里,深受新人青睐,所以生意格外红火。

店堂内神奇的3D试衣镜

随着名气越来越响,"鸿翔"在服装制作工艺上也越发精益求精。"鸿翔"设计的大衣礼服、衫裙睡衣,选料讲究,设计新颖,久穿不会走样;女式西服、大衣讲究体形吻合、曲线优美、挺柔相济;丝绸礼服、连衣裙衫则追求天衣无缝、高雅飘逸、雍容华贵。制作时"推、归、拨"处理得当,衬料运用高温起水定型,缝制以传统手工操作为主,做成的服装丰满、舒适、自然、灵巧,久不走样。鸿翔女装接待了无数慕名前来的港、澳、台同胞,国际友人和政界、文艺界著名人士,并多次为访华的元首级国宾提供了优质服务。

鸿翔店堂内的布置颇具海派风情

店堂一角蔡元培题写的匾额

如今,"鸿翔"离开了扎根半个多世纪的南京西路后,重新驻扎在陕西北路中华老字号一条街上。推门而入就能看到店堂里高高悬挂着的蔡元培先生题字的"国货津梁"牌匾,而1935年,宋庆龄亲笔为鸿翔时装公司题写的"推陈出新,妙手天成;国货精华,经济干城"则挂在挑选布料的一角。店堂里华丽的吊灯下一组蛋青色镶白木框的法式沙发和白色茶几让人品味到老上海客厅的情调,白色操作台前的弯月形挂钩上挂着各式样衣。驻店设计师在为顾客详细量体之后,会根据顾客体型上的特殊性系数记录,让师傅在制作时能够心里有数。还给量体的营业员配备了数码相机,可以直接将客户的体形多角度拍摄下来,以保证师傅裁剪时的准确性。同时,顾客在这里做的衣服可以免费修改,如在"鸿翔"做的结婚礼服,婚礼结束后,新娘子想把后摆改短日常穿着也是可以的。

店堂内还有一面神奇的3D试衣镜,顾客只需站在试衣镜前指定的区域,个人的全身照马上被投射到屏幕上,再选择正确的角度,就可以轻松点击虚拟鼠标,更换时装新品,顾客可以先在镜前"海选"一番,有中意的再精选试穿,这与当年四壁全是镜子的鸿翔试衣室自然是不可同日而语了。

老克勒钟爱的名牌衬衫

驻扎在陕西北路97号的是老字号开开百货,虽名为开开百货,却是以衬衫驰名。开开衬衫曾是海派人士钟爱的上海名牌,体现着上海男人的精致。曾经,上海男士们以拥有一件领子上贴着两个"K"的开开衬衫为傲,它象征着穿着者尊贵的身份。"开开衬衫,领袖风采""开开衬衫,多姿多彩"的广告词一度风靡上海滩。

"开开"的名称源于一个名叫周业福的人。此人原是香港制帽厂的创办人,独家制作软木帽。1936年,周业福与人合伙在今四川北路租借了一家西服店门面,以一个橱窗和一排货架经营百货商品,取名为开开百货店,"开开"的名称便由此而来。开开百货店虽然门面不大,商品却十分齐全,而且店内的衬衫、毛衣、袜子等商品大多是从国外进口的中高档产品,在国内很少见到,所以在四川北路一带小有名气,生意红火。一年后,抗战全面爆发,日军侵入虹口,狂轰滥炸。无奈之下,开开百货店只能搬迁到地处法租界的霞飞路(今淮海中路),租借了"友安童装店"的部分店面继续经营。1942年,开开百货店迁至静安寺路785号(今南京西路石门一路口),正式挂牌"开开百货商店"。

1956年,开开与兴泰等3家商店因公私合营而合并,更名为兴泰百货商店。直到 1980 年,才恢复了开开百货商店名号,并在南京西路 785 号开设了三开间门面、230 平方米的店堂,同时开办了羊毛衫和衬衫加工厂,转变为前店后工场的经营模式。从那时开始,"开开"便逐渐形成了自己独有的风格。

开开牌衬衫,选用质地轻薄、手感柔软、垂悬性好又吸湿透气、抗皱免烫、色泽优雅的面料,在领子、袖口处融入欧美衬衫的风格,集潇洒高雅和浪漫时尚于一体,可提升穿着者的气质风度。开开对衬衫的加工有一份精雕细琢追求极致的初心,每一件都要经过 100 多道工序,每一道都有检测员,将精工细作的工匠精神烙印在每一件衬衫上,这就保证了开开衬衫的质量。同时,开开还在衬衫的多个易皱部位运用了考究的嵌条工艺,即便洗涤之后,衬衫都能保持挺括。因开开衬衫款式新颖、质量上乘,颇受消费者青睐,开开成为沪上极具魅力的衬衫特色商店。销售火爆时,排队买开开衬衫的顾客从店堂里一直排到马路上,成为南京西路上一道特别的风景。

可定制个性化衬衫的开开百货

如今，走进陕西北路97号的开开百货，店内复古的摆设，一丝不乱的陈列，依然透着上海老克勒式的精致。开开所有的男装产品都提供特殊尺码，一般商店里的日系欧系产品只有AB两版，开开却能提供C版。衬衫领口一般只做到43码(厘米)，开开却做到47码(厘米)，让中年发福的大叔们也能穿出派头，设计十分人性化。这家老字号店内还新设了衬衫定制体验区，通过资深量体师的个性化着装搭配推荐，现场体验私人定制的专享服务。店堂内引入了iPad智能定制软件，能与店内电视屏幕同步，提供各种面料、领型、袖口、门襟、版型等选项，客人根据自己喜好进行组合后，可立即生成360度的衬衫成衣模拟效果，方便客人定制属于自己的个性化定制衬衫。

奉帮裁缝创建"少壮派"西服

陕西北路201号是亨生西服店。亨生西服是上海滩"少壮派"西服风格的代表。这家店源自奉帮裁缝。19世纪末,许多浙江奉化人纷纷外出谋生,由于经济拮据,不少人只得在异乡从事裁缝这种工具简单、成本低廉的手工劳动。站稳脚跟后,他们又把亲戚、同乡带到外地共同从事裁缝行当,逐渐形成奉帮裁缝。甲午战争后,中国境内出现许多洋行,尤其是在有十里洋场之称的上海,出现了一股"西装热"。奉帮裁缝及时跟上潮流,把握时机,从做中装转为做西装,他们重质量、讲信誉,生意日益红火。

1929年春,奉帮裁缝出身的徐继生在静安寺路(今南京西路)

"少壮派"西服风格的代表亨生西服

976号与人合伙创办了一家西服店,主要经营男式西服、中山装、大衣、礼服等,最初取名为"恒生西服店",凭借徐继生15岁开始学裁缝的手艺和深谙奉帮信奉的"顾客至上""精益求精""中西结合""不断创新"的治店理念,很快在竞争激烈的上海滩脱颖而出。1933年,改名为亨生西服店,亨生是英语handsome的音译,意为英俊潇洒。

亨生西服以选料讲究、做工精湛、款式新颖、穿着舒适而久负盛名。亨生裁缝工艺有200多道工序,其中有许多关键性工序和高难度技艺,比如"推、归、拔"就是为了使服装造型符合人体结构和着装人的体型特征,通过烫艺,对各个部位造型进行定型,使人穿着时动静自如。除了"推、归、拔",还有"做衬""扎驳头""中间烫"等,这些工艺是支撑亨生品牌经久不衰的基础。"顾客至上"是奉帮裁缝的经营原则,徐继生深谙此道,他提出"宁少勿多,宁精勿滥""顾客是我们的衣食父母"的亨生徐氏治店准则,告诫员工"创牌子不易,毁牌子便当"。对进料、量体、裁衣、缝制等每道关口都把得非常严格,用的面料都是英国高档呢绒,每种料只进三种颜色,用的辅料,如袋布等均与面料配同一色,夹里选用上乘美丽绸,袖子选上乘袖里绸,用的蜡线衬(红尚软衬)、黑炭衬、马尾衬都经过预缩定型处理,以确保西服不壳不裂不走样。

徐继生认为只有量体裁衣准确并能弥补人体缺陷的裁缝,才是一个真正的裁缝。他为亨生制作西式服装制定了四道关。第一,量准裁好,度身定制;第二,经受活动舒适度考验;第三,设立顾客服装档案,当年在亨生服装存档的就有荣毅仁、郭琳爽等豪门商贾及社会名流,著名表演艺术家孙道临、乔奇和歌唱家蒋大为也均是亨生的常客;第四,熨烫考究挺括,在亨生曾流传"木匠靠斧头,裁缝靠熨斗"之说,足以说明亨生对熨烫衣服的讲究。就这样,亨生服装逐渐形成了领头窝服、胸部丰满、袖笼前圆后登、腰围助势自然、止口顺直而窝以及下摆圆顺、穿着挺括舒适的特色,并因此奠定了亨生在奉帮裁缝中的引领和支柱地位,成为奉帮裁缝在上海最著名的店家之一。亨生服装在品牌创建过程中善于创新,其版型在吸收了绅士派英美款式之潇洒、罗宋派东欧版式之板扎的基础上最终形成亨生自己的特色,即线条流畅,领、胸、腰等部位平展舒适、合身裹袖、挺括健美,符合国际潮流,被誉为"少壮派"西服,深受追求时髦的上海男士青睐。

已有90多年历史的亨生西服自创建以来,始终坚持把个性化度身定制的精髓通过每一件产品传递给喜欢精致生活的上海男士,除了西装外,还定制大衣、礼服、衬衫等男士服饰。店内的老师傅有着上海老克勒的腔调,他们都极具匠人精神,对待工艺精益求精,对待顾客耐心有礼,承袭了亨生西服的一贯风格。

惊艳了时光的海派旗袍

张爱玲说,女人一生不能没有两样东西,一样是玉镯,另外一样就是旗袍。张曼玉在电影《花样年华》中换了23件旗袍,每一件都尽显东方女性的魅力,她因此被称为"旗袍女神"。而这部电影最能抓住观众眼球的,便是张曼玉身上那23件惊艳了时光的海派旗袍。女人的柔美诠释了旗袍的韵味,旗袍的韵味成全了女人的风情。旗袍从其颈部以下,把女性的身体拘谨地包裹起来,而又正是这种毫无缝隙的包裹,很婉约地让女性曼妙的身体曲线一览无余。旗袍美人是老上海的符号,也是大多数人对于上海时尚的最初印象。穿着旗袍的女人仿佛一道美丽的风景线,惊艳了魔都的旧日时光,看见她们就好像看到了上海的繁华。

旗袍不仅要精致,还要能衬托身材。凡是爱穿旗袍的女人都知道,想要获得一件合身的旗袍,定制是不二之选。定制一件旗袍需要经过量体、裁衣、试样、劈剪等步骤。在老上海,最有名的是主打定制的龙凤旗袍店,店里的每一件旗袍都是制作者的匠心之作。如"寸金成九珠"便是龙凤旗袍的一个专用技术术语,意为做滚边时要达到一寸长度正好九针的效果,而且针脚要细而均匀。穿着龙凤旗袍是女性身份和地位的象征,民国时期著名影星胡蝶钟爱龙凤旗袍,宋氏三姐妹也曾是龙凤旗袍店的常客。

如今，主打定制并坚持传统的纯手工缝制技艺的龙凤旗袍店开到了陕西北路207号，就在平安大楼一翼的一楼。

开在平安大楼底层的龙凤旗袍

镌刻着上海几代人独特记忆的龙凤旗袍，其历史可追溯到清乾隆末年，也就是1795年左右。当时，上海已出现专做中式服装的"苏广成衣铺"，集苏州刺绣的精湛技艺和广州设计的新颖于一身，以优良品质和精心服务闻名沪上。到20世纪20年代，"苏广成衣铺"已遍及上海滩，最多时有20多家，成衣匠4万余人。龙凤旗袍第一代传人朱林清就曾在"苏广成衣铺"打工学习，他从一名打杂工做起，逐渐成长为出色的裁缝师傅。他在1936年创办了"朱顺兴"中式服装店，也就是龙凤旗袍的前身。"朱顺兴"将传统中式服装的制作技艺和西方的裁剪工艺相结合，确立了完整的海派旗袍制作工艺，引领了海派流行风尚。"朱顺兴"在上海滩经营得十分红火，朱林清又逐渐将周边一些服装店的师傅吸引到他的店内，以扩大资源。新中国成立后，"朱顺兴"整合了四家"苏广成衣铺",正式改名为"上海龙凤中式服装店"。当时的龙凤服装,在上海滩家喻户晓,那时女性想做一件像样的服装,首选便是龙凤品牌。龙凤服装的特色全在于手工制作,他们继承了"苏广成衣铺"镶、嵌、滚、宕、盘、绣的传统工艺,并运用镂、雕等绝技在丝绒和其他面料上手工镂雕出龙凤、如意、蝙蝠、花卉等各种精美的图案,饰以寓意吉祥的盘扣,犹如一件工艺品,充分体现了中国传统文化的特色。"朱顺兴"将这些传统中式服装制作技艺运用到海派旗袍上,从此,博采众长的海派手工旗袍制作工艺,汇集在龙凤这一富有浓厚传统气息的品牌名称下,龙凤旗袍不但成为沪上最著名的手工旗袍制作商店,名声还传播到全中国和全世界。

  龙凤旗袍的老地盘在靠近泰兴路的南京西路942号,大龙大凤的男女中装是最受老外欢迎的情侣中装。如今,龙凤旗袍在陕西北路老字号一条街上开出一家分店,陕西北路上的龙凤旗袍分店明显更海派一些,店招上"1936"的字样分外清晰。店的装饰风格为中西合璧,中式家具搭配欧式吊灯怀旧又洋派。店堂内陈列着老式缝纫机、熨斗和各款盘扣,店堂里挂着几幅旗袍申遗的照片,记录着龙凤旗袍制作技艺列入上海市非物质文化遗产名录的过程。摆设在店堂正中间的模特身上所穿的紫红底金花纹的长旗袍是店内的"镇店之宝",一件旗袍上就集中体现了镶、嵌、滚、荡等诸多工艺。前龙后凤,意为龙凤呈祥。店堂里还陈列着一套黑色镶边丝绒长裙旗袍(复制品),它是宋美龄庆寿时穿的礼服,采用双襟、镶边、苏绣等全手工工艺制成。绣花图案为蝙蝠、寿桃、祥云等吉祥纹饰,寓意"福意绵绵、寿比南山"。

  作为沪上海派旗袍制作技艺的代表,老字号龙凤旗袍如今依然以定制为主。绣花是龙凤旗袍的产品特色,店内共有200多个款式供顾客选择,个性化的定制可以满足不同顾客的要求。如今,传承海派旗袍遗韵的龙凤旗袍正吸引着越来越多的年轻顾客。

穿在脚上的艺术佳品

老上海有句俗话:噱在头上,蹩在脚上。说的是出门第一要紧的是头发要一丝不苟,脚上要穿双好鞋。老上海的闺阁千金们更是注重脚上风光,她们追求的是步步莲花之美。据说,旧上海名媛的一双精致的绣花鞋就价值两百块大洋,当时拉黄包车的车夫从年头辛苦到年尾,也很难挣到她们的一只绣花鞋。

当年沪上最有名的绣花鞋店就是大美华鞋业。如今,它也款款地走到了陕西北路101号。

大美华布鞋店是沪上专营女式绣花鞋的老字号,它与上海"小花园"、北京"内联升"、天津"老美华"并称为国内布鞋行业的"四大家",曾风靡上海滩。大美华生产的绣花布鞋有软、轻、薄、挺、秀等特点,是当时社会名流及商界中上层女性喜爱的步履佳品。大美华布鞋以软底见长,为了做到这个软,大美华的鞋帮中层不勾浆糊,成品对折以后可以放在袖筒内,不变形,也可以放在小坤包里随身携带。

大美华布鞋诞生于1940年,由大陆、美生、东华三家制鞋作坊合并而成,店名各取一字,故名"大美华鞋店"。大美华布鞋选用各式上等真丝软缎、毛料作鞋面,并特约姑苏木渎王记绣庄在鞋面上绣制"花鸟虫鱼"等艺术图案,穿着美观舒适。大美华采用的也是前店后工场的经营模式,店内商品种类繁多,款式更新快,橱窗样品几天就换个样,俨然布鞋天地。店里要求营业员对每一位来店的消费者都待若上宾,顾客进店,营业员先是倒茶让座,热情介绍商品,然后根据顾客要求,或陪同顾客当场在店内选购喜欢的样式,或由营业员画脚样定做,顾客还可以自己带着喜欢的式样来店内定制。良好的店堂氛围吸引了达官贵人和社会各界名流前来光顾。京剧大师梅兰芳的夫人,著名越剧演员戚雅仙、毕春芳等都是大美华的常客。上海工商界巨头荣氏家族中的女眷更是非大美华绣花女鞋不买。大美华也兼营男式布鞋,著名滑稽演员姚慕双、周柏春兄弟俩也都非常喜欢穿大美华的布鞋。

大美华鞋业的橱窗

走进陕西北路上的大美华布鞋店,犹如步入布鞋世界。各种传统工艺的布鞋品种在货架上争奇斗艳,每一双都犹如美丽的艺术品,令人目不暇接。听着服务员如数家珍般的介绍,仿佛在享用一席布鞋盛宴。如高档盘金绣花鞋,鞋面上的金凤是一针针用金线绣出来的。手工麻扎底贡呢松紧鞋,鞋底一共用24层布,再用细麻线手工缝制。这样的麻扎底鞋,就是不打鞋掌,照样在水泥地上走不烂。还有用50层细布不加任何浆糊层层叠起来、一针针纳出来的千层底鞋,凸显工艺匠心。还有许多大众化的布鞋,如蚌壳棉鞋、鸭舌头鞋、贴花女式布鞋,价格实惠,做工考究。随着人们消费观念趋向绿色,布鞋特有的柔软、舒适、透气、吸汗等特点是其他鞋类无法比拟的,自然、健康的布鞋越来越受到人们的青睐。

如今的大美华鞋业正在再创"布鞋时尚化"之路,它集布鞋的轻巧飘逸与皮鞋的挺括刚健于一体,将会吸引更多的年轻消费者。

女性贴身的时尚伴侣

陕西北路185号坐落着古今内衣店。

古今内衣是中国内衣行业中创建历史较为悠久、知名度也较高的一家品牌,从诞生的那一刻起,就代表着一种时尚符号。如今,"古今"这两个字几乎已经成为中国女性内衣的代名词。古今品牌不仅是中国内衣行业中唯一的国有品牌,还是内衣品牌中唯一一个获得"中华老字号"称号的品牌。

服务贴心周到的古今内衣

古今品牌创建于20世纪40年代。它的前身是白俄开设的胸罩店。1917年,十月革命爆发后,大批白俄来到上海,聚居在霞飞路(今淮海路)一带,其中有不少是沙俄的王公贵族。为了生存,他们纷纷在霞飞路上开设各种商店。20世纪30年代初,一位俄罗斯人在今淮海中路859号开了一家小商店,名为"发艺"胸罩公司。一开始仅一开间门面,两台缝纫机,现做现卖各种胸罩,最初只为洋人和少数富人服务,算是高端定制,后来慢慢扩大为二开间门面。40年代,淮海路上这家小商店更名为"古今"胸罩商店,由中国人经营,以前店后工场的特色,精细妥帖的做工、亲切周到的服务逐渐做出了名气,稳稳地站立在淮海路上,吸引着爱美的女士。经过艰苦的品牌创业,一个原本不起眼的小商品,逐渐撑起了市场一片天,从传统的前店后工场的小店铺发展成一个令人瞩目的品牌,蜕变成产业一体化的古今胸罩公司。到了90年代,古今胸罩公司的名字改为更加含蓄雅致、涵盖面更大的古今内衣有限公司。

1998年,上海古今内衣有限公司以16万元年薪,公开向社会招聘"古今内衣产品形象代言人",顿时激起千层浪。近千名美丽而勇敢的女性角逐两个多月,最终一位大学青年教师凭借优秀的综合素质力挫群芳,媒体称她为"中国大陆首个内衣代言人"。

都说怀旧是一种心情,复古是一种态度,把怀旧和复古结合在一起,也许就是古今品牌创建的初衷。它悄无声息地衬托出东方女性柔美的身段和优雅的气质,创造出一种新的时尚。可以说,古今从诞生那一刻起,就代表着一种时尚符号。从一开始到现在,古今始终安居在有"东方香榭丽舍大街"之称的淮海中路上,很多上海小囡穿的第一件内衣就出自古今。她们不会忘记当年被妈妈牵着手到淮海路的古今商铺选购从未穿过的文胸的场景。营业员用软软的手温柔贴心地为她量好尺寸,然后挑选一件合体的文胸给她试穿,柔软的棉质布料轻轻托着女孩身上最敏感的部位,那一刻小女孩似乎长大了。店堂里摆着缝纫机,一位中年大叔在踩缝纫机,一件件文胸从他手下诞生,放在一边越堆越高。不知为何,当时的小女孩竟然脸红了。于是,古今内衣成了很多上海女孩一直依赖的内衣品牌。

从古今胸罩到古今内衣,不仅是名字的变革,还是观念的更新。

内衣素有"人体第二皮肤"之称,是女性生活中最贴身最亲密的服装,它要求时尚与舒适并重,美观与功能并存。曾几何时,"古今胸罩,一戴添娇"的品牌广告语传遍大江南北。古今作为老字号品牌、国货经典,蕴涵着深厚的、优秀的民族品牌基因,其特有的东方风韵与曼妙的女性曲线相结合,绽放出别样的魅力。比如古今品牌特制的肚兜系列产品,保留了中国传统的肚兜外形,用现代工艺勾勒出新古典主义的浪漫风情,是古今对中国传统文化的诠释,尽显女性的温婉雅致。它犹如一件穿越时空的礼物,悄然唤醒了女性的肚兜记忆。如今的老字号古今已涵盖了文胸、内衣裤、背心、睡衣、衬裙、泳衣等多元化产品,并将流行元素与品牌形象结合,不动声色地引领着内衣时尚,不仅是受到国内大众喜爱的品牌,其产品还远销日本、意大利、法国、美国等十余个国家。

走进陕西北路上的古今内衣店,里面陈列着各种款式的内衣。环境和淮海路总店一样温馨安静。在这里,你可以不被打扰地细细看、慢慢挑,如果需要,营业员会随时出现在你面前。购买具有私密性的内衣产品,这样贴心周到的服务更能令女性消费者感到舒服和安心。

盛放了半个世纪的"白玉兰"

陕西北路近南京西路的位置上坐落着白玉兰真丝专卖店。白玉兰是上海的市花,春寒尚且料峭时她洁白如雪的花朵就已绽放,且朵朵向上,清香四溢。上海卖真丝服饰的店不少,以白玉兰为名的却仅此一家,可算是独一无二,寓意深远。

白玉兰真丝店在陕西北路上已经历了50多个春秋,一直开在平安大楼一翼的底层,以前上海女人逛陕西北路外贸服饰店时,白玉兰真丝店就已经静静地待在那里了,女人们走到陕西北路南京西路口时,不会忘记进去看看,那是走过路过绝不会错过的老朋友。20世纪70年代,里面外衣、内衣、配饰都卖,仿佛是小型的妇女用品商店。到了80年代,消费者对美观和健康有了更高的需求,追求服饰品质的女人们,对于独具江南特质的丝绸服饰系列情有独钟,这里便成了白玉兰真丝专卖店。

真丝服装历来是时装中的贵族。真丝的来源是小小的蚕,蚕因生存活动于春季,故称春蚕。春蚕的生命极其短暂,春蚕老去最终吐丝结茧,直到吐尽最后一缕丝,那是它生命的绝唱。唐朝李商隐《无题》诗中的两句"春蚕到死丝方尽,蜡炬成灰泪始干",把春蚕的执着、坚贞和奉献精神体现到了极致,成为千古传唱的佳句。蚕丝便是真丝的原料,真丝制成的美丽服饰可以说是春蚕生命的另一种方式的延续。真丝的来之不易,注定了用真丝制成的服饰材质上的华贵,并能给予人神秘的感觉。距今2000多年前,中国制造的丝织品传到遥远的西方国家,深受西方人喜欢,为了方便运送,专门开辟了一条丝绸之路。中国的丝绸从长安沿着丝绸之路运往西方各国,带去的不仅仅是丝绸本身,更是东方古老灿烂的文明。

凡穿过真丝服饰的人都会对它情有独钟。确实,真丝的轻盈、柔软、滑爽、舒适是其他织物难以比拟的,它还具有良好的吸湿、透气性能,对皮肤具有保护作用,特别适合贴身穿着。惟其如此,上海女性都喜欢真丝服饰,陕西北路的白玉兰真丝专卖店,早在20世纪八九十年代生意就异常火爆,很多时髦的女性都是这家店的忠实粉丝。这里的真丝针织内衣睡衣系列,因其手感柔细,悬垂性好,穿着舒适飘逸,赢得了口碑。这家店对面就是荣家老宅,定居海外的荣家后人,到上海自家故居怀旧,顺便到对面的白玉兰真丝店买几件真丝服饰带回去,穿着后十分喜欢,盛赞白玉兰真丝面料厚实,做工精致,款式大气。从此,荣家人每次回到上海,都会到这家店买上十多套带回去,不但自己穿也分送亲朋好友。

半个世纪以来,驻扎在这里的白玉兰真丝在创建自己品牌的同时,不断扩大经营品类,还与时俱进地创新了真丝外穿风潮。继推出真丝内衣和睡衣系列后,又推出了真丝时装系列,如真丝棉风衣、真丝棉背心、丝毛套头衫以及多种款式的真丝户外运动、休闲系列等,让高端真丝精品走进寻常百姓家,融入年轻消费群。

2021年焕新后的白玉兰真丝专卖店在店堂和产品设计方面更加时尚,店内增加了许多年轻人喜欢的真丝产品,真丝内衣展示区背景墙上一只只舞动的蝴蝶穿梭在一片片大花瓣间的意象灵动艳丽,带弧形的粉红色试衣间里,摆放着嫩黄色的超大三面落地试衣镜,地上色彩明快的瓷砖拼贴出复古图案。店堂内不但有许多

平安大楼底楼的白玉兰真丝

年轻人喜欢的真丝服装,还增添了一些真丝饰品,如丝巾、耳环、胸针、发箍等,便于和真丝服装搭配。那天在店里看中一款丝巾,梵高黄的底色上印着数枝白玉兰,优雅而不张扬,是我喜欢的。带回丝巾的同时,仿佛也带回了旧日的回忆。

把瓷国文化瑰宝带回家

老字号景德镇瓷器店与众不同地开在陕西北路东面的212号,属于南洋大楼沿街底楼的商铺,与其余的15家老字号隔着马路遥遥相对。为什么要开设在老字号一条街的对面呢?因为它不但是老字号,而且是这条街的老住户,早在20世纪50年代,闻名遐迩的景德镇瓷器店就驻守在这个位置,已经超过一个甲子了。长期以来,这里不但是一个瓷器店,还是景德镇艺术瓷器展示厅,里面各式精美绝伦的景德镇瓷器琳琅满目,老上海人几乎无人不晓。我每次路过这里,也总会按捺不住地拐进去看看,即便不买,进去欣赏欣赏饱饱眼福也是一种很好的享受和艺术熏陶。时光如水,我的这个习惯不知不觉已保持了数十年。

景德镇瓷器是江西省景德镇市特产,自古以来名扬天下,被誉为中华民族文化之精华、瓷国之瑰宝。景德镇从距今1600多年的东晋开始烧制瓷器,千年窑火不断,素有"瓷都"之称。其出产的瓷器造型优美、品种繁多,最为有名的是以"白如玉,明如镜,薄如纸,声如磬"的品质而蜚声海内外的"白瓷"。青花瓷、玲珑瓷、粉彩瓷和颜色釉瓷则合称为景德镇四大传统名瓷。其中青花瓷始创于元代,玲珑瓷始创于明永乐年间,粉彩瓷问世于清乾隆年间。薄胎瓷是景德镇久负盛名的传统艺术名瓷,它轻巧、秀丽、透光,因其

"薄似蝉翼,轻若浮云",人称神奇珍品。景德镇的雕塑瓷制作可以追溯到1400多年前,远在隋代就出现了瓷器制作的狮、象等大兽,其造型千姿百态,栩栩如生。发展到当代,瓷雕工艺更为精湛,品种多样,艺术表现力更强,有佛像尊神、花草鱼虫、亭台楼阁等,畅销海内外。清代晚期景德镇出现了一种浅绛彩瓷,浅绛原是中国画中的概念,是指以水墨勾画轮廓并略加皴擦,以淡赭、花青为主渲染而成的一种山水画的设色技巧。浅绛起源于元代,其画家代表为创作出《富春山居图》的元四家之首的黄公望。浅绛彩瓷便是民间艺人以及部分书画家将中国诗、书画艺术综合在瓷器上创造出的瓷器画。浅绛彩瓷中的浅绛是指以浓淡相间的黑色釉上彩料,在瓷胎上绘出花纹,再染以淡赭和水绿、草绿、浅蓝或紫色等釉色料,再经低温烧制而成的一种特有的彩釉瓷。浅绛彩瓷画不但仿摹浅绛山水画的用色,还追求文人画淡抹轻染的色调,具有淡雅秀丽、画意悠远的艺术风格,其中不乏一些文人画家在瓷器上的笔墨挥洒之作。

上述的这些瓷器品种在陕西北路的景德镇瓷器店都能看到,这也是吸引我走过就要进去看看的原因。这家专营瓷器的商店创始于1959年,原名"精丽陶瓷商店",1980年开始与江西省陶瓷工业公司开展合作,改名为"上海景德镇艺术瓷器服务部",专营景德镇名瓷,成为"中国瓷都"在上海的一个主要窗口。

门前店招上的"景德镇"三字透着书卷气,店堂设计古典中透着时尚,陈列商品大气,里面全是景德镇出产的中高档陈设瓷、名人名家瓷器作品、仿古精品瓷以及高中档日用瓷,每一件都是艺术品,其中不乏中国工艺美术大师和中国陶瓷艺术大师的作品。徜徉其间,如入陶瓷艺术百花园内,满目佳作,美不胜收。这里既有具有收藏价值的瓷器艺术珍品,也有日用瓷器小商品,可谓雅俗共赏。难得的是这家店还承接瓷品彩绘加工烧制、来样订货等业务,

开在陕西北路东侧的景德镇瓷器

是许多中外瓷器爱好者喜爱并时常光顾的地方。开业以来,世界上许多国家的元首、主要领导及其夫人都曾在此选购中国瓷器。每次来店,都会兴致勃勃地在店堂里欣赏,对这些有着东方文化特有调性的艺术作品发出由衷的赞叹之声,然后满怀喜悦之情地挑选自己喜欢的精品瓷器,满载而归,他们带回去的不仅仅是艺术瓷器,也是古老的东方文明。

这家景德镇瓷器专卖店还自创了九景轩、九景阁品牌,以艺术瓷器日用化为宗旨,设计出家庭用陶瓷制品,如茶具、茶杯、咖啡具、花瓶、托盘等。选一件带回家中,和时尚的家具放在一起,不但毫无违和感,还会焕发出独特的异彩。

重拾老上海舌尖上的记忆

一只汤团风靡了近百年

老字号一条街上人气最旺的莫过于靠近威海路的陕西北路105号美新点心店,这是上海老牌点心店,也是上海远近闻名的老字号。有着90多年历史的美新不但拥有"中华名小吃""上海名点心"等美誉,而且在偌大的上海仅此一家,别无分店,妥妥的独一无二。

美新点心店创始于1925年,有将近百年的历史了。汤团是美新的招牌,当初美新就是凭着"猪油汤团"在竞争激烈的上海滩点心市场抢到一席之地的。虽说汤团品种繁多,但美新却永远只卖黑洋酥和鲜肉两种口味的汤团,而且每一个汤团都是在店堂里纯手工包出来的。据说以汤团起家的美新最初就是宁波人开在西摩路105号的,店面不大,共两层,至今连地址都没有变动过,这在上海大概是绝无仅有的了。上海人钟爱美新,他们在这里吃的是一种情怀,一种回忆,那是老上海人从小就吃惯的味道。

我祖籍宁波,虽然祖辈一代就已迁居上海,但依旧保留着宁波人的饮食习惯,所以我从小吃惯了外婆做的黑洋酥汤团。宁波汤团很小,一口一个,除夕那天一家人团团围坐包汤团,一晚上要包几百个。美新汤团的做法就源自宁波汤团,重在精细。不过,美新的黑洋酥汤团比宁波汤团要略大一些,软糯不粘牙,馅料很足,甜而不腻。一口咬下去,黑洋酥慢慢流淌出来,嘴里满是芝麻的香甜。鲜肉汤团有点像源于浦东的本地汤团,比黑洋酥汤团要大,但汤团的皮同样薄如蝉翼,鲜肉味道调得很好,肉质松软鲜香,汁水多得像是要溢出来。店里还有半成品的生汤团和汤团馅外卖,许多人吃完后,意犹未尽,就顺便带几包半成品回家。除了汤团,还有馄饨和面点,价格十分亲民。来这家店品尝的不仅有怀旧的上海中老年人,周边很多白领也结伴而来,还有不少慕名远道而来的食客,朴素的店堂里人气极旺,每天不管什么时候去都要排队。

如今,美新点心店辟出了一楼专门作为外卖区,进去就是一长排外卖台,各式品种齐全,店堂一侧是开放式操作间,几位身穿白色工作服戴着口罩的阿姨正在手脚麻利地包着汤团、馄饨,看着就很让人放心。

美新点心店一楼的开放式操作间

鲜肉月饼的传奇故事

位于陕西北路177号的西区老大房大概是陕西北路上最年长的老字号了。老大房和北京稻香村、苏州采芝斋齐名，都是中国知名的糕点店，在上海人的记忆中，老大房的各种糕点，不仅上了年纪的老人喜欢，年轻人同样喜欢。西区老大房源于老大房，是老大房的一家分支。老大房品牌的创建也是上海滩的一个传奇。

上海开埠后，各地风味的茶食店开始齐聚上海滩，当时的茶食店主要分为苏式和广式两派，苏式糕点具有甜、软、肥、糯、松、脆的风味，茶食店根据时令节气推出不同品种，如春季有酒酿饼、太师饼；夏季有绿豆糕、薄荷糕；秋季有巧果、中秋月饼、重阳糕；冬季有猪油年糕、桂花糖年糕等，颇受上海人喜爱。光绪初年，上海县人陈万泰在上海县城内开设了一家名为"陈大房"的苏帮茶食店，请了几位糕点师傅，前店后作坊，自产自销苏式糕点，深受附近居民青睐。1902年，店内一位手艺出众的糕点师陈奎甫向陈老板请辞，自己在天主堂街（今四川南路）租了一家店面，开设了自产自销的糕饼店。他借用陈大房的声誉，也用了"大房"两字，因当时上海滩商号都喜欢在自家招牌前加个"老"字，如老正兴、老介福、老半斋等，陈奎甫就把自己的糕饼店取名为"老大房"，"老大房"第一块招牌就这样树起来了。

陈奎甫做生意讲诚信，而且开动脑筋研制新品。他依据周武王伐纣，闻（仲）太师带兵，发明"烧饼"作干粮，后人称之为"太师饼"的故事，自己设计、配料，创制了一种适合现代人口味的"烤饼"，定名为"太师饼"，上架后一炮打响。后来，他又创制出更多的独家产品，生意越做越兴旺。1921年，陈奎甫与自己的同父异母兄弟陈翰卿联手在南京路福建路口（即老大房现址）租下门面开设了第一家分店,取名为"协记老大房",意在同心协力联合经营,并请当时著名的书法家唐驼先生题写了"协记老大房"的油漆金字匾额。陈翰卿善于经营,他偶尔听闻顾客说,江苏如皋有一种董糖,十分好吃,相传出自金陵名妓董小宛之手。他便立即找来店内几位名师,花了几个星期终于研制成功,取名"卷酥董糖",上架后大受欢迎。在传统的茶食产品中,是没有熟食的,陈翰卿从中捕捉到商机,推出一款外表乌油光亮略脆,内里肉质洁白鲜嫩,略带甜味的熏鱼。老大房对门的仝羽春茶楼及王裕和酒楼的食客闻到飘过来的熏鱼香味,争相前往品尝,连连赞叹为"异味",这"异味熏鱼"之名不胫而走,口口相传,很快便在上海滩流传开来。店里又不失时机地推出了异味熏蛋等颇具特色的招牌产品,深受消费者青睐,使老大房的名气越来越响。

看到老大房名气越来越响,生意如日中天,店内不断有师傅跳槽出去自立门户。到 20 世纪 30 年代,上海名为"老大房"的店铺竟然多达 48 家。这些店铺绝大部分都是由跳槽伙计开设的"山寨版"老大房,和老大房毫无关系。从 1932 年起,"协记老大房"展开了捍卫正宗"老大房"品牌的斗争。首先,为抵抗一位汪姓同行在华山路 22 号开设的"老大房"茶食店,品牌传人陈翰卿一举租下静安寺华山路 24、26、28 号连店门面,斥巨资开设了"西区老大房"。随后,"协记老大房"正式向当局申请注册"老大房"商标。1937 年,"协记老大房"以"真老大房"商标向政府部门注册备案。至此,上海滩"老大房"鱼龙混杂的局面才终于在法律上获得终结。

公私合营以后,"协记老大房"划归黄浦区,"西区老大房"划归静安区。

西区老大房以四时八节各式特色糕点食品在门市自产自销的经营方式轮番应时,其中鲜肉酥饼尤为受人欢迎,逐渐成为西区老大房的特色招牌,是一代又一代老上海人的回忆。鲜肉酥饼属于一年四季都有的小吃,但上海人会在中秋节当月饼吃,并称之为鲜肉月饼,渐渐地,鲜肉月饼的名气远远盖过了鲜肉酥饼。西区老大房出品的鲜肉月饼,新鲜出炉,现烤现卖,是好吃的秘诀。鲜肉月饼制作考究,猪肉一定要挑新鲜的,而且要肥瘦相间,古法匠心技艺打造的64层酥皮层次分明,一口咬开,鲜嫩有嚼劲的肉汁透过酥皮慢慢渗出,那酥中带汁的口感令人回味无穷,深受市民喜爱,成为招牌中的招牌。平时,不少上海市民会从大老远的地方专程赶来,每年中秋佳节之前,上海市民会不惜排队几个小时等待门店现烤的鲜肉月饼出炉。同时,该老字号还秉承了创新的传统,在做好传统经典产品的同时,不断推出新的产品,受到消费者的追捧。

西区老大房店堂

眼花缭乱的西式茶点

陕西北路109号是泰昌西饼店。

泰昌西饼创建于1940年,是20世纪40年代上海西点界的翘楚,主营的各式各样的老上海特色西饼点心,可谓专属于上海老克勒的西点美食,也是上海人从小吃到大的经典。陕西北路上的这家中华老字号品牌西饼店,店堂不大,东西不少,货架上摆满了包装精美的西饼点心。

泰昌西饼排名第一的招牌点心是杏仁酥,大块金黄的杏仁片裹满了外表,咬一口,香甜酥脆却不腻,浸润其中的黄油味道令人满嘴生津,使人欲罢不能。椰丝球也是这里的名角,那是小小的一颗,淡淡的椰子香在金黄色的表皮间蔓延,咬一口香甜酥松,内里是混合着奶油味的椰蓉,风味独特,可以当休闲的零嘴点心。除了这两款明星小点心,这里还可以找到许多上海人小辰光吃的怀旧西点,比如葱方酥、松仁饼、鸡仔饼、海苔饼、豆沙一口酥、巴旦木仁排、手工曲奇等,让人感觉"乱花渐欲迷人眼"。这些产品香甜酥松却不腻,全是老底子的味道,所以深得上海市民的青睐。无数老吃客来泰昌就是想尝尝记忆里的童年味道,每一口香酥甜蜜的滋味都是难以忘怀的老上海记忆。更令老上海人感到亲切的是店员全是热情朴质的上海阿姨,她们会不厌其烦地为你推荐商品,对于经常光顾的老上海人更是像碰到了朋友,这时,彼此就开始用上海话交流,店堂内一片吴侬软语,亲切祥和。店员还向我介绍了一款麻香鸡仔饼,那是泰昌2019年推出的特色产品伴手礼,带回去送人是不错的选择。在泰昌西饼屋还有一款被称为"上海滩最贵西饼"的奶油松仁叶子酥。叶子酥的食材采用新鲜的鸡蛋、优质的面粉、纯进口奶油、东北的雪松仁、新西兰的黄油,其中黄油比重高达80％，而且全部是手工制作，怪不得吃口特别酥。

陕西北路上的泰昌西饼店内，除了泰昌西饼，还有老香斋的柜台。

两大老字号柜台上茶点品种十分丰富

老香斋的茶点也是上海人从小吃到大的。老香斋初创于1851年，由福建泉州许氏创建于泉州大街，当时原名老香斋茶食店，所产茶点是福建人喝功夫茶时配着吃的点心，其自产的甜咸两味蝴蝶酥尤其出名。1937年后，许氏家族移居上海，在上海北火车站附近继续开设前店后工场的老香斋茶食铺，主营老香斋闽式茶食，其中尤以蝴蝶酥、苔条饼、黄金宝受上海人喜爱。后来，许氏后人又根据上海人的习惯和口味，并吸收了宁绍式、苏扬式、高桥式、西式等制作方法，博采众长后创造了一些具有浓郁海派特色的茶点，比如老香斋的代表产品苔条千层酥，主要沿袭了闽式糕点苔条饼的制作工艺,外形上又吸纳了宁式糕点千层酥的特征,七厘米见方的饼式似乎更符合上海人品尝点心的习惯。又如老香斋的招牌点心蛋黄酥,长得很像萨其马,但口感和萨其马又很不一样。还有可与国际饭店媲美的金牌蝴蝶酥,松软不粘牙的绿豆糕、杏仁核桃酥和葱油核桃酥等都是它家的特色糕点,推出后大受欢迎。老香斋成为20世纪二三十年代路人皆知的品牌,风靡一时,影响了几代上海人的味觉记忆。

来到陕西北路的泰昌西饼店,顺便带几款老香斋的茶点回去,也算是一举两得的美事了。

名满天下的登山蛋糕诞生于此

在上海人印象中,淮海路上有两个地方永远都在排队,一个是光明邨大酒家的熟食窗口,另一个就是光明邨对面的淮海中路603号的哈尔滨食品厂。如今,哈尔滨食品厂也欣欣然加入了陕西北路老字号行列,位置就在陕西北路125号。虽名为哈尔滨食品厂,出品的却是正宗的上海老味道、老牌子,那也是老上海人从小吃到大的西点美味,其多样的甜点和悠久的历史在上海人的日常生活中占据着重要地位,是难以忘怀的美食记忆。

哈尔滨食品厂创始于1936年,原名"福利饼干面包厂",以俄式西点起家。老板杨冠林年轻时曾在哈尔滨做西点学徒,学得一手好手艺。他来到上海后运用自己掌握的技艺,并聘请名师高手,生产出各种俄式面包、蛋糕以及点心、饼干等,生意不错。也许是为了纪念自己是在哈尔滨学得的手艺,他干脆将厂名改为哈尔滨食品厂,并在俄式糕点中渐渐融入海派口味,形成了有上海特色的各类糕点。

哈尔滨食品厂主营的是以蝴蝶酥、杏桃排、花生排、西番尼等为代表的上海特色点心。杏桃排是哈尔滨食品厂的拳头产品,采用新西兰进口天然黄油制作,奶味浓郁,回味绵长。1972年,《中美联合公报》在上海发表时,有关部门需要一些特色糕点招待尼克松等贵宾,特地向哈尔滨食品厂订购了一批特色点心。其中,香脆软甜、黄油香气糅合着淡淡奶香味的蝴蝶酥尤其受到尼克松的赞美。1974年,我国登山运动员攀登喜马拉雅山珠穆朗玛峰,出发前国家体委派员来到哈尔滨食品厂,要求该厂生产一种在海拔7000米高峰、零下30度的环境下,依旧富有营养而且在食用时即便不喝水也不会感觉口干的分量轻、口味美、便于携带并能增进食欲的营养食品供登山队员食用。厂里立即全力投入试制。当时全国各地有很多厂家也同样投入了试制。经过层层筛选,最终入选的便是来自上海哈尔滨食品厂的一款高级水果蛋糕。这款特别的蛋糕看起来和普通牛油蛋糕没什么区别,但里面除了有通经活血和御寒功效的藏红花外,还融入了核桃、糖冬瓜、金橘饼等,并加入了很多新西兰动物奶油。登山开始后,带到营地的绝大多数食品在7000米高度时已逐渐干缩硬化,无法食用,唯有上海哈尔滨食品厂生产的这款水果蛋糕依旧好吃耐吃,令攀登者激动不已。"登山蛋糕"因此得名,哈尔滨食品厂也开始名扬四海。

取得一些成绩的上海哈尔滨食品厂没有故步自封,而是不断"标新立异"。在20世纪七八十年代,该品牌出品的西番尼是在青年男女中风靡的一款糕点,因为上海话中"西番尼"的谐音就是"喜欢你",因此被恋爱中的青年用来含蓄表达爱意,如想表白爱意,却羞于开口,便可送上一块哈尔滨食品厂生产的"西番尼",对方就立即明白了。有别于国际饭店的大蝴蝶酥,哈尔滨食品厂生产的中蝴蝶酥也是上海人的心头好,每天供不应求。哈尔滨食品厂的每一款点心都饱含着老上海味道和手工制作的人情味,这使得它在西点行业中独树一帜,该厂生产的蝴蝶酥、西番尼、登山蛋

上海人从小吃到大的点心品牌

糕等更是受到消费者青睐,如今皆已开发成为城市名片级的伴手礼。

肴肉、煨面、小笼赞得来

再往北的陕西北路 149 号是新镇江酒家。

新镇江酒家历史悠久,初创于 1927 年,那时的店名叫镇江点心店。坐落于南京西路 1111 号,两开间门面,主要经营淮扬风味菜点、镇江小笼、肴肉煨面、千层油糕、开洋拌干丝等品种,因原料新鲜,做工精致,品味独到,深受上海市民欢迎。昔日很多上海人到美琪大戏院看完戏或电影后,都喜欢到附近的镇江点心店点些小吃品尝,至今一些老上海人还回味着:"肴肉、煨面、镇江小笼的味道赞得来。"

20 世纪 90 年代,镇江点心店进行扩建,经营面积从原先的 280 平方米增至 2000 平方米,堂口从一楼到五楼,还请书法大家朱屺瞻题写了新店名:"上海新镇江大酒家"。酒家主打淮扬菜系,淮扬菜与鲁菜、川菜、粤菜并称为中国四大菜系,始于春秋,兴于隋唐,盛于明清,素有"东南第一佳味,天下之至美"的美誉。新镇江酒家地处南京西路黄金地段,市口极佳,扩建后生意红火,宾客盈门。2002年,新镇江酒家再次装修改建,外立面新颖时尚通透明快,坐在二楼的落地窗前用餐,目光所及是对面的中信泰富广场、梅龙镇广场和车水马龙的江宁路,南京西路的时尚品位尽收眼底。一时竟有了"我坐在窗前看风景,看风景的人在街上看我"的奇妙感觉。2011年,新镇江酒家进行了整幢楼宇的改造,以整体高雅、经典的形象屹立于南京西路上,同时对菜肴大胆创新,自创了别具一格的"时尚川扬菜"。菜肴不但有传统的色香味形,还提升了质量声誉。该店还特意聘请了来自粤港的高级烹调师。

陕西北路上的新镇江酒家

作为一家老字号餐饮店,新镇江酒家制作的菜肴素来以工艺严谨、用料考究、构思新颖、风格独特而驰名沪上。楼宇改造后,除了深受顾客欢迎的淮扬菜点如镇江肴肉、扬州煮干丝、扬州狮子头、骨香鸡、蟹粉夹饼外,还推出时令佳肴,如春季的刀鱼宴系列、刀鱼馄饨、清蒸刀鱼以及竹笋塘鲤鱼;夏季用水果和荷叶入菜,如火龙果炒花枝片、迷你冬瓜盅、荷叶八宝鸭;秋天的金桂玉兔、桂花黄鱼羹、蟹粉锅贴;冬天的开煲羊肉锅、土鸡打边炉等,这些新颖的菜肴吸引了沪上无数食客,五层的店堂常常座无虚席。

"旧时王谢堂前燕,飞入寻常百姓家。"新镇江酒家如今也款款地走到了相邻的陕西北路上,开出了自己的分店。和南京西路高雅气派的新镇江酒家不一样,陕西北路上的"新镇江酒家"是一家接地气的食品售卖小站,但新镇江酒家的招牌淮扬菜都能在这里买到,如水晶肴肉、蟹粉狮子头、熏鱼、陈皮黑糯米八宝鸭、镇江小笼、千层油糕等,而且都贴心地做成半成品,买回家加工后就能享用。每次路过,我是一定会买些菜肴点心带回家的。在刀鱼上市的季节,我在这里买过两盒刀鱼馄饨,88元一盒,内装10只。一盒是碧绿的皮子,那是皮子里加入了菠菜汁的。还有一盒是橙红色皮子的,那是在馄饨皮里加入了胡萝卜汁。红绿相映,犹如红花绿叶,像极了春天的颜色。

时尚

咖啡文化在这里延伸

陕西北路上的历史文化地标与老建筑的融合、东西方多元风情的融合、上海新老文化的融合，充分显示了海派文化在城市街区的兼容并蓄。

在陕西北路上漫步，一路上会邂逅一个个咖啡馆，它们像一簇簇美丽的鲜花不动声色地悄悄绽放在路边，有意思的是这些咖啡馆几乎每一家都会"变脸"，它们白天是咖啡馆、甜品店，夜幕降临后就立马变身为小酒吧或温馨的异国风情餐厅，每一家都有自己的特色，绝不雷同。

在陕西北路上坐落着如此众多的咖啡馆和时尚餐厅，人们并不觉得奇怪，他们理所当然地认为，这是因为近年来商业与经济的发展促成了上海众多咖啡馆的诞生。需要提醒的是咖啡文化其实早就是海派生活的一个不可或缺的部分，咖啡这个舶来品，早在一个世纪前，已在上海埋下了种子。

早在19世纪咖啡就已传入中国，最早出现在新派人物聚集的上海。开埠后喝咖啡的风尚在上海日益兴起，比较有名的咖啡室或馆有DDS、CPC、泰利、太达、沙利文等数家，除了CPC是专售咖啡的，其余都是兼营的，即一面卖西餐，一面售咖啡。晚清、民国的竹枝词中就频频出现了赞美咖啡的文字。如1887年的《申江百咏》中落款"慈溪陈桥"的一首写道:"几家番馆掩朱扉,煨鸽牛排不厌肥。一客一盆凭大嚼,饱来随意饮高馡。"高馡即咖啡。1909年出版的《海上竹枝词》中也有描写咖啡的诗句:"考非何物共呼名,市上相传豆制成。色类砂糖甜带苦,西人每食代茶烹。"考非系早期咖啡的另一种译法。老上海的咖啡馆是社交的重要场所,清末民初以来,不论是繁荣年代还是动荡时期,这里的人总爱手捧咖啡,聊聊闲天,从容而讲究地过着日子。尤其是一些海派文人,喜欢在咖啡馆流连,许多新思想新文学,都诞生于此。

当年,开设在陕西北路平安大戏院隔壁的飞达咖啡馆是老上海最高级的咖啡馆之一,这家咖啡馆沿袭了欧洲贵族隐蔽、恪守、不张扬的风格,环境好,安静,里面还有一个演奏爵士乐的外国小乐队。咖啡馆里的顾客多为熟客,每个客人都有各自的座位,侍者和顾客的关系相当友好,往往不用客人开口,侍者就能报出他(她)喜欢的咖啡和点心。张爱玲住在爱丁堡公寓时,常到那里喝咖啡,吃香肠卷、栗子蛋糕,飞达该是有她固定座位的。张爱玲1945年发表在《天地》杂志上的《双声》一文中说到自己与好友出门不论干什么,最后的终点大抵是找一家咖啡馆。在常德公寓的阳台上,炎樱问张爱玲:假如离开上海,你最想念的是什么?张爱玲回答说:飞达咖啡馆的香肠卷。飞达咖啡馆内部和平安大戏院的走廊仅隔着一层大玻璃,在平安的穿堂里可以望见在飞达里喝咖啡的人,坐在飞达里喝咖啡的人也可以望见去平安看电影的观众,彼此相看两不厌。看完电影后到飞达喝杯咖啡或是喝完咖啡顺便去隔壁看场电影成为老上海时髦人士一种理想的休闲娱乐。除了飞达,在静安寺路西摩路(今南京西路陕西北路)东侧,还有一家新沙华咖啡馆,经理黄祖康是南京路先施公司总监督黄焕南的公子,他本人当时是先施公司进货部主任。因为资金雄厚,咖啡馆里面的布置十分富丽堂皇。西摩路附近还有CPC、维多利亚咖啡馆、凯司令咖啡室、DDS等。

20世纪40年代,虞洽卿路(今西藏路)上有不少咖啡馆,因而有人名之曰"咖啡街"。1943年的《力报》上有海派文人撰文说:"咖啡馆在今日,真可以说是店多成市,虞洽卿路不久当改名咖啡馆路,其他各处,也都是如此,将来咖啡馆将取代烟纸店、老虎灶的地位,成为上海最普遍的店家了。"到1946年,上海已经开出了近两百家咖啡馆。海派文人与咖啡馆,似乎是同一时期如雨后春笋般出现在上海滩。对于老上海人而言,街头林立的咖啡馆可不是单纯喝咖啡的地方,它们更像是城市中的"公共空间"。

咖啡逐渐从小众走向大众是在1946年1947年间,上海街头开始出现大批的咖啡摊。最多的是在西藏路、静安寺路、戈登路(今江宁路)、新闸路、西摩路上,街上摆出一张桌子,几把凳子,一块白布就可以成为一个不错的咖啡摊。海派文人笔下的街头咖啡摊风情十足:"夏夜,熏风微微地飘拂着,咖啡摊上坐满了人,小小的木架上披着一块白台布或是蓝格子的布,上面点缀着很多罐头牛奶、咖啡、可可、果子酱,五彩缤纷,有几摊很整洁,很整齐地安放着一排玻璃杯。夜市的生意很热闹,这咖啡充满了异国的情调……"

近年来,上海咖啡文化的重新兴起,和城市融入世界的脉动相关。我去欧洲旅行时,感觉最强烈的便是在街头一张张色彩艳丽的太阳伞下,坐满了聊天、看风景的人们,成了街角的一道固定不变的风景,其景颇有点老上海街头咖啡摊的味道。如今,外国游客来到陕西北路逛街的同时,这里的咖啡馆让他们找到了家乡的感觉,也有了一个可以随时坐下来休憩的场所,从容地感受海派文化的特有的魅力。路上众多酒吧和咖啡馆或许可以作为陕西北路海派文化气息浓厚的另一个特征,这些酒吧和咖啡馆多数开在街头的老洋房里,斑驳光影里坐着的是年轻时尚的都市男女以及从异国他乡远道而来的外国人,舒缓的音乐中,三五好友在老洋房中小酎,品尝上海这座城市的文化陈酿。历史与现代融合,让你仿佛看到了百年前的上海,又让你体味到当下的时代变迁。入夜,路灯黄色的光晕从陕西北路两边的梧桐树叶间斑斑驳驳地透出来,咖啡馆变身为热闹的酒吧,里面聚满了人,其中不乏金发碧眼的老外,小小的店堂容纳不下这么多来寻欢的人们,他们就拿着装满酒的杯子站到外面来,人行道上站满了快乐的人群。路过这里,总让我想起在南法旅行时看到的街景。

记得2021年上海咖啡节落幕那天,《新民晚报》记者徐佳和小姐约我写几句关于咖啡的"金句",我写下:"到咖啡馆喝咖啡已成为上海人的一种生活方式。街头巷尾林立着的咖啡馆每一家都有自己的故事,它们和飘散在空气中的咖啡香构成了最上海的画面。"现在(2023年)上海是全球咖啡馆数量最多的城市,平均每万人拥有3.45家咖啡馆,平均每平方公里就有咖啡馆1.35家。

今天的陕西北路,有咖啡馆、红酒廊、茶楼,有意大利、西班牙风味餐厅,还有高级手作体验店,不但是闻名遐迩的历史文化名街,而且是一条集文化、餐饮、休闲、购物为一体的海派风情街。

"制造时尚"的源创创意园

陕西北路上坐落着源创创意园,这是一个体量很大的建筑,占地面积4351平方米,远远看去,环形外立面垂直而密集的金属纹理与所在的陕西北路街区形成截然不同的质感,在这个历史文化街区里显得有点另类。这是一个由工业建筑改建的创意园区,它原汁原味地保留了上海工业时代的建筑特色,成为陕西北路历史文化名街北侧具有时代烙印的凝固建筑,无言地向人们述说着上海工业发展的脉络,是难得一见的历史与现代的交融。漫步其间,可以感觉到这里与园区周边错落有致、风格迥异的历史建筑完全不同的质感和氛围,从另一层面显示了海派文化的包容与大气。

源创创意园开园于2010年6月,园区临街是一排商铺,这些商铺的中间位置有一个宽阔的门洞,有点像里弄的入口,走进去便是源创创意园。这是一个原创设计类主题的创意产业园区,以高级定制、秀场、创意办公等业态为主,园区内聚集了各类"制造时尚"的相关产业和工作室,浓浓的创意氛围扑面而来。

这个现代化园区的前身是上海机床附件一厂,厂区由11栋建于不同年代、风格各异的工业建筑围合成一个狭长的内部庭院,这个半私密的狭长空间屏蔽了来自街道车流的喧闹,显得格外安静。

环绕内庭的各栋建筑,保留并强化了原有的工业遗风,同时扩大了铺面商场和修长入口,保证了视觉的通透。设计师们充分利用产业结构调整后留下的老厂房、老仓库,在设计和改造中,在精心保留老厂房的历史原貌和建筑结构的同时,用简洁的充满现代感的元素进行修饰,突显出高雅时尚的艺术氛围。宽敞的院子里绿意葱茏,花木扶疏,墙体也披上了绿色外衣,坚硬冰冷的工业建筑顿时变得柔软且生机勃勃。屋顶空间被辟为花园,从建筑内部可直接通达。难得的是这些老厂房和仓库有着一般商务楼难以企及的层高,建筑设计师们可以在 4.2 米至 6 米的层高空间内充分挥洒自己的想象力。他们将建筑随意错层、分隔、搭建阁楼,充满艺术的灵感转化为富有创意的另类空间,废弃的厂房逐渐化身为超有格调的园区。走进里面可以感受到历史与现代的交融,细数上海工业发展的脉络。固有的时代符号、建筑特色经改建后散发着国际建筑韵味,成为陕西北路历史文化名街上极具时代烙印且具有时尚魅力的创意园区。园区不定期地举办设计师作品发布会、派对酒会及各种创意时尚活动。5 号楼顶楼的屋顶花园则是园区内最佳的休闲空间及派对空间。

源创创意园区里最引人瞩目的是 AREA Living(艾瑞亚家居)品牌集合馆,这家店创立于 2011 年,作为上海当代风格家居的多品牌概念店鼻祖,AREA 荟萃了包括 B&B ITALIA、MAXALTO、GIORGETTI、KNOLL 等数十个全球顶级生活与家居品牌,除了带来全球各地设计大师的经典作品,还提供全面的空间规划方案,并能随时解答对于高端生活方式的咨询,为消费者呈现当代家居艺术美学的全新境界。

这确实是一个独具魅力的生活方式家居馆。

坐落在园区 5 号楼内的 AREA Living 是一家面积 2500 平方米的三层独立展厅。与一般家居店不一样的是它并不局限于为消费者奉上一件件家居精品,而是注重提供全面的空间设计,为你的家打造现代、时尚、简约、经典的高端生活环境。这座融合多元素设计感的超大独立展厅显得现代感十足,通透开放的空间内,尊重视觉,按照功能,搭配出可成套搬回家的家具组合。店名 AREA 的意思是区域,顾名思义便是家居生活中有不同的区域,店内也以这个逻辑来布置。展厅内分成一个个通透独立、简约大气的展示区域,里面摆放着来自全球各地不同设计大师的个性独特的经典作品,除了家具,还有一些灯具软装、香薰等。虽然价格不菲,但随便买上一件放在家里就能点亮整个空间。

  进入展厅,只见空间疏朗,纯白的底色如同一张巨大的画布,极富造型感和现代感的家居设计品散落其间,让人不由自主地被吸引,同时,在心里升腾起关于家的终极梦想。一楼入口处是客厅,摆设相对成熟、保守,就像一台大戏的开场,不想让人惊艳。再走几步,就看到了有个性的卧室摆设,黑白相间的床、枕头、台灯等,这种情景式的布置会让参观者下意识地把自己想要的生活与眼前一角联系起来,产生想全套拥有的冲动。从展厅中间富有设计感的灰色水泥楼梯拾级而上来到二楼,会不断感到惊喜。展厅陈列的作品中,有不少是博物馆级的陈列品,白色的墙面低调地衬托出家居的色彩、线条和造型之美,这些生活风的商品让人看着就心生欢喜。走上三楼,看上去更为低调的摆设让你细细感受家居的细节之美,服务生会告诉你看似不起眼的接缝、凹凸正是高超工艺的标志,你可以在指导下去触摸、体会它们的质感。我觉得这可以算是一种沉浸式体验。

  在家居店顶楼还有一个狭长的露台,同样设计感十足。洒满阳光的露台上错落有致地放置着适合户外使用的沙发和桌椅,藤编的外壳,带来田园风情,尤其是一角的锥形沙发,设计感十足,女孩躺在里面就像童话里的公主。

充满田园风情的露台

喜欢逛家居店的我凡是经过都会按捺不住要进来看看,感受一下家居的时尚,而每次来看到的东西都不一样。感觉这里不仅仅是一个家居馆,更像是一个美学空间博物馆,润物细无声地将现代家庭的审美带给进店的每一个人,不管买与不买你都会有所收获。

去公共文化客厅喝咖啡

在陕西北路600号沿街一排商铺的中心位置夹杂着一个有着落地大玻璃窗的类似于咖啡馆的地方,门口竖着一块方形木牌,上面刻着"中国历史文化名街——上海陕西北路"。这就是闻名遐迩的上海陕西北路文化名街展示咨询中心,一个集文化讲坛、画廊、视频播放、咖啡室等功能于一体的公共文化客厅。

陕西北路历史文化名街展示咨询中心于2010年世博会期间成立并对外开放,旨在向中外游人展示陕西北路的历史文化。开放后举办了名家名作签赠、"印记·上海陕西北路名人名街"明信片赠送等文化主题宣传活动,还举办过"老上海实物展",展出了200多件从市民手中征集的老上海家庭生活用品。开放以来,数万名观众踏入其间感受分享这条历史文化名街的文脉。

这个展示咨询中心于2017年改建装修后重新面向公众开放。新的空间设计以简洁的白色为主色调,保留了原先有历史痕迹的木地板,在镂空的扶梯把手和吊灯等细节之处都嵌入了石库门元素。从临街的玻璃门推门进入,便见一个L形房间,左边沿墙立着一个书架,书架上摆满了书,大多是关于上海历史、建筑和马路的专著。书架旁是一个咖啡吧台,吧台边的一个木头架子上放着供免费拿取的介绍陕西北路的小册子。几张桌子、一圈椅子围成一个温馨的空间，犹如一个小小的咖啡屋。从吧台右侧转进去是较大的空间，墙上挂着一幅幅上海老建筑图片，墙下整齐地放着十来排椅子，椅子面向最里面的大屏幕电视机。从右侧的木头扶梯拾级而上，二楼既是展厅，也是一个讲座场地，网文讲坛就常设于此。这里一年365天都开门迎接对陕西北路和上海感兴趣的人，人们不仅能够通过视频和讲解了解陕西北路的历史文化，还能够坐在咖啡休闲区，透过咨询中心的落地大玻璃窗，感受这个历史文化街区的氛围。从2016年10月起，这里每月邀请数位网络作家举办讲座，并进行网络直播，话题从最初的玄幻、科幻、魔幻转入当下的现实生活。

展示咨询中心的咖啡座

我和陕西北路历史文化名街展示咨询中心有着较深的渊源。2018年夏日，我在这里接受展示咨询中心的掌门人、人称吴掌柜

二楼的网文讲坛

的吴斐老师的采访,感受过她知性而亲切的访谈形式。采访结束,我正打算告辞,吴斐不让我走,她说,我们旁边有家冰激凌超好吃,你一定要尝尝。说完就飞奔过去买了一大堆各种口味的冰激凌来,有焦糖海盐味、薰衣草味、斑斓椰子味和荔枝玫瑰味,我各取一点尝了尝。果然,一吃就放不下了。冰激凌的甜蜜连同吴掌柜知性甜美的形象从此印刻在我心中。两周后的7月20日,《这是你不知道的陕西北路》主题展在咨询中心开幕。这个展览包括摄影、绘画和访谈三个内容。我作为陕西北路10人40年的访谈对象之一,以城市文化写作者的身份与沿街的龙凤旗袍、景德镇艺术瓷器的手艺传承人、生长在这条路上的事业有成的作曲家、海关法专家以及社区老居民等人的照片及介绍被做成展板在咨询中心的二楼展示。当天下午,我在那里接受了上海热线的采访。当晚在咨询中心二楼举办的网文讲坛上,我又与上海文艺评论家协会副主席、《文汇报》文化中心主编张立行以及艺术评论家、上海人民美术出版社副总编辑徐明松一起做了以"闯进老街的公共艺术"为题的文化对谈。

那年的秋冬时节,我应由东方卫视中心打造的大型电视人文纪录片《陕西北路》的编导金嘉楠小姐之约,在陕西北路历史文化名街展示咨询中心二楼进行了电视录像,讲述陕西北路的荣宅和宋家花园的故事。这个纪录片在电视台播出后,影响颇大,对传播陕西北路的历史文脉起了很好的推动作用。如今,中心一楼面向陕西北路的电视屏幕上每天循环播放着三集人文纪录片《陕西北路》,引得不少路人驻足观看,看得兴起,便推门而入,坐下细细观赏,顺便喝一杯现磨咖啡,感受一下这个街区的历史文脉,也是一种时尚生活方式。

"编织皇后"的海派绒线时装

陕西北路600号的1号商铺是李黎明创意设计有限公司。李黎明是上海市非物质文化遗产海派绒线编织传承人,她成功地将古老的中国编织工艺与国际时尚巧妙结合,通过一针一线把中国人的智慧与情感向世界诉说,把中国时装推向国际舞台,被誉为"中国时装界最具潜力的编织皇后"。

作为有影响力的工艺大师,李黎明柔弱温和的外表下有着极其刚毅的内心。李黎明非常反感把人工当机器的做法,她认为手工是有温度的,手工编织传递出的是内心的情感和思想,当然还有爱,这是机器根本无法取代的。这个理念在她心里根深蒂固,所以李黎明始终拒绝加工订单,坚持自创品牌,走出了一条李黎明独有的创意之路。坐落在源创创意园1号的商铺便是李黎明品牌在上海的专卖店,也是600号园区唯一的一家服装商铺,而两者的契合点便是"创意"二字。这里独特的创意氛围吸引了"编织皇后",而其作品的海派文化内涵和个性特色也和这个文化街区的调性暗合。于是,双方一拍即合,李黎明品牌成了这个园区临街的一个耀眼亮点。人们经过陕西北路600号时,目光都会被橱窗里身着绒线编织服的时尚模特吸引,不禁驻足。进入店铺,可见一件件各具特色的编织服装或挂在衣架上,或置于柜子内,一眼看去,你会发觉这些用绒线或丝线编织而成的服装竟然没有一件是雷同的。每一件独一无二的编织作品都凝结着设计者的巧思,像是一首诗,一幅画,一曲歌。

说实话,陕西北路上的这家门店很小,和李黎明之前拥有过的专卖店相比实在是太不起眼了。早在20世纪90年代,李黎明就已经在茂名南路59号的锦江饭店一条街开出了自己的专卖店,当年入驻这里的商家都是国外有名的品牌,只有"李黎明"是唯一一家中国品牌的专卖店,将近100平方米的店铺,优雅气派。入住锦江饭店和对面花园饭店的中外宾客都会到店里来选购李黎明亲自设计的中国编织服装。后来,李黎明又在陕西北路的中信泰富广场四楼开出了专卖店,也颇受欢迎。这些专卖店每一家都比陕西北路600号的门店要漂亮和气派得多。那么,是什么驱使李黎明果断地选择和源创创意园区合作的呢?李黎明动情地说,2013年她第一次与园区主办方谈及自己在服装艺术上的追求时,突然萌生一种遇见"知音"的感觉。这个以园区为载体的平台建设者,旨在助力更多企业在这平台上成长、壮大,这种以提升园区附加值为主要发展方向的商业思路,让被助力的当事人李黎明感同身受,这正是她一直向往的。这种将时装消费的概念转化为客户服务体验的想法与她过往的思考十分合拍,她当即喜欢上了这个园区特有的创意氛围。自李黎明编织时装品牌引入园区以来,园区一直致力于将李黎明精湛的编织手工技艺与她的艺术理念加以弘扬与推广。为了扶持李黎明品牌,2016年5月18日,"匠心独运——李黎明时装发布秀"在源创创意园举办,邀请海内外嘉宾出席,并借由这个契机使源创设计创意互动平台成为设计师、创业者共同进步的舞台。

李黎明是位执着的编织艺术家,她把时间和精力全部用于她的编织事业,一件件流光溢彩作品的背后是辛勤的付出。她说,手工编织靠十指,十指连心,所以,编织艺术是心的艺术,感情的艺术,越是深入下去,越能感到一种心灵上的互动和共鸣,这种新奇的感受促成了她一生追逐的梦想。在李黎明看来,编织艺术是编织者的十指借助针线表达对美的感悟,对美的告白,其中蕴含的纯真感情和美学理念,令每一件作品都独一无二。她的脑海里时刻翻腾着千百种色彩、线条和图案,当灵感来临时需要及时捕捉并融合出一幅幅美的意境,然后用绒线去表现和升华,这是她创作的源泉。李黎明的屋子里到处都是编织需用的工具,方便她随时取色、上针、布局,以免一不小心灵感从脑海里溜走,她几乎一直处于昂奋的创作状态中,一件件令人惊艳的作品就是这样诞生的。比如李黎明创作的披肩,本身并没有动物皮草的成分,但因为她巧妙地运用绒线的色泽和编织后呈现的立体感,使之呈现出裘皮般的豪华质感。这件作品不但华美,而且似乎无声地启发人们要爱护我们的大自然,爱护小动物。又如她设计的连衣裙,灵感来源于海派建筑中常见的彩绘玻璃花窗,裙子上极具特色的放射状花朵仿佛一朵朵鲜花镶嵌而成,城市文化在这里悄然呈现。

李黎明是第一批踏入国际时装秀场的中国独立设计师,早在1999年,李黎明创立的品牌就已走向世界。那年的香港国际时装周上,李黎明的8件作品成为300多家媒体竞相报道的热点,美国CNN盛赞她的手编时装是中国最具潜力的民族服装精华。此后的十多年里,李黎明应邀在日本、意大利、法国、埃及、迪拜、加拿大做专场时装发布,让世界认识了中国传统手工编织的魅力和中国文化的内涵。她被称为中国的"编织皇后"。境外媒体称李黎明的作品是"中国传统艺术在国际时尚领域的成功实践"。2009年,李黎明成为上海非遗项目"海派绒线编结技艺"的传承人。

2010年,李黎明的作品《繁华似锦》在世博演艺大厅展出,她那从法国里昂高等商学院毕业的女儿郭怡珺是法国阿尔萨斯馆的馆长助理,她亲眼看到母亲的作品令外国友人如痴如醉,"李黎明"品牌的国际价值让这位年轻的上海女儿激动万分。2017年,郭怡珺把"李黎明"品牌推到了法国,在巴黎塞纳河右岸的第八区开设了首家华人品牌专卖店。这家店兼具设计陈列展示及销售的功能,李黎明成为第一个在法国开店的中国独立设计师,这是中国品牌成功进入全球奢侈品市场的优秀案例。极具独立见解的法国人对李黎明个性化的设计非常认可,认为这位中国"编织皇后"设计的每一件服饰都是不会过时的艺术品,她们买下来后可以与其他服饰搭配成独一无二的礼服,足以媲美国际一线品牌服饰。就这样,李黎明的海派创意品牌专卖店从中国上海的历史文化街区陕西北路稳稳地走到了法国巴黎的塞纳河畔,犹如一对盛放的并蒂莲花,虽远隔重洋,却血脉相连,这是东方文化与西方文化联姻产生的时尚品牌共鸣。海派文化本身就是中西方文化的融合体,这何尝不是非遗传承的一种美好实践。

"李黎明"品牌在巴黎塞纳河畔的门店

不断开拓创新是这位蜚声中外的"编织皇后"的追求,随着时代的快速变化,如何让手工编织重新融入人们的日常生活成了新的命题,而她的"再造升级"则给出了破题思路。

在断舍离盛行的今天,人们从原先的节俭陷入"丢丢丢,买买买"的新循环,设法把过往的衣物进行改造,让"丑小鸭变天鹅"成为李黎明新的创意理念。她设想以手工编织技艺作为媒介和点睛之笔,利用"再造升级"的环保理念,把每家每户闲置的羊毛衫和废弃的衣物、围巾、桌布、床罩等用艺术的眼光和技艺将其变为美丽又时尚的"锦衣霓裳"。她说,手工编织是有温度的,通过编织手法让这些弃之可惜、用之无味的物品活起来,是一种非常有趣的、有益于身心健康的生活方式。因为每一件旧衣服都带着岁月的印痕,主人扔掉它们时心里会有满满的不舍,将其再造后,既留住了旧日岁月,也可借此传递绿色环保理念,给地球减压。这个通过创意设计和手工编织为时尚品牌去库存的设想成了这位"编织皇后"新的目标。她那在法国巴黎的女儿还设想,把这些废弃的衣物经过创意手工编织后做成像布料一样一卷卷的,看中的顾客可以随意剪取,然后为之量身定制。李黎明很认同女儿的大胆设想,她的巴黎专卖店的概念便是"上海出品",而不仅仅是"上海制造"。

作为上海市非遗传承人和中国时装设计师,李黎明觉得自己有责任在"让中国的美丽更加美丽"这件事上更加尽心尽力,这是她的初衷,也是她几十年来为之奋斗的目标。如今,这位以艺术家之魂坚守工匠精神的"编织皇后"设想的"再造升级"又为这项非遗技艺赋予了绿色、环保、彰显个性的时代内涵。

盛开在街边的创意之花

陕西北路600号门前是一排临街商铺,每一家都拓展着这里的创意理念。由北往南一路看去,端的是繁花似锦,让人应接不暇。"几处早莺争暖树,谁家新燕啄春泥。乱花渐欲迷人眼,浅草才能没马蹄。"这是白居易《钱塘湖春行》中的佳句,用来形容陕西北路600号门前的热闹,似乎毫无违和感。

陕西北路600号沿街全景

最北面的 12 号商铺是一家花店,门口一块来自宜家的小黑板上用粉色笔写着"一杯咖啡的钱买来一周好心情",下面写着 39 元/份。看来是一家制订周花的花店,创意独特,广告语也智慧,很能捕获女孩子的芳心。在所有的小店中花店的颜值无疑是最高的,人们路过时会情不自禁地多看几眼,这就像是为这临街的店铺奠定了一个美丽的基调。紧邻的 11 号商铺是 OLE KITCHEN,门面小而精致,两排配有椅子的原木长桌,一排临窗,桌上摆着花束,温馨怡人。店铺供应啤酒、鸡尾酒、果汁、西餐等,还有颇受追捧的墨西哥鸡肉饼。吧台旁有楼梯通往二楼,楼上放着北欧风格的桌椅,面朝陕西北路的一排窗子使狭窄的空间显得通透明亮,推开二楼朝西的落地门,便是一个很大的露台,露台上摆放着绿植,花草中间摆放着的橄榄绿色户外桌椅使空间显得格外清新。暮霭降下,露台墙角的落地灯便一盏盏亮起来,空间变得神秘浪漫,对对情侣或是三五友人在此相聚,动静皆宜,若是租下场地举办小型派对也是极好的。怪不得楼下橱窗里会用彩笔写着"这里楼上有露台"的召唤字样。再过去的 10 号商铺是 DRUNK BAKER,这是一家店名非常特别的烘焙坊,从英文字面上看是醉酒的面包师的意思。这家店原来的名字是 Pan & latte,在意大利语中是"面包和牛奶"的意思,店内也自酿啤酒,面包和啤酒都是经发酵制成的,啤酒也被称为"液体面包",所以取名为 DRUNK BAKER。店面不大,设计简约,看上去像是欧洲小镇上常见的面包坊。店内主打法式和意式手工面包,法式面包品种很多,除了经典的无花果朗姆裸麦面包和莓果裸麦面包,还有口味独特的法式酸面包,塞满坚果和果干的法式杂粮面包等。这里还有意式面包中最经典的品种,如水分含量最高的恰巴塔,因其形似拖鞋,又被称为拖鞋面包,其中最受欢迎的是核桃恰巴塔和核桃蔓越莓恰巴塔;像比萨饼底的佛卡夏,也有好几个品种,如番茄佛卡夏、橄榄佛卡夏、洋葱蘑菇佛卡夏等。

街边酒吧

位于 DRUNK BAKER 隔壁的 9 号铺面是来自意大利的网红冰激凌店达可芮（Gelato Dal Cuore）。记得 2018 年在陕西北路 600 号咨询中心接受吴斐老师采访时，这位吴掌柜去隔壁的这家店买了各种口味的冰激凌让我尝尝，果然一吃就放不下了，真的是好吃，结果当晚的聚餐什么也吃不下了，还被朋友们说矫情。这家冰激凌店最出名的当家产品是燕麦地球冰激凌，地球冰激凌以燕麦为基底，配上象征森林的抹茶和象征海洋的天然蓝色蝶豆花以及椰子等口味的冰激淋，调配成一个迷你的地球造型，口感新奇，具有独特的美味。墙上的海报写着"我们只有一个地球，珍惜她，别让她融化"，呼吁大家重视全球变暖的环境问题。地球冰激凌使用抹茶、燕麦奶等纯素原材料，搭配使用可降解勺子，仅单球售卖，无言地告诉人们"地球只有一个"。装修朴质的店堂内随处可见环保元素，临窗一排原木桌椅，中间是冰激凌展示柜。店铺门口的创意回收箱、墙面上的"Only One Earth"宣传标语和特别的小怪兽装饰，让人们惊喜地发现了燕麦冰激凌背后的品牌——植物蛋白领先者OATLY噢麦力。"只有一个地球"的独特宣传理念创意十足,使这款冰激凌口碑爆棚,迅速成为网红冰激凌,吸引了众多魔都时尚人士前往打卡。门口的长队昭示着人们对"地球味道"的情有独钟,几乎每一个进店的消费者都会手持一个"地球"出来。

与冰激凌店为邻的8号商铺是UOCCI优拾培育钻石店铺,这个品牌有自己的实验室专门做培育钻石,主要做CVD无改色和DE色高品质的钻石,是一家有创意的钻石设计体验店。店里到处银光闪闪,匆匆一瞥,见有耳环、戒指、项链、手链等,品种丰富。再过去的5号商铺是EDGES美甲咖啡,除了美甲还做美睫,都是小姑娘的心头好。这家店铺环境干净雅致,有创意的是它还搭上了咖啡,据说这家店使用的咖啡原豆都产自国外,并由店主精心研磨成粉,口感很不一般。它家的咖啡杯上印着"咖啡遇见美甲"的字样,又是一种诱惑。整日忙于工作的白领在这里偷得浮生半日闲,喝喝咖啡,做做美甲,也是一种解压方式。美甲店旁边的3号商铺是捌福楼饮行,蓝白相间的墙壁,蓝色的地板,让我想起希腊。这实际上是一家网红烤肉店,据说老板原来是做潮牌和广告的,所以定期推出不同的主题,很受年轻人的青睐。这里最受欢迎的是鹅肝杏鲍菇、芝士虾滑玉子烧和芝士烤年糕,配上灵魂酱汁,有韩国街头小吃的味道。

陕西北路600号临街的中心位置是陕西北路文化展示中心,前文已有介绍,这里不再赘述。展示中心旁边的新闸路与陕西北路交叉口坐落着的是Pork Office,中文意思是"猪肉事务所",其实是一家办公室主题的烤肉店。里面的装修类似于韩剧里的事务所,带抽屉的白色桌子上摆着小小的红色工作台灯,椅子是可旋转的办公椅。另一边是一张棕色大会议桌,两边是棕色木椅,会议桌旁是一面粉色的曲线形落地镜,还有一扇夕阳落日百叶窗,整个空间严谨中透着浪漫的情致，似乎想让白领们实现在办公室也能喝酒吃肉的梦想。店堂里到处是猪的"倩影"，一只只萌萌的卡通小猪，可爱极了。二楼有一只超大的充气粉色猪，吸引了无数女孩和它合影，艳福不浅呢。它家专做烤猪肉，选用"伊比利亚黑猪"做烤肉，堪称猪肉界的天花板。伊比利亚黑猪是在橡树林里放养的，每天睡觉、晒太阳，吃橡果长大，养殖时间在18个月左右，多用于西餐厅做生火腿，这家店居然拿来做烤肉，据说，烤的时候脂肪会散发出浓郁的橡果香气。烤肉时全程无需自己动手，店员小哥会帮你把肉烤好放到盘子里，烤盘周围会放上一圈防油纸，不用担心弄脏衣服，真的很贴心呢。

  在烤肉店旁边靠近新闸路转角处是 Popot 博朴，店名的意思是"你每天想吃的温暖安抚的食物"，这是一家南法餐馆，小小的店面简洁干净，很有我在尼斯英国人大道边的小巷看到的法国小馆范儿。从小小的木头楼梯登上二楼，中间是一张长长的木头桌子，面朝陕西北路的窗前也有一条长桌，桌前的椅子造型通透，一侧还隔出火车座位，显得私密。墙上的壁画画的是店里的场景，画面上除了英文还有中文"饮食男女"，画风类似孩子的涂鸦，妙趣横生。服务生端上来的菜品装在带盖的玻璃罐里，显示出有机和随性的生活态度。点了法式白汁煨小牛肉，罐底是米饭，打开罐子，香味扑鼻而来。另外还点了青木瓜色拉和黑松露蘑菇汤。这几个菜让我似乎回到了那年在地中海边度假时的感觉。

高地

汇聚奢侈品大牌的恒隆广场

恒隆广场位于与南京西路相交的陕西北路西侧,和东侧的中信泰富广场遥相呼应,共同谱写着陕西北路新的经典时尚篇章。

恒隆广场建成开业于 2001 年 7 月 14 日,比中信泰富广场晚了半年时间。

荣获中国建筑业"奥斯卡奖"

这幢白色与青蓝色外立面组成的建筑以圆弧形为基调,线条明朗流畅,造型高雅俊朗、富有现代气息。主楼外墙由晶莹的玻璃幕墙组成,顶部是高 44 米的巨型玻璃光塔,与下面的裙房相结合。远远望去,整座建筑在蔚蓝色天空的映衬下,宛若一艘正在碧波中行驶的巨大帆船,主楼是帆,裙房宛若船身。这幢建筑概念前卫,既艺术感十足,又颇具现代感,打造出别具匠心的标志性形象,夺人眼球。主楼层高 288 米,共 66 层,是当时浦西第一高楼。这幢超高层的综合楼建筑,分为商场和办公楼两部分。其中 61 层是智能化办公楼,5 层裙楼是面积为 5.5 万平方米的大型商场,办公楼大堂和商场每层楼摆放着的抽象雕塑作品让大楼内部成为充满创意的空间,散发着现代艺术的灵动气息。

恒隆广场主楼曾是浦西第一高楼

恒隆广场商场内有4个区域采用挑空结构和玻璃天顶,分别由挑空的中庭、圆庭、内庭和内街组成。每层商场划分为5个区,各个区域之间通过内街、回廊、天桥相互连通,形成了一个既奢华气派又通透明亮的购物环境。站在恒隆广场的共享中庭里,巨型的玻璃天幕引入光线,半空中造型独特的成串金属片仿佛一群海鸟在头顶飞旋,给人如梦如幻的感觉。此建筑在美国混凝土协会第39届年会中赢得"海外优秀项目"奖,这奖项被誉为建筑业的"奥斯卡奖",恒隆广场是首个荣获该会奖项的中国建筑物。

上海最早的顶级奢侈品商场

恒隆广场一开业就成为万众瞩目的焦点,被认为是中国乃至世界的时尚高地。这里是上海最早的"世界级购物中心"之一,也是上海老牌的奢侈品购物中心,许多国际顶级品牌在此汇集,其中不少是该品牌在上海的总店、中心店,有些商家专门将其在中国大陆的首家专卖店乃至旗舰店落户于此,这使恒隆广场成为上海百货行业中的一颗耀眼明珠。

作为中国顶级奢侈品商场的代表,恒隆广场精致奢华的橱窗摆设和各大品牌的巨幅广告无不令路过的人惊艳。这里不仅有路易威登、香奈儿、迪奥、爱马仕等主流奢侈品牌,还包括了其他许多比较小众的国际顶级奢侈品品牌。令人记忆犹新的是恒隆广场门前一块数米高的广告牌,上面是一幅摄影作品,拍摄的是一位姿容曼妙的裸体女模特,她用一个LV包挡住自己的身体,裸露的双腿高高翘起,横亘在广告牌前路过的行人头上。这块广告牌惊艳了路人的同时也悄无声息地改变了中国消费者的观念。原本热衷于在海外狂购奢侈品的追求生活品位的中国消费者,惊喜地发现在这里也同样能购买到自己心仪的奢侈品。恒隆广场开业的那一年,中国加入了世贸组织,人们开始了解和认识世界品牌。

上海恒隆广场自开业以来始终致力于引领高端生活方式。一年一度的"HOME TO LUXURY"盛装派对始于2017年,夜幕低垂时,华灯初上、街市如昼,衣着抢眼的时尚精英从上海各地涌入陕西北路的恒隆广场,在这里狂欢至深夜。

时尚是喜新厌旧的,作为时代高端生活方式风尚标的恒隆广场当然不会止步不前,坚持与时俱进的它一直在寻找自己的新突破。2021年2月1日,重新装修后的恒隆广场外墙上出现了数字"66",它由一组曲线连接,拼成66度角。这个量身定制的中文字体"66"和"恒隆"与设计独特的LOGO相辅相成,既注重细节又简洁大气,充满活力。仔细观察,这个LOGO还类似于"人"在充满活力的城市中带来的无限可能和组合,进一步呼应了"城市之脉"

的概念。

恒隆广场自2001年开业至今,一直活跃在人们的生活里,精致而不张扬。人们想要买奢侈品,大多会前往陕西北路上的恒隆广场,那是上海人心目中奢侈品最多的商场。

楼宇内的"白领驿家"

在恒隆广场高耸的办公楼里,有一个"白领驿家"党群服务站。恒隆广场是经济高地,也是党建高地;是商业商务汇集地,也是红色文化集聚地。这里曾经是中国共产党创办的第一所正规高等学府"上海大学"的旧址,拥有百年的红色基因。基于此,南京西路街道在"白领驿家"因地制宜地打造了首个商务楼宇里的情景党课"两代年轻人·共筑中国梦",从红色故事、崭新地标和未

外墙上的数字"66"十分醒目

来展望等角度,分享恒隆广场所在地的前世今生。在不断探索创新的恒隆广场内,楼宇里飘扬着一面面党旗,不断推动着楼宇党建成为商务楼宇的红色生产力。

2021年4月22日,"世界读书日"前夕,一个晴朗的春日午后,我有幸来到恒隆广场高端大气的办公楼内,在22楼的"白领驿家"赴一场美丽的约会。那天,在"淑想荟"阅读沙龙,我和在恒隆广场及其周边工作的菁英女性一起"云行走",分享杰出女性的人生感悟,以此致敬世界读书日。

那一刻,我呼吸到了恒隆广场浓浓的文化气息。

融文化于时尚的中信泰富广场

中信泰富广场位于与南京西路相交的陕西北路东侧。这幢48层约200米高的商业大楼历时7年打造而成,平面近似正八边形,外立面采用全玻璃幕墙,基座配以淡黄色花岗岩,时尚中不失典雅。

它由3.45万平方米的新式商场和7.1万平方米的高标准写字楼组成,建成开业于2001年,比西侧的恒隆广场早半年。商场内部空间呈现开放式,中庭的玻璃吊顶利用天然光线营造出舒适和谐的氛围,其独具特色的新奢主义风格引领着先锋时尚潮流。

我在里面采访过"中国电商之父"

中信泰富商场内世界名牌精品云集,俨然一座拥有众多高档品牌的"销品茂",100多家国际国内著名品牌专卖店以店中店的形式驻扎其中。商场每层都设置了餐饮服务,其中不乏世界各地风味的餐饮店,尤其是四层开设的沪上第一家美国"热带雨林"主题餐厅,里面用人造植物营造出高大茂密的树丛、灌木和奇花异草,并运用现代声光电等高科技技术给人以置身于原始森林的错觉,为用餐增添了不少情趣,吸引了无数前来尝鲜的顾客。中庭里

中信泰富广场门前的大型雕塑《都市蔓影》

还经常举办各种各样的具有文化气息的摄影展、艺术展等,地下一层中庭的星巴克咖啡更是成了周围时尚人士的公共客厅。因此,中信泰富广场开业不久便被称为上海的时尚风向标,成为上海市民享受时尚生活的理想之地。

写字楼有着优雅气派的独立式电梯大堂,没有支柱的空间设计使办公环境十分开阔气派,并可随意分隔,吸引了海内外许多有实力的公司入驻。在这样高端的楼宇里上班,当是无数职场人的梦想。开业不久,我在里面的写字楼里采访过被称为哈佛才子的邵亦波。这个名字现在可能知道的人不多,当年我采访邵亦波是因为他于 1999 年在上海创建了中国第一家电子商务平台——易趣网,那时,他才 26 岁。创建不久,易趣网的各项指标均居于国内电子商务网站之首,邵亦波也因此被称为"中国电商之父"。

20 年前,当我站在邵亦波那间有着巨大落地窗的办公室窗前,望着窗外南京西路的滚滚红尘,明显地感受到魔都不断增长的魅力。在与邵亦波的交谈中,我发现这是一位极其有趣而智慧的年轻人,不但有着超高的智商,情商也高于一般人。那时,电商对于大多数上海人来说还是陌生的,网购这种新颖的购物方式前景无可限量。但是,没有想到的是,采访后不到两年,就在 2003 年,29 岁的邵亦波以 2.25 亿美元的价格将自己一手创办的易趣网卖给了 ebay。与此同时,淘宝顺势占领了易趣网的市场并成为电商界的传奇。每次走过中信泰富广场,我总会想起邵亦波这个"哈佛才子"。

曾是老上海最时髦的新仙林舞厅

中信泰富广场所在地是有时尚基因的,这里曾经是引领上海滩时髦生活的新仙林舞厅。当时上海滩有四大舞厅,新仙林是其中之一。还有三个分别是大都会、百乐门和仙乐斯舞厅,都在南京西路一带。在四大舞厅中,建于 20 世纪 40 年代初的新仙林是开设得最晚的,因其占地面积大,不但舞池和座位较其他三家要多,而且里面还有一个花园,可以让跳累了的舞客们在那里散步透气。

到了夏天,花园里会拉起五颜六色的彩灯,增添浪漫风情。来这里消费既能跳舞听音乐,又能在夜花园里纳凉喝冷饮,这种环境吸引了许多时尚人士。因为地方宽敞,新仙林还在里面设置了武术室、举重室、柔道室以及两个室外篮球场,把娱乐和运动结合起来,成为上海四大舞厅里独树一帜的存在。这种时尚前卫的经营方式很快吸引了魔都追求时髦新鲜的人们,他们从四面八方赶来玩乐,新仙林的生意想不红火都难了。

新仙林舞厅最高光的时刻是在1946年,那一年新仙林舞厅举办了上海市第一届也是唯一一届选美比赛。那一年,苏北地区久旱无雨,又遇蝗灾,疟疾霍乱横行,致使十万难民颠沛流离全国各地,不少穷困潦倒的难民流落到有十里洋场之称的上海滩。上海滩青帮头目杜月笙决定仿效欧美举办一场"上海小姐选美大赛",进行社会募捐,以使自己获得救济难民的美名。杜月笙找到周璇、童芷玲等人,邀请她们参赛,借此吸引了上海滩一大批女明星参加。最终比赛的桂冠由一名叫王韵梅的舞女获得。传说这位美人是军阀范绍增的二姨太,范绍增花重金买下冠军之名只为博美人一笑。比赛在一片倒彩声中降下帷幕,善款后续动向也无人问津。虽是一场闹剧,但选美大赛的举办却使新仙林的名气更响了。不久,新仙林又开始兼营书场,名为新仙林书场。书场面积400多平方米,呈圆形,共450座。中间座位排成倒置品字形,每三座中间设置一张茶几,四周为沙发座,私家轿车可直达入场处,成为当时的豪华书场之一,前来听书的大多是沪上富贾以及社会名流。书场所聘请的演员都是名家响档,也有初露头角的评弹新秀。当年杨振雄以自己所编的长篇弹词《长生殿》在这里连演数场,名声由此大振。新仙林不愧是时尚地带,书场除评弹外,还插演杂技和歌舞,吸引了更多喜欢新奇的观众。

1956年新仙林停业,原址成为静安区体育俱乐部。2001年1

月,原新仙林所在位置矗立起了中信泰富广场。

中庭里的时尚沙龙

中信泰富广场开业后,地下一层的中庭里辟有一个时尚沙龙,这个时尚沙龙拥有1200平方米的宽敞场地,还有一个组合活动平台,以诸多高品位的文化活动和新颖的艺术展览吸引消费者,成为沪上一个商业时尚和艺术时尚的汇聚点。这里曾成功举办了中国第九届摄影艺术展,这是国内获得摄影联合会认同的大型国际性摄影艺术展览,共有64个国家参展。人们徜徉在商场购物的同时,还能领略到世界各地的风情,欣赏国外的艺术风格与流派,无意中陶冶了自己的情操,提升了艺术品位。我印象较深的是参观过一个由英国总领事馆在中信泰富广场举办的"英国新锐设计师展",它向人们展示了英国伦敦地区时尚人群的生活方式。参展者把10个在英国伦敦地区从事时尚设计相关行业——包括家具、建筑、时装、珠宝、音乐、服装配饰设计的年轻设计师做成真人大小的蜡像。蜡像们穿着简约、前卫的时尚服饰,与各式各样的时尚杂志、式样时髦的钱包、猫王的黑胶唱片、刻有猫王头像的蜡烛、毛线、蔬菜种子等一起包装在10个玩具盒里向人们进行展示,盒子里还配有真人照片及采访资料。这些设计师各自有着独特的生活方式,他们不仅从自己的时尚生活中获得灵感,还影响了周围追求时尚人群的口味。他们的生活方式也是伦敦地区时尚青年男女经常谈论的话题,其影响涉及各个领域并带动了一个时代年轻人的品位和追求,设计出的作品代表了当今英国大众的流行时尚。在展厅里还有一个空盒子,任何人都可以在里面任意展现自己对时尚的理解,这吸引了很多年轻的参观者,不少人大胆地走到里面展示自己的时尚生活方式。这种互动的展览方式确实充满创意,让人在不知不觉中接受了流行时尚的崭新理念。

在中信泰富广场举办的题名为"水之魅影"的"乌克兰水下摄影展"展出了乌克兰著名摄影师谢尔盖·布斯连科以水下沉船、水间生物、水样女人为主题的80余幅水下摄影作品,通过人、生物和船在水中的不同形态,表达万物与水的亲密关系。这个展览结束后,紧接着中信泰富广场又推出了由100位来自世界各地的年轻设计师集体登场的"设计:大声展"。设计师们用创意生活体验的主题定义自己的作品,以此描述他们心中年轻一代目前和未来生活状态的模样。网络时代、年轻、DIY、国际化、跨领域等代表这个时代的字眼在这个展会上得到了充分的体现。"大声展"给每位作者的展位是完全遵循"生活次序"的,策展人将展位用各种家具隔开,以区分厨房、客厅、卧室等区域,而每一件作品都按各自的属性在不同的区域展出。每一件作品都是作者生活中的一部分,真诚地表现了作者各自的人格特点。与其说它是一个展览,不如说它是一个全新的、开放式的交流平台,是众多新生代设计师、创作人和艺术家的视觉大合唱。它的创作范围也是跨媒体的,从平面、网页、产品、时装、动画、录像、建筑、多媒体装置到声音艺术都有,就像一个热闹的派对,一次刻意制造的噪音。据说,策展人的理念是:人人都是设计师,人人都可以设计,让大师们到一边去自恋吧!

中信泰富广场免费举办的这些多少有些另类的艺术展,显示了大都市对非主流文化的一种包容,是我们这个城市海纳百川精神的最好诠释。

香港明星张国荣曾经为入驻中信泰富广场的Esprit旗舰店剪彩,并在商场内的海上明月餐厅用餐。据该餐厅的一位侍者回忆,当时张国荣坐在大堂中心的包厢,被人认出后,大家便请他签名,他每一个都签了,点了一首《月亮代表我的心》演奏,还点了全鲍鱼宴。

2016年是张国荣逝世13周年,亦是他诞辰60周年。国内最资深的荣迷组织——荣门客栈在中信泰富广场举办了"我们都爱张国荣"——张国荣先生60周年诞辰主题展系列活动,活动由"2016·我们都爱张国荣·视觉艺术作品展"及"2016·张国荣黑胶唱片高级Hi-Fi鉴听会"两部分组成。在LG层举办的"2016·我们都爱张国荣·视觉艺术作品展"共汇集10大品类超过200件各类张国荣视觉艺术纪念品,包括张国荣私家珍藏照片、绘画作品、十字绣作品、着装服饰、视频音频互动装置等,并在内地首次展出了张国荣亲笔签名海报、唱片及写真集等珍藏展品。在B1层"尚悦荟"举办的黑胶唱片鉴听会则用价值百万元的高级Hi-Fi音响器材最大限度地还原了张国荣黑胶唱片的醉人音色。

成为"潮奢+重奢"的购物中心

求新求变是中信泰富广场永远的追求。2021年中信泰富广场经过一年的闭店后重新回归,升级改造为大型购物中心,以"潮奢+重奢"的结合为主,除了老牌奢侈品牌,还将引入部分国潮及新锐设计师品牌。经过门前,只见焕然一新的外立面宛如一座"水晶魔方",玻璃幕墙在阳光下折射出炫目的光芒。以极具趣味性的"像素城市"概念立题的外立面颠覆了传统商业大一统的整体设计形式,采用层次分明、更具多样性与韵律感的小体块拼接形式,显示出独立和多元的空间形象,极具个性色彩。晶莹剔透的水晶宫梦幻造型彰显出新文化、新科技、新时尚的商场独特调性。站在延安高架上,中信泰富广场中部顶端的"皇冠"极其醒目地跃入眼帘,商场原有的封闭界面被打开,在商场的东、西、中部各打造了三个通透的玻璃空间,位于中部顶端的"皇冠"、新增的屋顶空中花园以及14个大型露台和城市景观阳台构成了与城市交融的社交商务空间,将悠闲的都市生活与快节奏的商务社交融入城市街景之中,既前卫又时尚。

走进商场,灯光柔和明媚,中庭扶梯底部还铺设了大量LED灯,配上从顶部半透明圆弧形穹顶洒下的阳光,显得分外通透。三楼的M Stand咖啡店还设置了一处露天阳台,推开玻璃门便能俯瞰南京西路和陕西北路的街景。

同样是在陕西北路上,建于21世纪的现代化商场——中信泰富广场和建于20世纪20年代的平安大楼隔着马路遥遥相对,就这样悄然连接起了上海的现在和过去。

寻求"全生活"的金鹰广场

上海金鹰国际购物广场位于陕西北路278号,这里原先是名气很响的陕北菜场。1993年夏天,在定向爆破的隆隆声中这个闻名全市的菜场轰然倒下,凤凰涅槃般成为现代时尚的金鹰国际购物广场。

2004年开业的金鹰国际购物广场由地下一层和地上九层组成,总面积达4.3万平方米,是金鹰国际在上海全力打造的形象旗舰店。名为金鹰,有展翅高飞、搏击商场之意。"离奢华很近,与生活不远",是上海金鹰国际购物广场塑造其商场特色的宗旨,走的是精致优雅的名品路线,最初以经营年轻时尚的二三线品牌为主,但开业后却未能成功吸引上海消费者。

2008年金鹰广场闭店歇业,重新定位装修,一年后再度开业,置换了大约85%的品牌。一、二层主营国际名品,除GUCCI和BV外,还有Y-3、See by chloe;三到五层主营时尚百货,汇聚了Joya Weekend、Nine West、Stella Luna、MK、Zooc等深受申城白领喜爱的潮流服饰、女鞋、箱包等;六到八层主营餐饮、休闲、健身等业务,九层特设多功能厅和私密的酒廊等。金鹰广场经营的品牌中最显眼的当属GUCCI和BV两大一线品牌。其中经营面积达2000平方米的GUCCI旗舰店是最大亮点,几乎占据了广场外墙半壁江山的硕大的 GUCCI 金色广告格外抢眼,所有经过金鹰广场门前的人都会为之吸引。

也许金鹰广场所处的地理位置有点尴尬,同在陕西北路上,却不像恒隆广场和中信泰富广场靠近南京西路商圈,人们逛街时一般不会拐到这里,虽有两大一线品牌助阵,但总体来讲品牌选择毕竟太少,对顾客的吸引力不够强,难免步履维艰。2014 年 6 月,金鹰广场再次闭门调整,2016 年 9 月开始试营业,营业模式从传统百货转为符合消费者需求的"全生活中心",将购物、娱乐、餐饮、休闲、亲子、运动健身等多种业态融合到一个中心里,丰富顾客的消费体验,满足顾客一站式消费的需求。

2021 年 12 月的一天,在恒隆广场 22 楼的"白领驿家"参加完活动后,我信步走进对面的金鹰广场。整个空间很大气,一楼中庭竖立着一个硕大的金属花瓶,顶部四周环绕着一个个现代灯饰,瓶身上缀着一朵朵深红浅红的大型仿真玫瑰花。地毯上的图案是一朵朵盛开的巨型牡丹花,旁边卖花的柜台里摆着各式绿植和花束,把整个空间衬托得花团锦簇。看了一下旁边的楼层指南,上面写着:一楼是轻食美物,二楼是未来律动,三楼是生活潮流,四楼是福市·沙龙,五楼是优恋个护,六楼是餐饮和健身。七楼到九楼是社群生活。看这楼层设置确实可以满足白领生活的种种需求,符合其"全生活中心"的理念。

在一楼买了个现烤冰激凌菠萝包,坐下歇歇脚后搭自动扶梯上楼。在三楼看到一个"小林漫画阅读空间",这是一家清新文艺的咖啡店。里面很大,除了小林的漫画书,还有衍生的文创产品。一个靠垫上印着"一个人旅游也没关系,我想和这个世界单独约会"的句子,倒是很合我心意;柜架上的杯子上印着"好好生活,慢慢相遇";墙上的一张画里有一个孤独的男孩,旁边写着"最大的自信是不需要向任何人证明自己"。看到这些睿智的语言,总觉

三楼的小林漫画阅读空间

得比小林的漫画本身更能打动我。

想起2021年春天,曾经在金鹰广场五楼的黑色博物馆内看过一个很火的展览,名为"精神病世界展"。门口一张广告牌上画着一只大狗,上面写着丘吉尔的名言:"心中的抑郁就像只黑狗,一有机会就咬住我不放。"挂号处是穿着病号服的工作人员,门票是医院用的纸质病人手环,在上面填写自己的名字挂号入馆后就能探索"精神病世界"。展览用图像、声音、文字描绘着精神病患者的世界。文字挺有意思,如"我也是病人,只是心感冒发烧了而已""不要吃猪肉,猪会不开心""主管快乐的那个键坏了,怎么都按不下去"。最后出馆处可以给精神病患留言,写好后投进箱子里。整个展览令人感到压抑,有一种想立即逃离的感觉,但我还是硬着头皮看完了。走出黑色博物馆,眼前是明媚的阳光,心中想的是希望生活充满爱,每个人都能得到理解和包容。

不断顺应时尚需求,调整自己的经营方式,是现代化商场的必然选择。金鹰国际购物广场从传统百货商场蜕变为"全生活中心",更加注重当代消费者的消费体验,以区别于相邻的恒隆广场和中信泰富广场,这种错位经营走的是一条有自己特色的现代商业之路。这让我想起了陕北菜场,注重的也是有品质的生活。这里是不是一直以来都适合具有人间烟火气的定位呢?

庄重典雅的民主党派大厦

陕西北路老字号一条街对面的陕西北路128号矗立着一幢引人注目的米黄色高楼，它庄重大气、雄伟壮观地巍然屹立在威海路与陕西北路交会的路口，旁边是一个街心花园，绿树葱茏，四时花香。高楼的大门上方镌刻有"上海民主党派大厦"几个笔力苍劲的金色大字，乃时任国务院副总理吴邦国同志题写的楼名。

建筑荣获鲁班奖和白玉兰奖

这幢高103米的宏伟大厦是上海统战系统的标志性建筑，奠基于1992年，1996年落成。大厦地下一层，地上21层，建筑面积19773平方米，是一幢设施先进、使用功能齐全的综合性智能化高层建筑。大厦除了供民主党派机关等办公外，还设有与之配套的商务服务、办公服务、餐饮、客房、茶室以及大小会议室等服务设施，并配置有三台全电脑变频调速电梯。这幢建筑建成后荣获1997年度上海市工程建设最高荣誉奖项"白玉兰优质工程奖"和1997年度全国建筑行业最高荣誉奖项"鲁班奖"。大厦落成后，上海各民主党派市委机关全部迁入大厦办公。

穿过大厦门前广场，进入落地玻璃大门，便是开阔气派的大

庄重典雅的上海民主党派大厦

堂。凡是进入大堂的人,都会被墙壁上一幅镶嵌在镜框内的巨型油画所吸引。1949年6月15日,新政协筹备会举行第一次全体会议,会期五天。这幅油画展现的就是新政治协商会议筹备会的全体常委在中南海勤政殿前的合影。这次会议通过了《新政治协商会议筹备会组织条例》《关于参加新政治协商会议的单位及其代表名额的规定》和新政协筹备会常务委员会名单,常委会推举毛泽东为主任,周恩来、李济深、沈钧儒、郭沫若、陈叔通为副主任,李维汉为秘书长。新政协常委共有21人,中国民主同盟主席张澜直到6月24日才从上海抵达北平,所以没有参加此次合影。

作为民建会员,我曾多次进入这幢上海民主党派大厦,开会,听课,汇报工作。2019年年底,我在这幢大厦的二楼会议室里做了一场题为"历史文化名城中的名街——武康路"的讲座,活动由民建经济工委联合民建信息工委、民建江南委员会主办,这让我有一种和家里的亲人们一起分享城市文脉的温馨感觉。

震惊全国的嘉兴起义的谋划地

这座上海民主党派大厦的所在地70多年前是震惊全国的嘉兴起义的谋划地,这就使这个地标性建筑所在地具有了历史性的纪念意义。

1949年1月,淮海战役、平津战役相继告捷。4月,人民解放军百万雄师在长江北岸厉兵秣马,随时准备进军江南。国民党军队整日提心吊胆地防备解放军渡江南下。此时,解放军在国民党后方不时燃起武装起义烈火,使他们焦头烂额,穷于应付。4月7日,在中共上海局的策动和组织下,驻嘉兴的国民党陆军国防部预备干部训练团第一总队3000余人,在第一总队长、国民党少将贾亦斌率领下宣布起义。因起义地在嘉兴,史称嘉兴起义。

事情的起因源于1948年12月初,那时,担任国民党国防部陆军预备干部局代理局长的贾亦斌眼看国民党种种措施不得人心,搞得民怨沸腾,民不聊生,老百姓对国民党彻底绝望,便与同窗好友段伯宇等紧锣密鼓地密谋起义事项。12月底,段伯宇与中共地下党取得联系,中共上海局策反工作委员会书记张执一派工委委员李正文加强对起义的领导工作。嘉兴起义前夕,从1948年12月到1949年4月初,贾亦斌在浙江与上海之间频繁往来。他与中共上海局策反工作委员会取得联络后,在上海设立了陕西北路128号和位于宝山路宝昌路的段仲宇(段伯宇的弟弟)公馆"小白楼"两处秘密联络点,与中共地下党秘密联络和接触,可以说,上海是嘉兴起义的主要谋划地。

根据1947年版的《上海市行号路图录》显示，当年的陕西北路128号是一栋独立的三层建筑，门前挂牌有两个机构和一个学院，分别是上海市文化运动委员会、上海市新生活运动促进会和生活健身学院。当时的"新生活运动"强调讲卫生、有礼仪，提倡诚实、清洁、直率，提倡国民生活"军事化、生产化、艺术化"，提倡锻炼身体、增强体魄。于是，上海健身学院也设在此处。因为上海市新生活运动促进会与上海健身学院均与上海市文化运动委员会有关联，因此在同一处办公。当时，这幢建筑沿陕西北路的底层开设着一些门店，有青年理发店、谦益恒酒行、吉羊皮鞋店、青年食府、新生活床椅店等。由于这幢三层小楼毗邻陕西北路186号荣宗敬故居，环境幽静、隐蔽，贾亦斌便将预干团团部设在此处，名为预干团上海办事处，实为与中共地下党秘密联系、筹备起义各种后勤等事宜的联络点。

预干总队只有几千人，但是嘉兴周围盘踞着多达几十万人的国民党部队，这次起义行动，必然九死一生，贾亦斌坚决要求以一个共产党员的身份指挥这次起义。贾亦斌在新中国成立后担任民革中央委员会副主席，他在回忆中说："我是4月7号起义的，4月1号党就批准我（入党）。"70多年前的嘉兴起义犹如一道强烈的闪电，伴随着震耳的隆隆雷声，掠过京沪杭国民党根基之地。这次具有重大政治意义的倒戈壮举使国民党人惊恐万状，极大地震撼了敌人阵营，加速了蒋家王朝的崩溃。

这段历史为陕西北路上的上海市民主党派大厦所在地留下了一抹红色基因。

缘分(代后记)

我在2016年出版的三卷本《永不拓宽的上海马路》中写了上海64条永不拓宽的马路,其中就有陕西北路,读者可能会问,为什么还要为这条路专门写一本书呢?其实,这是我内心埋藏已久的一个愿望。因为,这条路不仅仅是上海64条永不拓宽的马路中的一条,而且这条路和武康路一样,同为上海的历史文化街区,但武康路已成网红路,陕西北路却还是不动声色地安于城市中心一隅,大隐于市。陕西北路很不平凡,路上有说不尽的故事。因为篇幅限制,我在那套书里写的陕西北路,只能说是冰山一角。

2017年,我应邀在上海大学做海派文学讲座时,曾经和时任上海大学文学院党委书记、上海大学海派文化研究中心副秘书长竺剑老师说起过这个设想,并获得了竺书记的赞同,后来因为忙于别的事,为陕西北路写书的事就搁了下来,但心里的愿望始终未曾泯灭。在海派文化研讨会上,我有幸结识了德高望重的上海大学教授、沪语研究专家钱乃荣先生,近年来,钱先生所写的一系列沪语文化方面的书由上海大学出版社出版后受到读者的热捧,我深深敬佩钱先生为海派文化所做出的贡献。记得在一次海派文化研讨会上,钱先生在点评我的研讨论文时说:"惜珍写上海的书文笔优美,可读性强,内容扎实,而且准确。我很喜欢她的书,惜珍的书出一本我买一本。"面对在场的专家学者,钱先生的这番话令我诚惶诚恐,从内心深处感恩钱教授那一份高山流水之情。在一次研讨会间隙的交谈中,钱先生说起上海大学出版社在致力于出版有关海派文化的书系,他希望我也能加入这个书系的写作。之后,钱先生介绍我认识了上海大学出版社黄晓彦先生,彼此相谈甚欢,甚有默契,再次唤醒了我为陕西北路写一本书的愿望。

这似乎是我与陕西北路一种早已注定的缘分。

近年来,我做过不少关于陕西北路的讲座,自觉对这条路已烂熟于心,但真正动笔为它写一本书时,却发现自己的了解还待进一步深入。所幸,我有随手拍摄的习惯,为陕西北路拍摄图片已有十数年,这些图片的积累为我重新打开了记忆之门,每一张图片都唤起深情的记忆,曾经的耳鬓厮磨使我犹如与昔日恋人春风再度。于是,我暂且放下了手头正在写的关于苏河湾记忆的书,全身心地投入到了关于陕西北路的写作中去。

感谢黄晓彦先生,感谢钱乃荣教授,是他们的鼓励和信任催生了这本书。疫情期间的"禁足"使我能心无旁骛地潜心写作,安静的氛围使头脑更为清醒,思维也变得分外活跃,笔底的字如泉水汩汩涌出。成书之际,正逢江南梅雨季节,缠缠绵绵的夏雨染绿了露台上的树木,我的书桌面对的落地窗外有棵比人还高的天堂鸟,雨点滴落在宛若蕉叶的巨大叶片上,有了雨打芭蕉的意境……